명상 살인

ACHTSAM MORDEN

by Karsten Dusse

죽여야 사는 변호사

명상 살인

카르스텐 두세 ― 박제헌 옮김

세계사

일러두기

1. 본 책의 내용은 허구로, 특정 직군이나 종교와 무관합니다.
2. 본문 중 고딕체는 원서에서 이탤릭체로 강조한 부분입니다.

리나를 위해

차
례

명상

당신이 문 앞에 서 있다면, 그것은 그저 서 있는 행위에 지나지 않는다.

당신이 부인과 다툰다면, 오로지 다툼에 몰두한다. 그것이 명상이다.

만약 당신이 문 앞에서 기다리는 시간을 부인과의 언쟁을 떠올리는 데에 사용한다면, 그것은 명상이 아니다.

그저 멍청한 짓에 불과하다.

요쉬카 브라이트너,
『추월 차선에서 감속하기 – 명상의 매력』

미리 말해두자면, 나는 결코 난폭한 사람이 아니다. 오히려 그 반대다. 일례로 나는 평생 동안 누군가를 때린 적이 없다. 그리고 마흔두 살이 되어서야 처음으로 살인을 했다. 현재 업무 환경에 비추어보면 도리어 늦은 감이 있다. 인정하건대, 일주일 뒤 여섯 건이 추가되긴 했다.

내 이야기가 처음에는 좀 이상하게 들릴지도 모른다. 하지만 내가 한 모든 일은 최선의 행위였다. 인생의 전환점에서 일과 가정생활의 균형을 맞추려 집중을 택한 자의 논리적 결과였다.

처음 명상을 접하게 된 것은 극심한 스트레스 때문이었다. 아내 카타리나가 나의 지속적인 긴장 상태를 완화하기 위해 꼭 필요하다고 우겼다. 저하된 대처 능력, 결여된 신뢰 그리고 왜곡된 가치관을 바로잡기 위해 필요한 과정이었다. 결혼 생활에 새로운 기회를 부여하려는 노력이기도 했다.

카타리나는 자신이 10년 전 사랑에 빠졌던, 침착하고 진취적이며 이상으로 가득 찬 남자를 되찾고 싶어 했다. 내가 만약 10년 전에 사랑했던 몸매의 여인을 되찾고 싶다고 말했다면 우리의 부부 생활은 그때 끝났을 것이다. 당연한 일이다. 세월이 여인의 몸에 흔적을 남기는 것은 마땅하지만, 남자의 영혼에는 그렇지 않은 모양이니. 그래서 아내가 성형외과 전문의를 찾아가는 대신 내가 명상 센터에 방문하게 된 것이다.

당시 내게 명상은 10년마다 다시 우려내서 새로운 이름으로 판매되는 차와 같이 난해한 복제품에 불과했다. 명상은 자리에 눕지 않고도 스스로 할 수 있는 자율긴장이완법이다. 몸을 구부릴 필요 없는 요가, 양반다리를 하지 않는 묵상과도 같다. 아니면 어느 날 아내가 아침 식사 시간에 보란 듯 올려둔 『자기관리』 매거진의 한 지면에 쓰여 있는 내용일 수도 있다. "명상은 순간을 편견 없이 다정하게 품어 안는 행위다." 이 정의는 사람들이 해변에 의미 없이 쌓아 올린 조약돌 탑만큼이나 흐릿했다.

만약 아내와 나, 둘만의 문제에 그쳤다면 명상에 관심이나 가졌을까? 그건 모를 일이다. 하지만 우리 사이에는 딸 에밀리가 있다. 우리 셋이 진정한 가족이 될 수 있다면 소돔과 고모라도 마다하지 않고 갔을 것이다.

그래서 1월의 어느 목요일 저녁, 새로운 명상 코치와 상담을 예약했다. 그 '진료실'의 육중한 나무 문 앞에서 벨을 눌렀을 때는 이미 약속 시간에 25분이나 늦은 뒤였다. 시간 관리에 대해 조언을 받는 것도 상담의 이유 중 하나였지만 말이다.

상담사의 진료실은 도시 부촌 지역에 호화롭게 개축한 구옥 1층에 있었다. 명상 상담 광고지는 오성급 호텔의 웰빙 센터에서 발견했다. 진료비는 인터넷을 보고 알았다. 편안함을 가르치는 대가로 그 정도의 돈을 받아간다면, 고객이 늦더라도 참선하며 편안하게 기다려야 한다고 생각했다. 그러나 내가 벨을 눌렀을 때 안쪽에선 아무 기척도 없었다.

입장을 거부당하기 전까지 나는 상당히 여유로웠다. 내가 지각한 데에는 합당한 이유가 있었기 때문이다. 나는 형법 전문 변호사다. 그날 오후 늦게 구속 적부 심사 일정이 있었다. 내 주요 고객인 드라간 세르고비츠의 동료가 약혼반지를 사기 위해 보석 가게에 갔을 때 사건이 벌어졌다. 그는 반지값 대신 장전된 권총 하나만 들고 있었다. 가게의 어떤 반지도 그 예산에 맞지 않자, 그는 권총으로 가게 주인의 관자놀이를 후려쳤다. 그땐 이미 주인이 몰래 도난 방지 알람을 누른 후였다. 경찰이 도착했을 때 보석점 주인은 바닥에 엎드려 있었고, 기관 단총이 코앞에 겨눠지자 범인은 얌전해졌다. 경찰들은 용의자를 압송해 나를 담당 변호사로 구속 영장 담당 판사 앞에 세웠다.

이상을 좇던 법학과 학생의 입장에서 보면 이런 불량배는 정식 재판 전까지 구금한 다음 수년간 빛을 못 보게 만들어야 했다.

그러나 그 학생은 다년간 이런 불량배를 변호해온 전문가가 되었고, 범인은 두 시간 만에 풀려났다.

그러므로 나는 상담 시간에 그냥 늦은 것이 아니다. 맡은 일을 **성공적으로** 완수하느라 늦어졌을 뿐이다. 만약 이 명상 코치라는 자가 남은 시간을 지각에 대한 지루한 언사로 낭비하지만 않는다면 기꺼이 나의 성공 스토리를 읊어줄 수도 있을 것이다.

무장 강도 용의자는 25세의 청년으로 부모와 함께 살았다. 그에게는 폭력 범죄로 처벌받은 이력이 없었다. 다만 마약 관련 전과가 있었다. 따라서 도주 및 재범, 증거 인멸 위험이 적었다. 게다가 그는 결혼과 가족이라는 사회적 가치관을 공유하고 있었다. 그래서 보석 가게에도 간 것 아닌가. 반지를 훔쳐내 자신도 가족을 이룰 준비가 된 모습을 보여주고 싶었을 것이다.

물론 병원에 있는 보석점 주인과 현장에 출동한 경찰들은 이 견해를 받아들이기 힘들 것이다. 누가 봐도 범죄자가 분명한 사람이 멀쩡히 풀려나 저녁에 자기 친구들 사이에서 허풍을 떨고 국가를 조롱할 수 있다니. 심지어 아내조차 내가 하는 일을 종종 미심쩍게 생각할 정도였다. 그러나 타인에게 사법 시스템을 이해시키는 것은 나의 업무가 아니다. 이 시스템을 원칙에 따라 능수능란하게 이용하는 것이 내가 할 일이다. 나는 나쁜 사람들에게 좋은 일을 하는 대가로 돈을 번다. 나는 매우 성공한 형법 전문 변호사다. 그리고 시에서 가장 유명한 로펌 가운데 하나에 소속되어 있다. 의뢰인이 원할 땐 언제나 호출이 가능한 곳이다.

물론 그런 점이 스트레스 요인이긴 했다. 일에 집중하다보면 가정에 소홀해질 수밖에 없었다. 그래서 지금 내가 명상 전문가 양반의 상담실 문 앞에 서 있는 것이다. 그런데 그가 나를 들여보내주지 않고 있었다…. 긴장으로 목이 뻣뻣하게 굳기 시작했다.

그래도 스트레스에 대한 대가로 충분한 보상을 받긴 했다. 업무용 차량, 명품 슈트, 고가의 시계 등. 이전까지 나는 신분을 과시하는 물건에 관심이 없었다. 그러나 당신이 조직범죄를 다루는 변호사라면 지위를 보여주는 상징이 필요하다. 변호사의 수준이 곧 의뢰인의 수준을 나타내기 때문이다.

내게는 큰 집무실, 고급 책상과 함께 소중한 딸과 멋진 아내 그리고 10만 유로 단위의 월급이 있었다.

물론 그중 대부분은 집 할부금을 갚는 데 쓰였다. 그 집엔 업무 시간 때문에 얼굴을 보지 못하는 내 사랑스런 아이와 다정하지만 나와는 마주칠 때마다 싸우는 아내가 있었다. 나는 일 때문에 예민했고, 아내가 내 일을 싫어한다는 것을 알기에 아무 이야기도 할 수 없었다. 아내는 하루 종일 혼자 아이를 돌보느라 보험사의 팀장직을 포기했고 그 때문에 늘 나에게 불만이 있었다. 사랑이 우리 사이에 놓인 연약한 식물이라면 가족이라는 화분에 분갈이를 하면서 제대로 돌보지 않은 게 분명했다. 한마디로 경제적으로 여유로운 현대 가정 대개가 겪는 어려움을 가지고 있었다. 빌어먹을.

아내는 일과 가정이 양립하려면 가족 중 유일하게 양쪽에 걸쳐진 내가 무언가를 해야만 한다고 결론짓고 나를 명상 코치에게 보냈다. 그리고 지금 나는 열리지 않는 문 앞에 하염없이 서 있다. 이 무슨 바보 같은 짓인지. 목이 점점 더 굳어져 머리를 움직일 때마다 삐걱거리는 소리가 나기 시작했다.

나는 육중한 나무 문의 초인종을 다시 눌렀다. 최근에 니스를 칠한 모양이었다. 그런 냄새가 났다.

드디어 문이 열렸다. 문 뒤에서는 한 남자가 두 번째 초인종이 울리기만 계속 기다린 듯한 모습으로 서 있었다. 그는 대략 50대 초반으로 나보다 몇 살 연상으로 보였다.

"우리 저녁 8시에 만나기로 했죠." 그는 이 말만 하고, 몸을 돌려 복도를 걸어갔다. 나는 그 뒤를 따라 간접 조명이 밝혀진 사무실에 들어섰다. 가구 몇 점이 실내에 있는 전부였다.

남자는 마치 수도자처럼 몸에 살이라고는 하나도 없어 보였다. 생크림 케이크를 직접 피부 속에 주입해도 전혀 변화가 없을 것 같은 사람이었다. 외양은 깔끔했다. 모직 재킷 속에 흰 셔츠를 받쳐 입고 맨발에 실내화를 신었다. 시계나 다른 장신구는 없었다.

이보다 큰 대조는 없을 것이다. 나는 진하늘색 명품 슈트에 커프스 버튼을 채운 흰 셔츠를 입고 푸른색과 은색이 섞인 넥타이를 맸다. 손목에는 브라이틀링 시계, 손에는 결혼반지,

발에는 검은 양말과 부다페스트 스타일의 구두(작은 구멍들로 무늬를 만들어 장식한 남성 구두—옮긴이)를 신고 있었다. 내 몸에 걸친 것이 상담실 안에 있는 가구의 수보다 많았다. 소파 두 개, 탁자 하나, 책들이 꽂혀 있는 책꽂이 하나, 마실 것이 놓인 협탁 한 개.

"네, 그랬죠. 미안합니다. 차가 많이 막혀서요." 첫 만남에 인사도 제대로 건네지 않은 이 남자를 뒤로하고 나가버리는 것도 그리 나쁘지 않다고 생각했다. 일 때문에 약속에 늦었다고 혼내는 것은 아내만으로 충분했고, 그녀는 그 서비스를 무료로 제공했다. 하지만 내가 상담 시간에 늦은 것도 모자라 자리를 박차고 나온 것을 카타리나가 알게 된다면, 그 후폭풍으로 얻게 될 스트레스를 해소하기 위해서 난 상담사를 두 명은 더 만나야 할 것이다.

"구속 적부 심사 일정이 있었습니다. 강도 상해 건이었죠. 그래서 제가 빨리…." 그런데 왜 나 혼자만 말하는 거지? 집주인은 이 남자인데, 최소한 내게 앉을 자리라도 권해야 하는 것 아닌가? 아니면 무슨 말이라도 해야 하지 않나? 그런데 남자는 그저 나를 바라보고만 있었다. 그 표정은 마치 숲속에서 딱정벌레를 발견한 딸아이 같았다. 미지의 생물인 인간 앞에서 딱정벌레는 굳었지만, 나는 말로 반응했다.

"좀 빠르게 진행하면 되지 않나요? 동일한 비용으로 말이죠." 나는 망쳐버린 시작을 어떻게든 바로잡아보려 했다.

"달린다고 가는 길이 짧아지지는 않지요." 대답이 들려왔다.

비서들 커피 컵에 써 있는 격언들이 더 나은 것 같았다. 심지어 이 남자의 대단하신 지혜에는 맛있는 커피 한 잔의 보상조차 없었다. 시작이 매우 좋지 않았다.

"앉으세요. 차 드시겠습니까?"

드디어 말을 하는군. 나는 소파에 앉았다. 그 소파는 70년대 말에 디자인상을 받았을 법한 모양이었다. 크롬 소재 파이프에 갈색 코르덴 천이 씌워져 있는 게 다였다. 소파는 놀라울 정도로 편안했다.

"에스프레소 있나요?"

"녹차 괜찮죠?"

상담사는 내 말에 아랑곳 않고 유리 포트에 차를 내왔다. 뿌옇게 변한 포트가 수년간 매일같이 사용했음을 암시하고 있었다.

"드세요. 적당히 식었습니다."

"저, 솔직히 말하면 제가 오늘 제대로 찾아왔는지 잘 모르겠군요…." 내가 입을 뗐다.

찻잔을 꽉 쥐었다. 말을 중간에 끊어주길 바랐지만 남자는 그러지 않았다. 대강 얼버무린 말이 끝맺어지지 못한 채 상담실 안을 부유했다. 내 시선도 허공을 방황하고 있었다. 내가 더 이상 말을 이어나가지 않을 듯하자 상담사도 차를 한 모금 마셨다.

"당신을 알게 된 지 대략 30분 남짓 되었네요. 그사이 당신도 스스로에 관해 많이 배웠으리라 생각합니다."

"선생님은 저를 30분간 알 시간이 없었는데요. 제가 여기 온 지는 3분 정도 지났을 뿐입니다." 내가 날카롭게 지적했다.

상담사는 부드러운 태도로 응대했다. "그렇지만 30분 전부터 여기 와 있었어야 했죠. 처음 25분 정도는 전혀 다른 일에 시간을 썼고, 그러다 3분간 문 앞에 서서 초인종을 두 번째로 누를까 말까 고민했습니다. 아닌가요?"

"어…."

"다시 초인종을 누르기로 결정하고 이 상담실에 들어오는 3분 동안 저는 당신에 대해 여러 가지를 알 수 있었습니다. 오로지 자신을 위해 마련된 상담 시간에 올 필요성을 별로 느끼지 못한다는 것, 외부 환경에 의해 우선순위가 바뀐다는 것, 생면부지의 사람에게 자신을 정당화하려 한다는 것, 침묵을 견딜 수 없다는 것, 익숙한 규칙에서 벗어나는 상황을 받아들이기 힘들다는 것, 자신의 습관에 강박적으로 사로잡혀 있다는 것입니다. 제 말이 틀렸나요?"

와, 이 양반 말이 다 맞았다.

"이제 당신이 그 이유들 때문에 저와의 섹스를 거부하기만

한다면 완전히 제 집처럼 느껴지겠는걸요." 내가 불쑥 내뱉었다.

상담사는 녹차를 마시다 사레가 들려 기침하더니 곧이어 배를 잡고 웃기 시작했다. 어느 정도 진정되자 그가 손을 내밀었다.

"요쉬카 브라이트너입니다. 만나서 반가워요."

"비요른 디멜입니다. 반갑습니다."

어색함은 사라졌다.

"자, 오늘 여기 온 이유가 무엇인가요?" 요쉬카 브라이트너가 물었다.

나는 생각에 빠졌다. 수천 가지 이유가 떠올랐다가 사라졌다. 명상 코치 앞에서는 어느 정도 개방적인 태도를 보여야 한다고 생각했다. 브라이트너 선생이 크게 웃음을 터뜨린 이후로 호감이 생기기도 했다. 하지만 나는 아직 내밀한 사생활을 구체적으로 이야기할 준비가 되지 않았다. 브라이트너 선생이 이런 망설임을 알아차렸다.

"여기 오게 된 이유를 다섯 가지만 말씀해보세요."

나는 숨을 깊이 들이마셨다. 그리고 말하기 시작했다.

"하루가 너무 짧습니다. 업무에서 완전히 벗어날 수가 없어요. 너무 예민하고 스트레스를 많이 받습니다. 아내는 제 신경을 긁어대고 아이 얼굴을 자주 볼 수 없어 항상 그립습니다. 어쩌다 아이와 함께하는 시간에도 저는 다른 일을 생각합니다. 아내는 제가 하는 일을 존중하지 않아요. 일도 저를 존중하지 않는 건 마찬가집니다⋯."

"숫자를 못 세는군요."

"네?"

"방금 꼽은 아홉 가지 중에 다섯 가지는 과부하 상태일 때 나타나는 전형적인 증상입니다. 그런 생각이 들었던 상황을 몇 가지 말씀해주시겠어요?"

마지막으로 과부하를 느낀 순간을 떠올리는 데는 긴 시간이 필요하지 않았다. 나는 방금 전 상담실 문 밖에서 겪은 생각의 흐름과 요동치던 감정의 파도를 설명했다.

선생이 고개를 끄덕였다. "이미 말했듯 명상을 배우는 것은 도움이 될 겁니다."

"좋아요. 그럼 시작하시죠."

"명상이 무엇인지 생각해본 적 있습니까?"

"앞으로 지불하는 상담료를 통해 잘 알게 되리라 생각합니다."

"당신이 문 앞에 서 있을 때 이미 무료로 그것을 배웠습니다." 선생이 부드럽게 말했다.

"제가 제대로 수업에 집중을 안 했나 보네요."

"바로 그게 핵심입니다. 당신은 3분간 문 앞에서 초인종을 한 번 더 누를지 고민했습니다. 180초 중 얼마나 다른 생각에 할애했나요?"

"솔직히 말하자면 176초 정도 되겠네요."

"무슨 생각을 했습니까?"

"보석점, 경찰서, 로펌, 의뢰인, 딸 그리고 아내와의 다툼이요."

"그러니까 당신은 3분 동안 여섯 개의 각기 다른 주제를 떠올렸네요. 그와 연관된 감정도 있었겠죠. 그 생각들에 대한 어떤 해결책이라도 나왔습니까?"

"아니요, 저는….."

"그런데 왜 그런 생각을 한 거죠?" 선생이 아주 흥미롭다는 듯 물었다.

"그냥 어쩌다보니 그렇게 되었는걸요."

만약 의뢰인이 법정에서 이렇게 말했다면 나는 그 입을 틀어막았을 거다.

"명상은 당신이 그런 생각이 들지 않게 만드는 단순하고 효과적인 수단입니다."

"그렇군요. 좀 더 자세히 설명해주시겠어요?"

"쉬운 원리입니다. 당신이 문 앞에 서 있다면, 그저 서 있는 행위에 집중합니다. 당신이 부인과 다툰다면, 오로지 다툼에 몰두하는 거죠. 만약 당신이 문 앞에서 기다리는 시간을 부인과의 언쟁을 떠올리는 데에 사용한다면, 그것은 명상의 원리에 어긋납니다.”

“그럼 어떻게 해야 문 앞에서 명상을 할 수 있습니까?”

“그저 서 있기만 하는 겁니다. 3분간 아무것도 하지 않고요. 그렇게 있다보면 당신이 한곳에 머무른다고 해서 세상이 혼돈에 빠지진 않는다는 걸 깨닫습니다. 오히려 그 반대죠. 그 순간을 판단하지 않으면 어떤 부정적인 생각도 들지 않습니다. 자연스럽게 받아들입니다. 당신의 호흡을 의식해보세요. 새로 니스를 칠한 나무 문의 냄새가 납니다. 몸과 머리카락을 스치는 바람을 느낍니다. 스스로를 편안하게 인식하기 시작하면 3분 뒤에는 모든 스트레스가 사라집니다.”

“그러면 제가 다시 벨을 누를 필요도 없었던 건가요?”

“처음부터 벨을 누르지 않아도 되었습니다. 어떤 의도도 없이 그저 문 앞에 서 있는 것으로 충분합니다.”

나는 이 기본 규칙을 시작으로 뭔가 배울 수 있겠다는 느낌이 들었다. 굳어진 목덜미의 통증이 사라졌다. 몇 주가 지나서야 나는 브라이트너 선생이 그 후 몇 분만에 내 첫 살인의 만트라(불교나 힌두교에서 기도나 명상을 할 때 외우는 주문 또는 주술—옮긴이)를 가르쳤음을 깨달았다.

자유

> 하고자 하는 일을 계속해서 하는 사람은 자유롭지 않다. 무언
> 가를 해야 한다는 생각만으로 강박에 사로잡힌다. 자신이 하
> 고 싶지 않은 일을 **그냥 하지 않는** 사람만이 자유로운 자다.
>
> 요쉬카 브라이트너,
> 『추월 차선에서 감속하기 – 명상의 매력』

요쉬카 브라이트너가 찻잔에 차를 따랐다.

"우리가 스트레스를 받는 가장 큰 이유는 자유에 대해 잘
못된 생각을 가지고 있기 때문입니다."

"오, 그렇군요."

"자신이 원하는 일을 할 수 있는 걸 자유라고 믿는 건 착각

입니다."

"뭐가 잘못됐다는 거죠?"

"계속해서 무언가를 해야만 한다는 전제 말입니다. 그게 당신이 느끼는 스트레스의 주요 원인입니다. 문 앞에 선 채 온갖 생각을 다 떠올리는 것이 당연하다 여깁니다. 물론 생각은 자유죠! 하하, 바로 그것이 문제입니다. 자유로운 생각은 다시 이리저리 날뛰기 시작합니다. 하지만 당신은 어떤 생각도 할 필요가 없습니다. 오히려 그 반대죠. 아무런 생각도 하기 싫다면 그저 무념무상의 상태로 있어야 합니다. 그러면 비로소 생각이 자유로워집니다."

"하지만 저의 하루는 생각만으로 흘러가지 않습니다." 내가 반박했다. "가장 큰 문제는 제가 하는 일 때문에 생깁니다."

"그것 역시 마찬가지입니다. 당신이 하고 싶지 않은 일을 반드시 할 필요는 **없습니다.** 그 사실을 받아들이고 나면 비로소 자유로워질 것입니다."

내가 하고 싶지 않은 일을 꼭 할 필요는 없다. 나는 자유롭다.

이후 4개월이 채 지나지 않아 나는 자유의 구체적인 개념을 알게 되었다. 하고 싶지 않은 것을 굳이 하지 않는 자유를 맛보게 된 것이다. 안타깝게도 이것 때문에 타인의 자유를 제한해야만 했다. 남의 목숨을 빼앗았기 때문이다. 하지만 나는 세상을 구원하려고 이 명상 코스에 참여한 게 아니다. 스스로를 구원하기 위해서였다.

명상은 '삶이자 살아가는 것'이 아니다. 명상은 '살아남아라!'라는 명령이다. 그리고 이것은 명상을 행하지 않는 타인의 삶에 영향을 끼칠 수 있다.

내가 지금까지 첫 살인에 만족하는 이유는 그 순간을 평가하지 않고 애정을 갖고 즐길 수 있었기 때문이다. 첫 상담에서 명상 코치가 한 시간 동안 바람직하다고 가르쳐준 태도대로 말이다. 첫 살인은 순간적으로 일어난 욕구를 자유의지로 따른 결과였다. 그런 의미에서 보면 아주 성공적인 명상 연습이었다. 다른 사람이 아닌, 바로 날 위한 연습이었다.

그러나 내가 브라이트너 선생 앞의 소파에 앉아 두 번째 잔을 마셨을 때는 아직 아무도 죽지 않았을 때였다. 일단 업무 스트레스를 줄여보고자 앉아 있었기 때문이다.

"당신의 직업에 대해 말씀해주십시오. 변호사라고요?" 선생이 물었다.

"네, 형법 전문 변호사입니다."

"그럼 당신은 이 나라의 모든 국민이 혐의에 상관없이 공평한 재판을 받도록 하겠군요. 그건 아주 보람 있는 일입니다."

"그래서 처음에 걱정이 많았습니다. 법대생, 시보 생활을 거쳐 직장 생활이 시작됐습니다. 그러나 성공한 형법 변호사의 현실은 완전히 다릅니다."

"어떻게 다른가요?"

"저는 깡패들이 저지른 사건의 뒤처리를 하고 다닙니다. 도덕적으로 별 가치가 없는 일이죠. 하지만 돈은 많이 법니다."

나는 선생에게 DED(드레스덴(D), 에르켈(E), 단비츠(D) 씨가 공동으로 세운 로펌 사무실의 이름이다)에서의 경험을 들려주었다. DED는 경제 분야에 중점을 둔 중형 규모의 로펌이다. 온갖 형법 관련 문제 역시 다루고 있었다. 하루 종일 부자 의뢰인들을 위해 새로운 세금의 허점을 찾는 것 외에는 하는 일이 없는 넥타이 군단이었다. 이 모든 노력에도 불구하고 탈세, 경제 사범, 배임 및 사기 행위로 형사소송에 걸린 사람들을 관리하기도 했다. 이 바닥에서 첫발을 떼려면 시험을 두 차례 통과하고 무보수 인턴으로 여러 번 일한 경력이 있어야 했다. 그리고 이 조건을 충족한 지원자 중에도 뽑히는 것은 열 명 중 한 명이었다. 2차 국가고시 직후 이곳에서 직장을 구한 것은 로또 당첨이나 마찬가지였다. 당시 나는 운이 좋다고 생각했다.

"지금은 그렇게 생각하지 않습니까?" 요쉬카 브라이트너가 물었다.

"이제는 제가 생각했던 것과 다르게 상황이 흘러갑니다."

"그게 바로 인생이죠. 당신의 인생에는 무슨 일이 있었습니까?"

내 경력을 압축시켜 말했다. 끔찍했던 초년의 급여와 근무 조건에 관해 이야기했다. 일주일에 6일 반, 하루에 열네 시간을 일했다. 매 순간 냉혹한 환경에서 경력을 다투는 바보들에게 둘러싸인 것 같았다. 쳇바퀴를 도는 햄스터 같기도 했다.

내가 무슨 말을 하는지 안다. 나 역시 그들 중 하나였다.

나의 첫 의뢰인은 로펌을 처음으로 방문한 인물이었다. 신참 변호사는 이런 의뢰인을 배정받았다. 그 의뢰인이 바로 드라간 세르고비츠였지만 그건 선생에게 언급하지 않았다. 단지 의뢰인이 '수상했다'라고만 말했다. '수상했다'라는 단어는 드라간의 사업을 아주 과소평가한 표현이었다. 그가 운영하는 홍등가의 불빛은 30킬로미터 속도제한 구역에서 단속 카메라에 적발되는 차량 130대보다 강렬하게 빛났다.

그러나 드라간은 경제적으로 성공을 거두었다. 그에게 신세를 진 DED의 '주요' 의뢰인 몇몇이 우리 로펌을 추천했다.

첫 만남부터 드라간은 탈세를 언급했다. 그의 말이 전부 거짓은 아니었지만, 검찰의 기소 내용과는 달랐다. 드라간은 자신의 재무 담당자가 마음에 안 든다며 병원 신세를 질 정도로 폭행했다. 그 담당자는 회복하여 음식을 섭취하고 진술서를 작성할 수 있을 정도가 되어서도 이상하게 탈세 의혹이나 드라간에 대해 진술하길 거부했다. 단지 운이 없어 넘어졌다고 말했다.

드라간의 두 주먹이 내가 치른 두 번의 국가고시보다 효과
적이라는 사실은 수년에 걸쳐 증명되었다.

드라간은 잔인한 포주일 뿐 아니라 거물 딜러, 무기 거래
상이었다. 내가 그를 만났을 때 드라간은 자신의 사업을 불
법과 합법을 넘나드는 수출입 회사 정도로 위장하고 있었다.
요컨대 드라간은 우리 로펌의 품위 있는 표현으로 말하자면
'골칫덩이' 의뢰인이었다. 큰돈을 벌게 해주지만 같이 일하
는 것을 드러내놓고 자랑할 만한 인물은 아니란 뜻이다.

물론 로펌은 내가 알고 있는 온갖 금융 편법을 동원하고
드라간에게서 수당 받는 일을 막지 않았다.

드라간은 내가 감당할 첫 업무 과제가 되었다. 그의 기업
포트폴리오를 현대화시키고, 그 활동을 검찰의 감시망에서
벗어나게 하는 데에 모든 열정을 쏟아부었다. 드라간의 주요
수입원은 여전히 마약, 무기, 매춘업이었지만 그 사업을 수많
은 운송 회사와 프랜차이즈 업체로 위장했다. 내가 드라간에
게서 지분을 취득한 사업체들이기도 했다. 더불어 EU 보조
금을 어떻게 착복하여 불가리아에 있지도 않은 가지 농장에
투자하는지 보여줬다. 마약 거래와 비슷한 수준으로 질 나쁜
온실가스 배출과 관련해서 서류 조작 방식을 알려주기도 했
다. 그리고 두 가지 분야 모두 정부 지원금을 받아냈다. 나의

조력에 힘입어 드라간은 몇 년 만에 대중적 이미지를 잔인한 딜러, 포주에서 존경받는 사업가로 바꾸었다.

나는 대학에서 배우지 못한 모든 것을 완벽하게 해냈다. 그것은 증인을 '교사하고' 검사를 '달래고' 동료의 '인정을 받아내는' 일이었다. 간단히 말해 사람을 설득하는 데 아주 능숙해졌다는 뜻이다.

"왜 그런지 아시나요?" 내가 브라이트너 선생에게 물었다.

"알려주십시오!"

"처음에는 계약 조항이 있었기 때문입니다. 저는 나쁜 사람이 아니에요. 정말입니다. 오히려 소심하고 지루한 사람입니다. 그리고 책임 의식이 있죠. 책임감이 저의 가장 부정적인 성격일 수도 있습니다. 제가 직접 설계한 시스템이 좋지 않다는 것은 잘 알고 있습니다. 타인과 저 자신 모두에게 말입니다. 폭력, 부당함, 부정행위에 보상하고 사랑, 정의, 진실을 부정적 가치로 치부하는 제도는 나쁩니다. 그래도 최소한 **저는** 시스템 내에서 잘할 자신이 있었습니다. 책임감을 갖고 이 시스템이 원활하게 돌아가도록 몇 년간 모든 노력을 기울였습니다. 그러면서 저 스스로가 어떻게 변하는지 전혀 알지 못했습니다. 야심에 찬 법률가에서 조직범죄를 완벽하게 위장하는 변호사가 되어가는 걸 몰랐죠."

어느 시점이 되자 내가 일궈낸 일을 완벽하게 해내는 것이 재미있었다. 하지만 완벽주의가 전부는 아니다. 어느 정도 실력 있는 변호사로서 의뢰인을 곤경에서 구해냈다. 그러나 상황이 바뀌지는 않았다. 가장 비싼 슈트를 입고 있어도 드라간에게서 진지한 사업가의 풍모가 느껴지지 않는 것과 같다. 그는 예전에도 난폭한 미치광이였고, 지금도 그렇다.

변호사 비밀 유지 의무의 범위 내에서 나는 찰스 맨슨(미국의 중범죄자. 그를 숭배하던 맨슨 패밀리는 잔혹한 연쇄 살인을 저질렀다—옮긴이)의 고해를 듣는 신부보다도 정신 나간 잔학 행위를 많이 들었다. 동시에 드라간의 경쟁자들과 그의 범죄를 목격했을 가능성이 있는 증인들을 무자비하게 공격했다. 그러다가 문득 내가 사악한 분위기를 풍기는 데에 놀라곤 했다. 스스로 깨달을 정도가 되었다는 건 예민한 아내가 이미 먼저 알아챘다는 의미였다. 아내는 내가 언젠가 이런 삶을 견딜 수 없게 될 거라고 확신했다.

3

호흡

호흡은 우리의 몸과 정신을 연결시킨다. 우리는 살아 있는 한 숨을 쉰다. 우리는 숨 쉬는 한, 살아 있다. 호흡함으로써 시간의 섬을 마련할 수 있다. 호흡에 집중할 때면 신체와 정신을 연결하는 데에 몰입한다. 호흡을 통해 부정적 감정이 신체와 정신에 끼치는 영향을 진정시킬 수 있다.

요쉬카 브라이트너,
『추월 차선에서 감속하기 - 명상의 매력』

요쉬카 브라이트너에게 내가 가진 구체적인 두려움에 대해 설명했다. 내가 '골칫덩이' 의뢰를 아무리 성공적으로 관리한다고 해도 결코 회사에서 파트너로 인정받지 못할 것이다.

나는 성공적인 '골칫덩이' 변호사가 되어 있었다. 하지만 '골칫덩이' 변호사는 파트너 변호사가 될 수 없다.

말하는 동안 호흡이 가빠졌고 위통과 목의 경직을 느꼈다.

"언제 처음으로 당신의 가치관 변화를 인지했습니까?"

잠시 생각하니 머릿속에 몇 가지 결정적 장면이 스쳐갔다.

"어느 날 밤이었습니다. 딸 에밀리는 당시 생후 2개월 정도로 아주 어렸습니다. 아이가 깊이 잠들지 못하는 것은 자연스러운 일이었죠. 에밀리는 처음부터 모유가 아닌 분유를 먹었기에 아내와 제가 밤에 교대할 수 있었습니다. 늘 그래왔듯 낮에는 할 일이 태산이었습니다. 그러나 저는 기꺼이 아이를 돌봤습니다. 어린 딸과 함께 아기방에 있는 고요한 시간은 마치 저만의 평화로운 세상 같았습니다…. 어느 날 밤, 저는 완전히 지친 에밀리를 팔에 안고 있었습니다. 아이는 막 트림을 한 상태였고 옹알이를 했습니다. 저는 아기를 재우면서 세상이 얼마나 아름다운지 이야기해주었습니다. 그러다 갑자기 그 세상이 제가 어린 시절에 듣던 것임을 깨달았습니다. 하지만 제가 지금 살고 있는 세상은 아니었죠."

요쉬카 브라이트너가 한동안 생각에 빠진 듯 고개를 끄덕이다가 물었다. "그럼 그 일을 왜 하시는 겁니까? 돈 때문인가요?"

나는 생각에 잠겼다. 아니, 일에 있어 돈이 유일한 자극제는 아니었다.

"저는 제가 할 수 있는 일을 사랑합니다. 하지만 제가 하고 있는 일은 증오합니다."

"둘 중 어느 것이 당신에게 더 영향을 미칩니까?"

"사랑과 증오 중에서요?"

"여기에 온 이유가 뭐죠?"

"후자 때문입니다."

"그리고요? 그게 당신의 신체에 어떤 영향을 미치나요?"

"목이 뻐근해지고 위통에 호흡 곤란….

"그럼 오늘 상담은 가빠진 호흡을 가라앉히는 연습으로 마치는 게 좋겠군요."

브라이트너가 찻잔을 내려놓고 손가락에 힘을 뺀 뒤에 부드럽게 일어섰다. 나도 같이 일어났다. 나는 그를 미심쩍은 눈길로 바라보았다. 사이코패스 같은 중범죄자들과 이해심 없는 아내로 인한 분노를 정말 호흡으로 해결할 수 있을까?

"똑바로 서보세요. 등을 바르게 펴고 가슴을 살짝 앞으로 내미십시오. 다리를 어깨너비로 벌리세요. 무릎은 약간 굽히시고요."

그가 시범을 보이는 대로 따라 했다.

아무 일도 일어나지 않았다.

"이다음에는 뭘 하나요?"

"계속 호흡하고 있나요?"

"그건 42년째 하고 있습니다만."

"그렇다면 당신의 호흡에만 집중하세요." 브라이트너가 지시했다. "신체의 어느 부위에서 호흡이 느껴집니까?"

"어디에서 느껴지냐면…."

브라이트너가 내 말을 끊었다. "그냥 수사적 질문이었습니다. 이 연습의 미학은 당신이 숨결을 느끼는 부위가 어디인지는 아무 상관이 없다는 점입니다. 가장 중요한 건 당신이 호흡을 느끼는 거죠. 제 질문에 대답할 필요가 없어요. 스스로 느껴야 합니다. 몸 안에서 즐거운 일이 수없이 일어남을 깨닫는 것입니다. 호흡은 당신이 살아 있는 이유이자 증거입니다. 기적 같은 일이죠. 당신뿐 아니라 모든 생명체에게 말입니다. 호흡은 몸과 영혼을 결합합니다. 자, 숨을 들이쉬면 어디서 호흡이 느껴지나요?"

나는 아무 말도 하지 않고 그냥 느꼈다.

"숨을 내쉬면 어디서 호흡이 느껴지나요?"

나는 다시 아무 말도 하지 않았다.

"이제 몸 전체적으로 느끼도록 해보세요."

나는 숨을 쉬며 계속 스스로 느껴보려 했다. 지루하기 이를 데 없는 바보짓이군.

"이게 명상인가요?" 나는 연습을 끝내고 싶었다.

"만약 지금 자신의 호흡에 집중했다면 명상을 한 겁니다, 맞아요."

"그럼 이게 제 주변 멍청이들을 변화시킬 수 있습니까?" 내가 물었다.

"그건 아닙니다. 그들에 대한 당신의 반응을 바꿀 수 있습니다."

"그럼 그들은 사라지지 않는군요?"

"그렇습니다. 하지만 당신에게는 평화가 찾아오죠. 가쁜 호흡, 뻐근한 목, 위통은 좀 어떻습니까?"

다시 내 몸을 살폈다. 모두 없어진 상태였다. 아주 놀랍군.

"사라졌습니다." 내가 대답했다.

"자, 다음에 아내가 당신을 짜증나게 하거나 로펌에서 문제가 생기면 잠시 화장실에 가서 숨을 쉬세요."

"화장실이요? 하지만 거기는….'"

"그럼 입으로 숨을 쉬어보십시오. 그곳은 보호받는 공간입니다. 세 번 정도 방금처럼 호흡하다보면 가쁜 숨도 안정됩니다. 그럼 다른 상태도 나아질 겁니다. 이제 당신은 모든 문제를 더 쉽게 해결할 수 있습니다. 오늘은 여기까지 할까요?"

"네, 다음 주에도 같은 시간에 올까요?"

"아니요, 다음 주에는 정각에 보도록 하죠."

나는 요쉬카 브라이트너가 가르쳐준 것이 완전히 엉터

리는 아니라고 생각했다. 적어도 뻣뻣한 목덜미가 부드러
워졌기 때문이다. 이후 매주 목요일 브라이트너를 만났다.
8시 즈음에. 물론 대개는 그보다 늦어졌다.

4
시간의 섬

바다에서 가라앉아 익사하지 않으려면 당신만의 시간의 섬을 창조해야 한다. 이곳은 당신이 의식적으로 스스로를 안정시키는 보호된 공간이다. 여기에는 '나는 반드시 무엇을 해야 한다'는 개념이 없다. '나는 존재한다'는 명제만 있다. 시간의 섬은 장소가 아닌 기간이다. 1분이 될 수도 주말 전체가 될 수도 있다. 어떤 경우라도 그것은 오직 당신만을 위한 시간으로, 당신이 정의 내리고 지켜내야 할 기간이다. 좌초한 배에서 탈출해 섬을 찾아낸 사람처럼 이곳에서 휴식과 먹을거리, 에너지를 얻을 수 있다. 언제 시간의 섬을 찾을지 결정하는 것은 당신이다. 이곳을 떠나는 시기도 당신에게 달렸다. 당신은 모든 침입자로부터 시간의 섬을 방어한다. 그리

37

고 언제나 당신만을 위한 시간의 섬이 있음을 알고 있다.

요쉬카 브라이트너,
『추월 차선에서 감속하기 – 명상의 매력』

호흡 연습으로 나의 세상이 치유되진 않았다. 의뢰인 드라간
에게 명상 훈련과 호흡 연습에 대해 말했다면 그 즉시 바보
천치 취급을 받았을 것이다. 드라간은 이후 몇 주에 걸쳐 할
일을 수없이 쌓아주었다. 예를 들어 그는 합법 부동산 중 하
나를 도시에서 가장 호화로운 유곽으로 리모델링할 계획을
세웠다. 우아하고 고전미를 풍기는 5층짜리 건물이었다. 리
모델링을 위해 해결해야 할 아주 사소한 법적 문제가 있었다.
4층에 세입자가 살고 있었고, 1층에는 건물의 본 목적에서 한
참 벗어난 유치원이 있었기 때문이다. 현재 설계 도면은 유곽
과는 동떨어져 있었다. 이 일을 성사시키려면 수많은 공무원
을 설득해야 했다. 나는 거의 매일 밤 드라간과 함께 일하거
나 그가 시키는 일을 처리했다. 관련자를 설득하거나 협박해
서 협조하도록 만들기 위해서였다.

그래도 늘어난 업무 시간을 쪼개 짧은 명상과 호흡법을 연
습할 수 있었다. 국토부의 담당자를 만나기 전 승강기 안에
서 호흡법을 실천했다. 그러면서 좋은 대화를 얼마나 많이
할 수 있는지 알게 되었다. 뇌물 청탁이나 위협을 하지 않고

도 말이다.

건물 세입자와 얘기하기 전에도 그곳 화장실에서 숨을 가다듬었다. 자진해서 건물을 비우지 않으면 즉시 전기와 수도가 끊긴다는 것을 그들에게 통보해야 했기 때문이다.

3년 후배가 다음 달부터 파트너 변호사가 된다는 소식을 통보받았을 때도 내 사무실에서 호흡 연습을 했다.

타인을 조종, 위협 혹은 질투할 때 양심 있는 자라면 느낄 긴장감을 찰나의 호흡으로 줄일 수 있었다.

업무 부담감은 지속되었지만 카타리나는 이제 내가 스스로 헤쳐나갈 준비가 되었다는 것을 알았다. 그럼에도 혹은 아마도 그 때문에 우리는 이후 2주 동안 우리 관계에 대해 힘겨운 결정을 내렸다.

나와 아내는 잠시 별거하기로 했다. 상황을 완화시키려고 합의한 방식이었다. 마법의 단어는 '시간의 섬'이었다. 이것은 브라이트너 선생과의 두 번째 만남에서 나온 개념이었다.

"집에서의 스트레스에 대해 말해보세요." 같이 녹차를 마시고 나서 그가 말했다.

"어디부터 시작할까요?" 내가 도움을 청했다.

"둘이 서로를 알게 된 순간 같은 거죠."

"카타리나와는 10여 년 전 수습 근무 시절에 만났습니다. 그녀는 공부를 싫어했고 나중에 안정된 직장을 찾으려고 억지로 대학에 다니는 사람이었습니다. 힘들어하는 모습이 왠지 너무 안타까웠습니다. 왜냐하면 제 경우는 완전히 달랐거든요. 전 모든 것에 흥미를 가지고 있었습니다. 더 나은 세상을 위해 싸우고 싶었어요. 어느 날 휴식 시간 저희는 커피를 마시며 이야기했습니다. 반대 입장에 있는 사람의 생각이 꽤 매혹적으로 다가왔죠."

"공부하는 이유가 다르다고 커플이 되지는 않습니다."

"그럼요, 당연히 아니죠. 물론 서로를 매력적이라 생각했고, 둘 다 싱글이었습니다. 대화가 잘 통하고 침대에서도 재미있었습니다. 그래서 함께하기로 한 겁니다."

"폭스바겐 골프 같은 관계군요."

"무슨 뜻이죠?"

"폭스바겐 골프 자동차도 같은 이유로 선택합니다. 아주 못생긴 건 아니고 다른 대안이 없으니 A에서 B까지 이동만 잘한다면 구입하는 거죠. 때로는 잔디 깎기도 가능합니다."

"그게 잘못됐나요?"

"전혀 아닙니다. 다만 당신은 낡은 포드 머스탱을 꿈꾸지만 아내는 피아트 500을 바라고 있다는 점이 문제라면 문제겠군요."

"제가 낡은 포드 머스탱을 타다가 중간에 멈추면 어떡하죠?"

"당신이 폭스바겐 골프를 타고 목적지에 잘 도착해서 이곳에 왔다고 생각하지 않습니다만."

"그래도 저희는 그 차를 타면서 오랫동안 만족했습니다."

"당신의 아내는 수년간 참고 공부해서 원하던 직장을 찾았나요?"

"보험 회사에 취직했습니다. 왜냐하면⋯ 솔직히, 저는 아직까지도 왜 그런 회사에서 커리어를 시작하는지 모르겠습니다. 아마 이상적 직업관이 없는 사람에겐 그만큼 좋은 직장 찾기도 힘들기 때문이 아닐까요. 더군다나 직장에서 실수만 하지 않으면 실패의 늪에 빠지지도 않습니다."

"그렇게 철저한 직업 윤리관을 가지지 않아도 사는 덴 아무런 지장이 없습니다."

어이쿠, 비윤리적인 일을 하는 날 꼭 집어 말하는 듯했다. 하지만 계속 말을 이어갔다.

"둘 다 첫 월급부터 같이 쓰기 시작했습니다. 함께할 시간이 있을 때에 말이죠. 멋진 레스토랑, 외국 여행, 첫 고급 아파트를 마련했습니다."

"카타리나는 어떤 사람입니까?"

나는 소파가 좀 불편해졌다. 질문의 답에는 마음에 드는 것과 거북한 것, 두 가지가 있었다. 나는 마음에 드는 대답부터 시작했다.

"처음 만났을 때 그녀는 솔직하고 조심스럽고 사랑스럽고 유머러스했습니다. 저희는 여러 가지 면에서 함께 웃을 수 있었습니다."

"그럼 지금은 어떤가요?"

이제 거북한 대답 차례였다.

"에밀리에게는 다정하지만 제겐 냉정하고 유머 감각이라고는 찾아볼 수도 없어졌습니다. 같이 웃을 일도 없고요. 대신 카타리나는 모든 일에 대해 불평하고 비난하는 탁월한 재능을 지니게 됐습니다."

"왜 그렇게 변했습니까?"

"어쩌다보니 정말 즐거워야 할 일이 의무가 되었습니다. '오늘 침대에서 나가지 말자'는 말은 '이 집에서 이사를 가자, 그렇지 않으면 우린 영원히 함께 살 수 없다'란 말로 변했습니다. '당신이라면 여생을 함께할 수 있다'라는 말이 '우리 엄마는 우리가 천천히 결혼하기를 바랐다'로 바뀌었고요. '내 아이들의 아빠가 되어달라'라는 말은 '내가 지금 약을 끊지 않으면 6년 후엔 너무 늙어 셋째 아이를 낳을 수 없을 거다'라는 말이 되었습니다."

"학업의 감옥에 갇힌 공주를 구하는 백마 탄 왕자님에서 골프하는 예스맨이 되었군요." 브라이트너가 이렇게 말하면서 고개를 끄덕였다.

"어째서 예스맨인가요? 결혼해 가정을 꾸리고 같이 사는 일은 훌륭하다고 생각합니다. 그렇지 않았다면 하지 않았을 겁니다. 하지만 더 즐거웠더라면 좋았겠지요. 저는 이 모든 것을 기꺼이 **경험하고** 싶었습니다. 그냥 체크리스트를 만들 듯 하고 싶지 않았어요. 관계가 불화의 전철을 밟아갈수록 아내는 더 무관심해졌죠. 둘 다 직장에서 일하고 있었습니다. 저와 아내 모두에게 중요한 건 배우자가 경력을 쌓는다는 사실이었고 그것이 어떤 경력인가는 딱히 저희의 초기 관심사가 아니었어요. 시간이 지나며 점차 부담스러워졌습니다. 카타리나는 점점 제 일을 싫어했습니다. 전 아내가 무슨 일을 하는지 전혀 몰랐고요. 하지만 상대가 어떤 식으로든 돈을 잘 번다는 점에서 감수하고 살았습니다."

"적어도 재정적으로는 안정적인 기반을 가졌다는 소리로 들리는군요."

"5년 후 저희는 결혼했고, 결혼 2년 후엔 에밀리가 태어났습니다."

"원하던 아이였나요?"

"물론이죠. 저는 진심으로 아이를 통해 부부 관계에도 새로운 생명이 주어지길 바랐습니다. 하지만 그렇지 못했죠."

"놀라운 일도 아닙니다. 어른 둘이 함께 해낼 수 없는 일을 아이 하나가 이룰 수 있다고 생각하나요?"

잠시 생각해봤다. 어쩐지 이 소소한 반론이 수치심을 불러일으켰다.

"카타리나는 에밀리를 완전히 독점합니다. 수유를 하고 끊는 것도 계획에 따라 진행했습니다. 부모와 자녀가 같이 참여하는 프로그램, 아기 수영 교실, 유모차를 이용한 버기 피트니스도 정해놓은 일정에 맞췄죠. 그리고 이 계획은 엄마가 혼자 결정합니다. 소중한 딸은 설계에 따라 성장하는 아이가 되었어요. 다만 저희의 관계에 한해선 계획이 없었습니다. 집에서 저는 그냥 아무 목적 없는 생식 기관일 뿐이었어요. 집에 있으면 모든 일에 실수를 연발했습니다. 귀가가 늦으면 그것도 잘못된 일이었죠. 전 싫어하는 일에 더 깊이 빠져들 수밖에 없었습니다. 적어도 거기엔 존재의 이유가 있었으니까요. 파트너 변호사가 되지는 못했지만 어쨌든 재량권이 있었고 모두의 신뢰를 받았습니다."

"에밀리가 태어난 이후로 줄곧 그런가요?"

"다소 그렇습니다. 그런 것 같네요. 이후 저는 두 사람을 위해 일했습니다. 카타리나는 에밀리와 집에 있습니다. 모녀가 참여하는 수업이 없으면요. 아내는 다른 엄마들을 싫어하지만 혹여 실수할까봐 그들의 행동을 따라 합니다. 저는 딸이 자는 모습만 볼 수 있습니다. 아이는 절 거의 못 보는 거나 다름없어요. 잔뜩 예민해진 상태로 귀가해, 피곤에 절어 있는 아내와 마주치니 저희는 점점 더 자주 다퉜습니다. 심지어 카타리나는 저보고 대체 집에 왜 온 거냐고 묻기까지 했습니다. 아무런 답도 하지 못했죠."

"이제 그 답을 얻었나요?"

"아니요." 내가 망설임 없이 대답했다.

이 명백한 부정은 외과 수술처럼 정확하고 날카롭게 대화를 차단했다. 이어진 침묵은 길었지만 나는 편안했다. 휴식이 끝나고 요쉬카 브라이트너는 놀랄 만한 것을 준비하고 있었다.

"시간의 섬을 아십니까?"

"네?"

"시간의 섬 말입니다. 당신에게 도움되는 일을 할 수 있는 한정된 기간입니다. 이외에는 아무런 일도 하지 않고요."

"부모님 세대의 '주말'과 '자유 시간'을 가리키는 것 같네요."

"맞습니다. 그리고 당신 세대는 그것을 스마트폰으로 대체했습니다. 이제 주말과 휴일 대신 지속적인 접근성과 명상에 관한 조언을 얻은 셈이죠."

"달갑지 않은 교환이군요."

"제 수업을 들으면 스마트폰을 명상으로 능숙하게 대치할 수 있습니다."

"그럼 시간의 섬이 어떻게 제 상황에 도움이 되나요?" 나는 알고 싶었다.

"음, 흥미롭게도 당신은 이미 시간의 섬 개념을 일부 구현했습니다. 집에 있는 게 불편하기 때문에 더 많은 일을 하게 되었죠. 거기선 적어도 아내한테는 방해받지 않을 겁니다. 하지만 참으로 놀랍게도 정신 나간 의뢰인이나 당신에게 실망한 아내나 감당하기 힘든 건 매한가지인 모양입니다."

"대안은 무엇인가요?"

"자신을 위해 뭔가를 해보세요. 아내도 사이코패스도 없는 자유로운 공간을 만드십시오!"

"업무에서 벗어날 시간이 조금이라도 있다면 가족과 함께하고 싶습니다."

"가족과 지내는 모습은 실제로는 존재하지 않는 이상입니다. 육신은 집에 머물지만 정신적으로는 일을 놓지 못하거나 결혼 생활에 관해 불평한다고 생각해보십시오. 당신과 당신 아내 그리고 아이에게도 전혀 도움이 되지 않습니다. 그들은 모두 당신의 정신까지도 온전히 가족과 함께이길 바랄 겁니다. 그러니 가족만을 위한 시간의 섬을 만드세요. 거기선 그 어떤 것도 필요 없습니다. 시간의 섬에서 주어진 시간을 즐기면 됩니다."

"이 시간의 섬의 주도권은 제 아내가 잡고 있는 거죠, 그렇죠?"

"당연히 아니죠. 당신의 시간의 섬입니다. 저는 당신 자신과 아이만을 위한 시간의 섬을 만들 수 있다고 생각합니다. 그곳에 도착하면 오로지 아이만 생각할 겁니다. 만약 아이에게 온전히 신경을 쏟을 수 없다면 그냥 떠나면 됩니다. 당신과 아내의 공간을 분리하면 더 편안할 수도 있겠네요. 이렇게 당신은, 어쩌면 당신 아내도 마찬가지로, 지금 있는 곳에서 중요한 것이 무엇인지 명확히 배울 수 있습니다."

그날 밤 나는 카타리나에게 제안했다. 잠시 별거 후 다시 만나자고 말이다. 시간의 섬을 마련하는 것과 나의 개인적인 불만에 관해서도 이야기했다. 놀랍게도 카타리나는 이 제안에서 결혼의 끝이 아닌 한 가닥 희망을 보았다. 내가 꿈꾸고 있는 걸까, 비난 대신 이런 반응이라니. 이제는 정작 내가 헤어지자고 말하고 싶은 심정이었다! 아내가 울면서 내 목을 감싸 안았다. 몇 달 만의 일이었다.

"제안해줘서 너무 고마워. 이대로는 더 이상 견딜 수 없었을 거야."

"그런데 왜 잠시 따로 살자고 권하지 않은 거야?"

"내 아이의 아빠를 버리기 싫었으니까. 난 그저 내가 결혼했던 그 남자를 되찾고 싶을 뿐이야."

아내는 그 남자를 다시는 못 볼 것이다. 그녀가 결혼했다고 생각한 남자는 존재하지 않기 때문이다. 카타리나는 남편에 대한 바람을 투영한 하얀 캔버스와 결혼했다. 하지만 나는 언제고 투사된 인물인 듯 행동할 준비가 되어 있었다. 그럴 여유만 있다면 말이다.

"그럼 당신과 다투던 남자를 지워내고 결혼했던 그 남자로 방문하면 될까?" 나는 조심스럽게 물었다.

"내 아이의 아빠가 오는 걸로 충분해. 가장 중요한 건 나와 싸우던 그 남자가 사라지는 일이야. 그동안 나와 결혼한 남자를 그리워했어."

우리는 껴안았다.

그러나 훈훈한 순간은 카타리나가 제안에 조건을 걸면서 깨졌다. 아내가 품에서 벗어나 위협적으로 나를 쳐다봤다.

"시간의 섬을 못 지키면 정말로 끝이야. 당신이 에밀리보다 일을 더 중요하게 여긴다면 그다음은 없어. 다시는 에밀리를 보지 못할 거야. 결국 아이 엄마는 나니까."

그냥 캔버스 속 그림으로 남을까. 아침 해가 떠오르지 않는 지평선은 완전한 암흑이다. 공허한 협박이 아니었다. 나는 변호사로서, 법정에서만큼은 19세기 가족 이미지가 여전히 유효하다는 사실과 이에 의존하여 현대에도 여성들이 양육권 확보에 막강한 힘을 가진 걸 안다. 엄마가 원치 않으면 아빠는 아이를 보지 못한다. 영원히 끝이다. 냉정한 카타리나는 충분히 그럴 사람이다.

이 협박의 연장선상에서 나를 집 밖으로 내보내는 게 훨씬 쉬워졌다. 아내가 얼음장 같은 연못을 완전히 얼어붙게 만들기 전에 떠나서 기뻤다.

나는 같은 동네에 가구 옵션이 포함된 아파트를 구했다. 에밀리를 돌볼 수 있는 시간의 섬을 찾았다. 처음에는 오전 몇 시간만 돌보고 저녁에는 양심의 가책 없이 다시 일을 했다.

그렇게 며칠을 지내고 나니 몇 주 뒤에는 일요일 오후 내내 아이와 시간을 보낼 수 있게 되었다. 그 시간은 점점 일요일 하루 동안으로, 2주에 한 번 주말 내내로 계속 길어졌다.

하지만 그보다 긴 시간은 일 때문에 불가능했다. 처음엔 그렇게 생각했다.

에밀리와 함께 지내는 시간의 섬은 나를 풍요롭게 만들었다. 작은 아이와 둘만의 시간을 보내는 일이 놀라운 자유를 주었다. 모든 것을 재는 엄마 없이 내키는 대로 놀았다. 나만의 시간의 섬에서 로펌에 대한 생각은 접었다. 이곳에서 나는 왕이자 마법사 그리고 아빠였다.

에밀리와 나는 연못에서 뒤뚱거리며 걷는 오리를 보고 마음껏 웃었다. 카타리나가 다른 엄마를 비판하는 말을 듣지 않아도 되었다. 아이는 선크림도 바르지 않고 놀이터에서 삽으로 흙을 푸고 놀았다.

아이스크림 가게에서 맛있는 걸 주문하는 게 훨씬 더 재밌어졌다. 물론 **유기농 테스트를** 거친 제품도 아니었다.

나와 에밀리에게 더 이상 옳고 그른 문제는 없었다. 모든 게 좋거나 더 좋은 것만 있었다. 아이와 함께 시간의 섬에 있는 몇 시간은 셋이서 하루 종일 지낼 때보다 천 배는 더 강렬했다.

그리고 아이와 있는 시간만큼은 아무런 방해도 받지 않게 만들었다. 로펌에도 그렇게 얘기했다. 심지어 드라간도 그걸 알고 있었다.

마피아의 압박 수단은 엄마의 압력과 비교 대상이 아니다. 카타리나는 딱 한 번 협박했지만 그녀는 아직 살아 있다. 내가 시간의 섬을 망치면 우리 관계는 끝장이다. 에밀리와도 끝난다.

카타리나와 나는 이 전제를 기반으로 싸우는 횟수를 거의 0으로 줄였다. 우리는 벨벳 장갑을 끼고 서로의 손을 마주잡으며 에밀리와 함께했다(떨어져 있을 때도 그랬다). 겉으로는 모든 게 잘 흘러가는 것 같았다.

드라간은 조직범죄를 저지르는 많은 중범죄자처럼 자신이 아이를 사랑하는 사람이라고 생각했다. 아이들이 방해되지 않는 선에서 말이다. 그는 자신에게 10유로를 빚진 사람이 가족 여행을 갈 때 채무자의 자동차 타이어 너트를 풀어두었다. 그 행위에 아무 거리낌도 없었다. 그 후 고아가 된 두 딸에게 동물원 자유 이용권을 선물했다.

드라간이 내 시간의 섬을 침범하려 했을 때 에밀리는 두 살 반이었다.

5
디지털 다이어트

> 명상은 스스로의 요구에 부응하는 것이다. 타인의 연락이 닿는 곳은 명상의 반대편이다. 휴대전화와 컴퓨터를 일부러 끄는 것은 좋은 시작이다. 그러나 당신의 목표는 휴대전화와 컴퓨터를 필요할 때만 켜는 것이 돼야 한다.
>
> 요쉬카 브라이트너,
> 『추월 차선에서 감속하기 - 명상의 매력』

그다음 주, 그리고 몇 달간 새로운 명상 연습은 삶에 긍정적 영향을 미쳤다. 카타리나와 나는 부부라는 연약한 관계보다 더 타당한 파트너 관계로 발전했다. 우리가 내딛는 얼음 표면은 점점 두꺼워졌다. 우리는 먼저 석 달간의 명상 훈련을 평가하지 않고 흘러가는 대로 두기로 했다. 그리고 최소 한 달이 지난 다음 미래에 대해 구체적인 생각을 하기로 마음먹었다.

나는 더 이상 일에 매이지 않고, 에밀리에게서 삶의 의미를 찾았다. 요쉬카 브라이트너 선생에게선 호흡과 시간의 섬의 의미를 배웠다. 선생은 내가 미래에 사용 가능한 모든 종류의 명상 실습법을 가르쳤다. '평가 없이 받아들이는 것'과 '의도적으로 초점 맞추기'의 원리에 눈을 뜨게 해줬다. 내면의 저항을 극복하는 일은 명상 호흡법만큼 익숙해졌다.

12주가 지나 명상 훈련이 끝날 때 요쉬카 브라이트너는 작별 선물로『추월 차선에서 감속하기-명상의 매력』(수업료를 생각하면 가죽 표지라도 있을 줄 알았다)을 주었다. 나는 그 책을 항상 가지고 다니기로 결심했다.

명상과 함께하는 새로운 삶을 기념하려고 상담 과정이 끝난 첫 주말, 에밀리와 시간의 섬에서 짧은 휴가를 보내기로 했다.

카타리나도 찬성했다.

덕분에 아내도 자유를 누리고자 했다. 주말을 보낼 웰빙 호텔도 예약했다. 에밀리가 태어난 후로는 못 했던 일이다.

드라간의 변호사로서 나는 그의 부동산에 접근 권한이 있었다. 거의 모든 부동산은 드라간 때문에 마련한 것으로, 명의는 여러 회사가 나눠 가졌다. 그중 하나가 도시에서 약

80킬로미터 떨어진 호숫가의 멋진 주말 별장이었다. 보트 정박장, 모래사장과 바비큐장이 있는 곳이었다. 에밀리는 물을 좋아했고 우리는 호숫가 별장을 시간의 섬 요새로 만들고 싶었다.

그 별장은 불가리아 가지 농장에 지급된 EU 농업 보조금으로 구입했다. 일단 공공 기금이 필요한 곳이 아니라 뻔뻔한 신청인에게 지급되었으니 그 소비도 같은 선상에 있었다. 별장 안의 손님용 화장실 양변기엔 휠체어 보조 기구를 설치했다. 그리고 '장벽 없는 통합 연구 교육 센터'에 다섯 쪽짜리 보고서를 제출해, 온 집안을 개조하는 데 필요한 비용을 연방 교육부의 보조금으로 충당할 수 있었다. 이 보조금 역시 고급 웰빙 시설을 확충하는 데 쓰였다.

나는 이번 주말에 드라간이 브라티슬라바에서 사업상 필요한 거액의 현금을 거래한다는 사실을 알고 있었다. 드라간은 내가 아이와 함께 호숫가 별장을 쓰고 싶어 한다는 것을 알았다. 다리 위에 앉아 견과류를 먹으며 물고기에게 먹이 주는 생활을 하고 싶었다.

우리 중 누구도 주말이 완전히 달라질 거라고 생각하지 못했다.

금요일 밤늦게까지 스트레스가 심했다. 고급 유곽 관련 서류를 처리하느라 밤 11시 30분까지 일했다. 비교적 쉽게 설

54

득된 다른 세입자들과 달리 1층 유치원은 퇴거를 단호하게 거부했다. 그래서 나는 법적 수단을 동원해 그 유치원 운영자 (그들이 비록 고집스런 부모 이니셔티브의 선한 구성원이라 해도) 의 고집을 꺾어야 했다.

나는 심지어 운영자를 개인적으로 알고 있었다. 에밀리는 이번 여름부터 유치원에 다닐 예정이다. 유치원 입학은 유곽 술집을 여는 것보다도 까다롭다. 술집 면허는 중앙 정부가 발급하지만 유치원은 아니다. 그래서 카타리나와 나는 자동차로 10분 거리에 있는 30여 곳의 유치원을 모두 살펴보고 각 유치원마다 입소 원서를 냈다. 이 부모 이니셔티브 유치원은 우리 희망 순위 스물아홉 번째였다. 우리는 이곳의 운영자가 세상을 더 나은 곳으로 만드는 데 심취해 있는 거만한 자들이라고 생각했다. 나는 에밀리가 희망 순위 1위에서 5위 사이의 유치원에 들어갈 것으로 예상했다. 나머지 네 개의 유치원에 어떤 거절의 말을 할지 구상하는 데 정신이 팔려 스물아홉 번째 고려 대상인 유치원에는 신경도 쓰지 않았다. 나는 이미 부모 이니셔티브에 아주 적은 보상금을 제시한 다음 건물을 비우지 않으면 명도 소송으로 진흙탕 싸움이 될 거라고 경고했다.

보상금 수락 마감일이 지난 후 소송 준비에 들어갔다.

자정이 지난 시간, 나는 아파트에서 주말을 기다리며 금세 잠들었다.

토요일 오전, 에밀리를 데리러 카타리나의 집으로 갔다. 현관부터 이상한 느낌이 들었다. 얼마 전까지 내 집이었던 곳에 들어서는 기분이 생소했다. 하지만 그건 긍정적인 감정이었다. 내가 집을 나오기 전, 그러니까 3개월 전만 해도 여기는 거의 매일 밤 긴장감으로 가득한 장소였다. 항상 비난받았고 더 나쁘게는 완전히 무시당하는 일도 비일비재했기 때문이다.

지금은 내가 초인종을 누르면 카타리나가 미소로 반겨준다. "안녕, 비요른. 와줘서 고마워." 아내가 말했다.

이리도 짧은 시간에 얼마나 큰 변화인지.

"아빠아아아!" 에밀리는 자기 방에서 뛰쳐나와 나를 향해 달려왔다. 자기 방에 있는 새로운 물건을 모두 내게 소개한 다음(기저귀 찬 인형은 이제 없었다) 봉제 동물 인형들을 챙기기 시작했다. 그동안 아이 엄마와 나는 커피를 마셨다.

"에밀리가 소풍 가는 걸 엄청나게 기대하고 있어." 카타리나가 말했다.

"나는 먼저…."

"부탁 하나만 들어줘. 이 집에서 멍청한 마피아 놈들에 관련된 얘긴 어떤 것도 꺼내지 마."

카타리나가 이것을 부탁이라고 표현했다는 것만으로도 우

리 의사소통엔 비약적 발전이었다. 그러나 아내는 전혀 염려할 필요가 없었다. 아무도 쓰지 않는 주말 별장에 마피아의 흔적은 하나도 없었다.

"걱정 마. 마피아 낌새라도 채면 즉시 거길 떠날 테니까."

"그러고 나서 내 주말을 망치려고?" 카타리나의 목소리가 높아졌다.

"아니, 내 말은…." 나는 얼버무렸다.

"비요른, 나는 당신이 무조건 다 잘 해낼 거라는 전제하에 둘을 보내는 거야. 주말에 함께 떠나는 건 처음이라고. 만약 일이 제대로 돌아가지 않을 거라고 생각했다면 당신은 출발도 못 했어. 당신도 뭐가 문제인지 알잖아."

또 시작이군. 얼음에 균열이 생겼다. 그 밑에 있는 모든 것들이 동요했다. 나는 잠시 숨을 가다듬고서 다정하고 침착하게 대답했다.

"카타리나, 이번 주말은 절대 방해받지 않고 온전히 즐길 수 있다고 장담할게. 에밀리와 나 그리고 당신까지 말이야."

"고마워." 그녀가 다시 따뜻하게 말했다.

아내는 에밀리를 꼭 안아 배웅해주고 내 뺨에는 가볍게 키스했다.

잠시 후 나는 기뻐서 방방 뛰는 에밀리와 저택을 나섰다. 카타리나가 여전히 말 몇 마디로 우리의 기반을 흔들 수 있다는 사실은 내심 섬뜩했다. 하지만 나는 문 앞에 섰을 때 단순히 그 앞에 서 있는 법을 배웠다. 카타리나와 싸우면 그녀와 싸우는 것에 집중한다. 그래서 나는 문 앞에서 카타리나는 카타리나대로 내버려두었다. 이제부터는 시간의 섬에서 보낼 주말이 예정되어 있다.

아빠와 딸이 호수로 떠나기에 완벽한 날이었다. 푸른 하늘, 4월 말, 아침 9시, 여름 같은 기온인 27도였다.

현대의 큰 문제는 무한한 접근성이다. 스마트폰 덕택이다. '스마트'하다는 기기의 전화, 메일, 왓츠앱을 비롯한 온갖 연락 수단이 족쇄처럼 시간과 장소를 가리지 않고 주머니를 울려댄다. 어쩌면 '무자비한 폰'이라는 이름이 더 적절할지 모르겠다. 휴대전화는 무기와 같다. 위험 요인은 물건 자체가 아닌 그것을 사용하는 사람에게 있다. 하지만 권총과 반대로 스마트폰은 그것을 소유한 자에 한정해 해를 끼친다. 맞다, 권총으로도 자신의 머리를 겨눌 수 있다. 하지만 망친 삶을 끝내려는 행동이지, 삶을 망치려는 행위가 아니다.

요쉬카 브라이트너의 책에서 이런 구절을 읽었다.

명상은 스스로의 요구에 부응하는 것이다. 타인의 연락이 닿는 곳은 명상의 반대편이다. 휴대전화와 컴퓨터를 일부러 끄는 것은 좋은 시작이다. 그러나 당신의 목표는 휴대전화와 컴퓨터를 필요할 때만 켜는 것이 돼야 한다.

이 말은 잘 지키기만 하면 인생을 구원하는 문장이 된다. 지난 몇 주 동안 시간의 섬에서 휴대전화는 계속 꺼뒀고 메일함은 몇 시간이 지나도 들여다볼 생각조차 하지 않았다. 그런데 이번 주말에 그만 디지털 다이어트를 잊어버렸다. 아마 에밀리와 함께 떠나는 여행에 대한 흥분으로 부주의해진 탓이었을 것이다.

에밀리를 안전 시트에 앉힌 뒤 차고를 나왔을 때 전화벨이 울렸다. 그 순간 내가 명상을 실패했음은 아주 명확했다.

화면에 내가 모르는 번호가 떴다. 언급해선 안 되는 전화다. 드라간은 다른 사람들처럼 휴대전화 번호를 자신의 변호사에게 숨겼다. 나는 그냥 전화를 무시할 수도 있었다. 하지만 지금 가려는 주말 별장의 주인이 다시 전화하게 만드는 것은 그를 무시하는 무례한 일일 것이다. '즐거운 시간 보내라'는 안부 전화일 수도 있다. 그럴 가능성은 거의 없지만. 어쩌면 이런 말을 전할지도 모른다. "이봐, 무스타파가 주말에 매춘부 열두 명을 데리고 그 별장에서 지낸다던데, 괜찮지?" 난 방금 카타리나에게 그 어떤 사건도 일어나지 않을 거라고 비장하게 약속했다. 전화를 받았다.

"네." 내가 말했다.

"이봐, 어디 있는 거야?"

"드라간, 안녕하십니까. 에밀리와 호숫가 별장으로 가는 길입니다, 왜 아시잖아요…."

"네가 필요해. 지금 당장."

"드라간, 오늘은 에밀리와 함께하는 주말이에요."

"아이스크림 먹으러 가자." 드라간이 전화를 끊었다.

우리는 드라간의 통화 내용이 수년간 도청당하는 걸 인지했기에 중요한 대화는 절대 전화로 나누지 않았다. 대신 변호사와 의뢰인 간의 암호 몇 가지를 정했다. 사이코패스 폭력범에게 암호 코드를 숙지시키는 것은 까다로운 일이다. 엊그제 누구 다리를 부러뜨렸는지도 기억 못 하는 사람에게는 위험 상황을 암시하는 코드 여섯 개 정도를 외우는 것도 무리다.

그래서 우리는 암호를 정확히 두 개만 정했다. 하나는 '타이타닉 보기', 다른 하나는 '아이스크림 먹기'였다.

'타이타닉 보기'는 배가 침몰하고 있다는 의미다. 무거운 물건을 갑판에서 집어 던진 다음 사람들을 전부 구명보트에 태우라는 뜻이다. 지금까지 드라간은 이 암호를 쓸 일이 한 번도 없었다.

'아이스크림 먹기'는 '위험한 일이 생겼으니 지금 당장 만나야 한다'는 뜻이다. 로펌 건물 1층에는 아이스크림 가게가 있다. 드라간의 자회사 중 한 곳이 임차한 곳이다. 일단 여기서 현금 소득을 쉽게 세탁할 수 있다. 또한 외부와의 접촉을 최소화할 수 있으면서도 로펌과 인접해 있다. 아이스크림 가게의 직원 대기실은 매장 위층에 있으며 지하 주차장과 로펌 내부 엘리베이터를 통해서만 출입할 수 있다. 방에는 창문이 없고 엘리베이터 문 이외에는 출구가 없다. 직원 대기실 열쇠는 단 두 개다. 하나는 드라간이, 하나는 내가 가졌다. 로펌 동료든 첩자든 간에 그곳에서 누군가를 만날 때는 '아이스크림 먹기'라는 암호를 썼다.

드라간은 지금까지 이 암호를 두 번 사용했다.

두 번 모두 그가 경찰 추적을 피해 잠적하기 전에 개인적으로 지시를 내리려 잠시 만난 것이었다. 어떤 목격자가 있는지, 그리고 어떻게 그들을 설득할지 얘기했다. 나는 사건이 잠잠해질 때까지 일을 처리하는 데 필요한 드라간의 위임장과 그의 서명이 인쇄된 백지 용지까지 잔뜩 가지고 있었다. 그의 부재에도 나는 그의 이름을 내세워 사업을 원활하게 진행시켰다. 두 번 다 내 능력을 입증해 보였다.

드라간이 남몰래 건물 내부로 들어오려면 아이스크림 판매 차량에 탄 채 지하 주차장까지 와서 엘리베이터를 타야 했다. 나는 로펌 사무실에서 나오면 끝이었다. 아무도 우릴 볼 수 없었다.

'아이스크림 먹기'는 단지 암호일 뿐 아니라 급박한 순간

임을 의미했다. 경찰과 검찰은 물론 그 어떤 방해 요소도 우리의 미팅을 막을 수 없었다. 드라간을 반드시 만나야 했다. 나는 전화를 받았고 암호까지 들었다. 시간의 섬 따위 상관없다. 멍청이 의뢰인이 어디 뼈라도 부러졌거나 경찰이 들이닥쳤거나 마약 거래가 무산되었다 치자. 그렇다고 해서 내가 얻어낸 새로운 원칙을 포기해야 하는가? 힘들게 마련한 아빠와 딸의 주말을 전화 한 통으로 망칠 수 있을 것 같은가? 세상에, 고맙기도 해라. 참 빌어먹을 상황이다. 하지만 별도리가 없다. 전화를 무시하는 건 괜찮다. 그러나 암호를 무시하는 일은 있을 수 없다. 만약 그렇게 한다면 드라간이 할 수 있는 한 가장 처절한 보복을 할 것이다.

나는 화를 내며 휴대전화를 앞좌석 바닥에 던지고 액셀을 밟았다. 30킬로미터 속도제한이 있는 도로에서 시속 70킬로미터로 내달렸다. 그러다 (실수로) 소형차 앞에 끼어들기도 했다. 고속도로 대신 시내 중심가를 향해 핸들을 꺾으면서 타이어가 요란한 소리를 냈다. 이런 소소한 분노 표출은 효과가 좋았다. 그리고 에밀리에게까지 영향을 주었다. 아이는 시끄러운 타이어 소리를 들으면서 신나게 외쳤다. "아빠, 지금 뭐하는 거예요?"

"아빠는… 그러니까 나는….

그래, 나는 뭘 하고 있지? 세 번 깊이 호흡하고 자신과 타협했다. 잠시 사무실에 가서 이 쓸모없는 미팅을 해치운 다음 시간의 섬을 향해 떠날 것이다. 부득이한 만남이다. 그 이상의 의미는 없다. 그러면 시간의 섬 본질이 훼손되지 않을 것이다. 카타리나에게 어떤 변명도 할 필요가 없다. 토요일 아침, 아빠가 아이와 함께 사무실에 잠깐 들른다고 뭐라 할 사람은 없다. 본인의 의지에 완전히 반한 행동이었다 해도 말이다.

"아빠는 회사에 잠깐 들를 거야." 나는 최대한 대수롭지 않은 듯 말했다. 오디오에서 롤프 주코스키 폴더를 재생했다. 우리는 "1월, 2월, 3월, 4월, 사계절의 시계는 절대 멈추지 않아"(독일 어린이 동요 '사계'의 가사, 이 노래는 가사와 멜로디가 계속 이어지는 것이 특징이다—옮긴이)라는 가사를 크게 흥얼거리며 시내로 향했다.

6

상대방의 내면세계

상대가 하고 있는 말이 아니라, 상대방이 하고 싶어 하는 말에 주의를 기울여라. 당신이 듣는 것은 단지 내면세계의 울림일 뿐이다. 만약 당신이 듣는 대신에 느낀다면 상처가 되는 모든 말이 도움을 청하는 소리로 드러날 것이다.

요쉬카 브라이트너,
『추월 차선에서 감속하기 – 명상의 매력』

대형 로펌에 주말은 없다. 그저 넥타이만 좀 느슨해질 뿐이다. 토요일에도 수많은 변호사, 사법연수생을 비롯한 떨거지들이 후줄근한 옷을 입고 몰려들어 터무니없이 부풀려진 수임 청구서를 작성한다. 일단 나의 계획은 이렇다. 수습 직원한 명을 데리고 가서 30분 동안 에밀리와 놀아주도록 할 예정이다. 내가 '아이스크림을 먹는' 동안 말이다.

로펌은 시내에 있는 70년대식 5층 건물의 3층부터 5층을 전부 사용했다. 1층에는 아이스크림 가게와 옷 가게 하나 그리고 맥도날드가 있었다.

"나는 소프트 아이스크림 하나랑 맥너겟과 코코아를 먹을 거예요." 에밀리가 눈에 띄는 황금색 M자 심벌을 가리키며 말했다. 카타리나는 건강한 영양 섭취를 위해 그런 음식을 가까이하지 않는 것 같다. 나는 에밀리가 기본적인 인간의 욕구를 상기시킨 것에 감사했다.

"당연하지, 우리 딸. 잠시 아빠 사무실에 들렀다가 맥도날드에 가자."

"그리고 호숫가 별장으로."

"그리고 호숫가 별장으로."

"그렇게 해요."

내가 지하 주차장 입구에 다다랐을 때 사복 경찰관 둘이 BMW 5 시리즈 차량을 막 소방차량 진입로에 세웠다. 두 사람 중 하나는 눈에 띄지 않게 카메라를 들고 로펌 입구로 향했다. 나는 지하 주차장으로 내려가 주차를 하고 에밀리를 팔에 안은 뒤 엘리베이터를 타고 로펌까지 올라갔다.

내 사무실은 4층에 있었지만 안내 데스크가 있는 3층에 내렸다. 그곳에는 창립자 드레스덴, 에르켈, 단비츠 씨와 더불어 20년 전부터 여기 자리 잡은 사람이 있었다. 브레겐츠 부인은 로펌에서 비서 일을 하며 만족스럽게 생활했다. 그래서 주말에도 자주 근무를 했다. 예전에는 필시 매력적인 여자였을 것이다. 외모를 이용해 큰돈을 만질 수 있으리란 확신에 찼을지도 모른다. 그러나 겉모습은 전부가 아니다. 특히 매력이 부족할 때는 더욱 그렇다. 세월이 흐르면서 매력은 사라졌다. 남은 건 우울한 모습의 여인이었다. 악의 섞인 말과 행동은 그녀를 좋아할 여지를 남겨두지 않았다. 그저 접수대를 지키는 문지기였다.

부인이 나를 본 다음 에밀리를 쳐다보았다. 에밀리도 브레겐츠 부인을 봤다. 아이가 그녀를 손으로 가리키며 말했다.

"아빠, 이 할머니는 여기 살아요?"

아이는 진실만을 말한다. 이번에도 아주 틀린 말은 아니었다.

"이분은 브레겐츠 부인이야. 회사가 잘 돌아가도록 일하고 계신단다." 나는 중립적으로 표현하려 노력했다.

브레겐츠 부인은 깔보는 듯한 눈으로 나를 관찰했다. 내가 슈트 대신 청바지에 바람막이 재킷을 입고 있었기 때문이었다.

"오늘은 고객과 약속이 없어 보이는데요?" 비서가 물었다.

나는 숨을 깊이 들이쉬며 브레겐츠 부인의 무례한 발언을 무시하려 했다.

"안녕하세요, 브레겐츠 부인. 케르너 씨를 봤나요?"

"사법연수생은 일반 변호사가 아니라 파트너 변호사에게 만 배정됩니다. 그리고 **당신** 의뢰인이 젊은 여직원에게 잘 대 해줄 것 같지도 않네요."

이 여자는 대체 무슨 생각을 하고 있는 거지? 내 딸이 자기 가 늙었다는 사실을 말했다고 심한 모욕감이라도 느낀 건가? 그래서 내가 파트너 변호사가 아닌 걸 질책이라도 하는 것인 가? 의뢰인 때문에 주말에도 로펌에 나온 것은 사실이다. 기 분이라도 좋았다면 비서의 무례함 정도는 지나쳤을지 모른 다. 하지만 나는 기분이 전혀 좋지 않았다.

"그런 충고는 휴식 시간에나 하시죠. 케르너 씨가 어디에 있는지나 말해요." 내가 거칠게 말했다.

비서는 깜짝 놀라 눈을 크게 떴다. 그러다가 중얼거렸다. "케르너 씨는 사법연수생 대기실에 있어요."

난 에밀리를 보며 나직하지만 확실하게 강조했다. "얘야, 여기서 놀면 된단다. 알았지?"

아이가 대답하기도 전에 브레겐츠 부인이 끼어들었다. "회 사가 어린이 놀이터가 아니라는 건 알고 있겠죠?"

명상하는 사람으로서 숨을 두 번 들이쉬고 내쉬었다. 가여 운 여인의 상처받은 영혼이 바라는 바를 들여다봐야 한다. 명 상 선생은 확실하게 말했다.

상대가 하고 있는 말이 아니라, 상대방이 하고 싶어 하는 말에 주의를 기울여라. 당신이 듣는 것은 단지 내면세계의 울림일 뿐이다. 만약 당신이 듣는 대신에 느낀다면 상처가 되는 모든 말이 도움을 청하는 소리로 드러날 것이다.

브레겐츠 부인의 내면세계에는 아이 없는 한 여인이 있다. 가족이 없는 허전함에 주말까지 회사에서 일했지만 로펌 변호사 수입에 비하면 푼돈을 벌었다. 자신의 결핍을 채우려고 주어진 약간의 권력을 무자비하게 사용하려 했지만 그 시도를 내가 차단하고 말았다.

12주간의 명상 훈련과 호흡 연습으로 나는 이 모든 것을 깨달았다. 순간 맥박이 느려졌다. 그렇지만 심술부리며 나를 괴롭히는 사람을 온전히 참아낼 수는 없었다.

"글쎄요." 그래서 나름 정제된 언어로 말했다. "법학을 전공하고 아이를 낳아봐요. 그러면 스스로 그 질문에 대답할 수 있을 겁니다."

나는 에밀리와 사법연수생 대기실로 이동해 클라라 케르너를 만났다. 그녀는 3주 전부터 파트너 변호사 밑에서 인턴으로 일했다. 그중에 나의 골칫덩이 의뢰인과 관련된 일도 포함되어 있었다. 클라라는 또 다른 멍청한 의뢰인의 바보 같은 자녀였다. 그게 우리 로펌에서 근무하게 된 배경이다. '난 아무엇도 모르는 사람이고, 아무개의 자식으로 이력서를 채우고 싶을 뿐'이라는 태도로 근무했다. 여타 사법연수생과 마찬가지로 판결문을 심도 있게 이해하지 못해서 연방 재판소 판결을 색으로 구분했다. 그녀는 어떤 판결문이든 가리지 않고 사본을 만들어 자기가 볼 때 중요한 부분에 표시했다. 하지만 그 정도가 지나친 나머지 별로 중요하지 않은 내용을 포함해 그냥 모든 곳에 체크하는 게 문제였다. 그녀가 로펌에 존재하는 것만큼 별 도움이 되지 않았다. 클라라가 토요일에 사무실에 있을 이유는 없었다(그저 눈에 띄고 싶은 게 이유라면 몰라도). 내가 온 건 그녀에게 성과를 의미했다. 나는 클라라에게 판결문에 줄을 치는 대신에 30분 동안 에밀리와 그림을 그려달라고 부탁했다. 이런 활동은 분명 두 소녀들의 두뇌 활동에 도움이 된다.

내 말에 클라라가 당황한 듯 날 바라봤다. "저는… 그러니까, 물론이죠, 제가….."

"잘됐네, 고마워요." 내가 짧게 답했다. "에밀리, 아빠는 일을 좀 해야 한단다. 금방 돌아올게. 괜찮지?" 에밀리는 클라라를 못마땅하게 봤다. 아이의 시선을 따라갔다. 블라우스와 바지는 너무 타이트하고 스카프를 꽉 매고 있었다. 샤넬 넘버 5의 향이 코를 찔렀다. 수많은 여성 사법연수생처럼 차려입고는 나이 먹은 아줌마의 향을 풍기고 있었다.

"그럼 색연필은 어디 있어요?" 에밀리가 투덜대며 물었다.

"클라라는 그냥 색연필보다 훨씬 더 예쁜 펜을 갖고 있어. 저기 그린 걸 보렴."

나는 화려하게 칠해진 연방 재판소 판결문을 가리켰다. 클라라가 분홍색, 녹색, 노란색으로 칠해둔 걸 자랑스럽게 여기는 게 보였다.

"분홍은 내가 가장 좋아하는 색이에요." 에밀리가 말했다.

"그래, 맞아." 나는 방금 뽑은 베이비시터에게 다가갔다. "클라라, 에밀리와 큰 회의실로 가세요."

"여기도 공간이 충분한데…."

"그래요, 클라라, 맞아요. 하지만 이 대기실에는 놀면서 이리저리 흔들 수 있는 의자가 없습니다. 그런 걸 한번 해봐야죠. 대학에서 이런 일은 배우지 못하잖아요."

내 아이가 로펌에서 시간을 보낼 때 기왕이면 이것저것 경험하게 해주고 싶었다.

"하지만 브레겐츠 부인이 별로 좋아하지 않을 텐데요."

"더 잘됐네요." 나는 젊은 직원에게 환히 웃어 보였다. "그리고 에밀리에게 혹시 무슨 일이 생기면 전화 주세요."

클라라와 에밀리가 회의실로 천천히 자리를 옮기는 동안 나는 서둘러 엘리베이터를 탔다. 위층에 있는 내 사무실에 가는 척했지만 사실은 '아이스크림을 먹으러' 갔다. 드라간을 억지로 만나러 간 것이다. 나는 '미팅'이라는 단어로 그것을 포장하려 노력했다. 당연하게도 실패했지만 말이다.

7
평가 없이 받아들이기

우리 근심의 원인은 이미 일어난 일이 아니다. 빚어진 일을 머릿속에서 정리할 때 우리는 겁에 질린다. 어떤 사건도 그 자체로 좋거나 나쁜 것은 없다.

요쉬카 브라이트너,
『추월 차선에서 감속하기 – 명상의 매력』

아이스크림 가게 직원 대기실은 꼭 창고 같았다. 녹슨 바 테이블 몇 개와 망가진 플라스틱 의자가 여기저기 널려 있었고 아이스크림 컵과 티스푼이 들어 있는 상자도 보였다. 벽 쪽에는 작업복이 쌓여 있었다. 드라간은 이미 나를 기다리고 있었다. 195센티미터의 건장한 체격에서 오만하고도 잔혹한 힘이

뿜어져 나왔다. 허름한 장소에 맞지 않는 명품 슈트는 약간 빛이 바랬다. 마치 미어캣 굴속에 숨어든 호랑이 같은 모습이었다. 드라간은 초조한 듯이 담배를 피워댔다.

"드디어 왔군." 그가 인사했다.

"미안합니다. 차가 막혀서요. 전화하셨을 때 에밀리와 별장으로 가던 길이었습니다." 나는 전문가에게서 배운 대로 맥박을 정상 수치에 가깝게 낮추었다. 그저 가벼운 대화일 뿐이다. 그 이상은 아니야.

"에밀리가 누구지?"

심장이 빠르게 뛰기 시작했다. "에밀리! 제 딸 말입니다!" 속에서 분노가 솟구쳤다. 드라간은 자신과 내 아이 그리고 휴식이 동일 선상에서 논쟁할 만한 주제가 아니라고 여기는 게 뻔했다.

"그래, 당신 딸 에밀리. 알다시피 난 아이들을 좋아하지. 하지만 가족과 일은 별개의 문제야."

드라간 같은 사람에게 일과 삶의 균형을 언급하는 것은 무의미했다. 나는 그의 심리 상담사도 아니고 일개 변호사일 뿐이었다. 한시바삐 아이에게 가고 싶었다.

"그럼 일 이야기를 하죠. 무슨 일이 있습니까?"

"추적당하는 중이야."

"어째서요?"

"고속도로 휴게소에서 마약 운반책한테 생채기를 좀 냈거든."

나는 드라간의 첫 의뢰를 받을 때부터 그가 사건을 요약하는 방식이 항상 창의적이고 낙관적이라는 걸 알고 있었다. 그래서 자신이 들이박은 빙산의 일각조차도 알아채지 못하게 말하기 일쑤였다. 보아하니 생채기는 문제의 일부일 뿐이다.

"그래서 무슨 이유로 추적당하는 건가요?"

"내가 어쩌다… 그 자식 웃돈 몇 푼을 떼먹었어."

"지금 우리가 웃돈 몇 푼 때문에 여기 앉아 있는 겁니까?"

"아, 그러니까… 그놈이 죽어버렸거든."

은행원은 강도를 당하면 대개 교육받은 대로 침착하게 응대한다. 강도를 성질 급한 고객처럼 대하며 매뉴얼대로 행동하는 것이다. 강도가 돈을 갖고 사라질 때까지 침착함을 유지한다. 그리고 나서야 비로소 겁에 질린다. 나는 막연하게나마 드라간이 이 대화를 끝내고 나면 다시 사라지리라는 희망을 품었다. 그러면 조심스레 일어나 스트레스를 날려버릴 수 있다고 상상했다. 나는 사무적인 태도로 돌아가 앉은 자세로 깊이 심호흡했다. 그러자 맥박이 100 정도로 떨어진 것이 느껴졌다.

"정확히 무슨 일이 있었습니까?"

"몇 달 전부터 우리 구역에서 물건이 반값에 거래되고 있어."

좋아, 일단은 금전적 문제 같다. 상업 형법 전문 변호사에게는 특별할 것이 없다. 헤로인이나 코카인 같은 전형적인 마약 거래는 자금 흐름 측면에서 볼 때 계주 경기처럼 진행된다. 각 단계마다 배턴은 이익을 남긴 후, 다음 사람에게 팔린다. 가장 큰 수익은 최종 목표 직전에 생긴다. 마약을 1회 투여량으로 나눈 다음 소비자에게 공급할 때 발생하는 마진은 상상 이상이다. 반값으로도 많은 돈을 벌 수 있다. 그러나 경쟁자가 구역을 가로채면 모든 것이 수포로 돌아간다.

나는 미심쩍은 얼굴로 드라간을 쳐다봤다. "당신은 어디에서 그런 얘기를 들었습니까?"

"토니한테 들었어."

토니는 드라간 밑에서 마약 거래를 담당하는 총책임자였다. 잔인하기로는 드라간에 뒤지지 않는 냉혹한 거물 딜러였다. 수많은 중범죄자와 마찬가지로 그의 핵심 역량은 복잡한 사건을 지능적으로 파악하는 능력과는 거리가 멀었다. 하지만 이득을 얻거나 손해를 보지 않으려면 어떻게 해야 하는지 직감적으로 알았다. 이런 직감으로 그는 드라간의 조직에서 가장 큰 매출 실적을 올렸고, 스스로 이인자 행세를 했다. 모두가 그렇게 생각하는 것은 아니었다. 최소한 드라간은 그랬다.

"알겠습니다. 그럼 토니는 왜 일을 처리하지 않은 겁니까?" 나는 알고 싶었다.

내 머릿속에 있는 조직 체계대로 토니가 일했다면 우리가 이렇게 창고 구석에 앉아 있을 필요도 없었다.

"토니는 보리스의 부하들이 배후에 있다고 생각해." 드라간이 대꾸했다.

보리스는 드라간의 직접적인 경쟁자였다. 둘은 같이 마약 중개인으로 일을 시작했던 절친한 사이였다가 마찰을 빚었다. 몇 번의 피비린내 나는 싸움 끝에 그들은 구역을 나누기로 했다. 이후 몇 년간 꽤나 안정적인 평화가 유지되었다. 거기에는 내가 비밀리에 보리스에게 수익 합법화 전략을 몇 가지 알려준 것도 한몫을 차지했다.

"좋아요. 그게 고속도로 휴게소에서 죽은 사람과 무슨 관계가 있죠?" 내가 물었다.

"사샤와 내가 어떤 놈이 휴게소에서 마약을 이고르에게 넘기고, 이고르가 그걸 우리 구역에 뿌린다는 첩보를 입수했거든."

사샤는 불가리아 출신으로 드라간의 운전사이자 개인 비서였다. 그는 고향에서 환경 공학을 전공하고 졸업 후 독일로 왔다. 여기서는 자신의 전공 분야가 인정받지 못한다는 것을 깨닫고 엔지니어가 아니라 드라간 회사의 문지기가 되었다. 그리고 이고르는 보리스의 마약 거래 전체를 담당하는 오른팔이었다.

"아, 그럼 그 첩보는 누구에게서 온 거죠?"

"무라트에게서."

무라트는 토니의 대리인이었다. 드라간이 재떨이에 담배를 비벼 껐다.

그러니까 만약 언젠가 검찰 앞에서 이 모든 사건을 요약해야 한다면 이렇게 이야기할 것이다. 범죄 조직 우두머리 드라간과 그의 비서 사샤가 슬로바키아로 떠났다. 도중에 드라간이 무라트의 연락을 받았다. 무라트는 드라간의 라이벌 조직 두목 보리스가 이고르를 고속도로 주차장에 보냈다고 말했다. 드라간의 구역에서 마약을 거래하면 이고르는 형법은 물론 두 조직 간 합의 사항도 어기게 된다. 협약은 다른 조직 구역에서의 마약 거래를 금지하기 때문이다.

"그럼 그게 당신이 마약을 가진 자를 살해한 이유였나요?"

드라간이 다시 새 담배를 꺼냈다. 남자의 손은 사람 손이라기보다는 맹수의 앞발 같아서, 연극의 한 장면처럼 보였다. 그러나 담배를 잡고 새끼손가락을 편 모습이 점잔을 빼며 에스프레소를 마시는 사람처럼 보이기도 했다.

하지만 이런 생각은 다음에 이어진 말로 깨졌다.

"음, 난 마약을 가진 자를 죽이지 않았어. 내가 죽인 건 이고르였지."

"이거 난감하군요."

내 시간의 섬이 점점 더 높아지는 파도 속에 가라앉는 것이 보였다. 한 두목이 직접 라이벌 두목의 오른팔을 죽였다면 아주 좋지 않은 일이다.

즉시 조치를 취해야 했다.

"사샤와 나는 그 둘에게 조직의 구역 경계선이 어디에 있는지 조용히 설명하려고 했어. 그러다가 어떻게 일이 틀어져 버렸지."

'구역 경계 설명'은 고대 독일 전통에서 유래됐다. 과거에는 토지 소유인이 소작지의 경계선을 정할 때 소작인의 아이들을 새로운 경계선까지 데리고 갔다. 그곳에서 경계를 기준으로 서 있는 왼쪽과 오른쪽의 아이들에게 소리를 질러 확인시켰다. 아이들은 그 위치를 절대 잊지 않았고 항상 정확하게 기억했다.

"드라간! 왜 그런 일을 아직도 개인적으로 하는 겁니까? 사샤한테 맡기지 그래요? 토니도 있잖아요? 저는 당신이 이미 오래전에 브라티슬라바로 떠난 줄 알았는데 아니었습니까?"

"사샤와 브라티슬라바로 가는 길이었어. 도중에 사샤가 첩보 전화를 받았지. 고속도로 주차장은 그 길목에 있었어. 그 멍청이들과 개인적으로 재미를 좀 보려고 했지. 특히 보리스와 관계된 건 다 개인적인 일이니까."

재미라고? 누가 날 생각이나 했나? 맥박이 170까지 올라갔다. 의뢰인은 살인을 하고 내 주말 여행을 '재미로' 취소했다.

창문 없는 작은 방에서는 호흡 연습으로 분노를 떨쳐낼 만한 공간이 없었다. 가장 가까운 화장실은 브레겐츠 부인이 있는 층에 있을 것이다. 하지만 지금은 자리를 뜰 수 없다. 그 순간 내게 유일하게 유효한 도움은 드라간의 심장마비였을 거다. 드라간을 쳐다봤다. 쇠약함과는 거리가 먼 혈색이었다. 오히려 이야기를 털어놓고 기분이 좋아진 듯했다.

나는 잠시 눈을 감고 생각하는 척하며 호흡을 세 번 했고 다시 눈을 뜨기 전에 맥박은 150까지 내려갔다.

"목격자가 있나요?"

"글쎄, 사실, 그런 일은 없었어야지. 그 시간대쯤 주차장에는 개미 한 마리도 없어. 그런데 그 망할 버스가 주차장으로 들어왔어."

"무슨 버스 말입니까?"

"왜 시외버스 같은 거 있잖아."

"나이 지긋한 사람들이 타고 있는?"

"건방진 학생들에 가까웠지."

"몇 명이나 타고 있었습니까?"

"몰라. 그런 버스에 빌어먹을 열두 살짜리들이 얼마나 들어갈까? 한 쉰 명?"

"빌어먹을 열두 살이요? 전 당신이 아이들을 사랑하는 줄 알았습니다만?"

"아이들은 세상에 내려진 축복의 존재야. 하지만 새벽 4시에 고속도로 주차장에 있는 건 아니지."

"아이 몇 명이 그 장면을 봤습니까?"

"전부. 내 생각엔 그래."

"그중에 휴대전화로 그 장면을 찍은 아이도 있나요?"

"흠, 거기 있던 아이들… 모두 찍었을 거야."

"그럼 이제 학생 쉰 명에게 눈앞에서 벌어진 살인 현장 영상이 있다는 말이군요."

"아니, 최대 마흔아홉 개."

"왜죠?"

"내가 버스로 뛰어들어가 거기서 본 남자아이의 스마트폰을 뺏어 밟아버렸거든. 다른 애들한테도 똑같이 하라고 지시했어."

"그 장면도 아이들이 찍었나요?"

"다른 마흔아홉 명 전부 다. 그런데 갑자기 모두 신경질적으로 소리를 질러대는 바람에 최악이었어."

미친놈이 아이들을 때리기라도 한 건가?

"그리고요?"

"경찰이 와서 우린 도망쳤어."

"영상이 인터넷에 올라왔나요?"

"응."

"TV는?"

"역시 마찬가지."

"당신이라는 걸 알아볼 수 있나요?"

"뭐, 많이 흔들리긴 했어. 그걸로 과태료를 징수한다면 네가 충분히 반박할 수 있을 거야."

드라간이 자기 휴대전화를 건네며 유튜브 영상을 재생했다. 분명 N24 뉴스 방송 영상이었다. 드라간이 트렁크에서 쇠파이프를 꺼내 들고 바닥에 누운 남자를 때리는 장면이 보였다. 화질은 스마트폰의 높은 기술력을 보여주었다. 게다가 쓰러진 남자의 몸은 활활 불타고 있었다. 배달 차량에서 내린 또 다른 남자가 그를 구하려고 했다. 드라간은 그자 역시 쇠파이프로 때렸다. 어느 순간 불타던 사람의 몸이 더 이상 움직이지 않았다. 그리고 불은 여전히 타고 있었다.

나는 영상을 멈췄다.

토할 것 같았다. 살해당하고 불에 타던 남자의 눈빛을 잊을 수 없었다. 아무리 호흡 연습을 해도 불가능할 것이다. 그래도 다리를 어깨너비로 벌리고 무릎은 약간 구부린 채 흉곽을 살짝 내밀어 호흡을 진정시켜보려고 애썼다.

그건 날 더 화나게 만들었다. 드라간이 저지른 사건 앞에

선 12주간의 명상 훈련도 마음처럼 잘되지 않았다. 불쾌감, 분노, 두려움, 좌절, 혐오감을 다룰 만한 적절한 방법을 찾기 위해 명상에 더 깊이 몰입해야 했다. 앉은 상태로 숨을 쉬며 지난 12주간의 기억을 더듬었다. 요쉬카 브라이트너는 사건이 아니라 사건을 보는 관점을 알려주었다. 자유로운 브라이트너의 관점은 이랬다.

> 우리 근심의 원인은 이미 일어난 일이 아니다. 상황을 머릿속에서 정리할 때 우리는 겁에 질린다. 어떤 사건도 그 자체로 좋거나 나쁜 것은 없다.

그래서 난 영상을 이런 관점으로 보기 위해 노력했다. 한 남자가 불에 탔다. 또 다른 남자가 불타는 남자를 때렸다. 그래. 폭력범이 사이코패스라는 건 단지 평가일 뿐이다. 좋지 않다. 만약 불에 타던 남자가 내 딸을 납치하려 했다면 나도 그를 죽였을 것이고 때린 자를 훨씬 잘 이해할 수 있었을 것이다. 불에 타 죽는 것은 역겨운 일이 아니다. 그저 일종의 평가일 뿐. 이론상으로는 그렇다.

사실 죽은 자는 내 아이를 납치하려고 시도한 적이 없다. 그는 내 아이를 전혀 모른다. 드라간과는 완전히 다르다. 드라간은 에밀리의 존재를 알지만 이름은 금방 잊는다. 그는 내

가족 사정을 알고 있다. 신경 쓰지 않을 뿐이다. 그리고 나의
주말 계획도 알고 있었다. 그냥 망쳐버린 거다. 영상 속에는
살아 있는 사람이 있었다. 그러나 드라간이 살해했다….

바로 그때 내 휴대전화가 울리는 바람에 잠시 생각에서 벗
어났다. 로펌 회의실 번호였다. 가슴이 덜컹 내려앉았다. 에
밀리에게 무슨 일이 생겼나?

"네, 무슨 일입니까?"

클라라였다. "디멜 씨, 에밀리가 회의실 의자에 낙서를 했
어요."

"에밀리는 괜찮은가요?"

"음, 아이는 재밌게 놀고 있어요. 그런데 의자는…."

"그럼 왜 전화했습니까?"

"어떻게 해야 할지 몰라서요. 브레겐츠 부인이 이걸 보
면…."

그놈의 브레겐츠 부인, 망할.

"회의실에 의자가 몇 개나 있습니까?"

"둘, 넷, 여섯… 열둘… 열다섯 개요."

"에밀리에게 아주 잘하고 있다고 전해주세요. 그리고 에밀
리가 열다섯 번째 의자에까지 낙서하고 나면 다시 전화하세
요."

내가 전화를 끊었다.

드라간이 날 쳐다봤다.

"이봐, 뭐 하는 거야? 내가 곤경에 처했는데 의자 얘기나 하고 있는 거야?" 그가 날 공격했다.

"보세요, 에밀리가 위층에 있습니다. 그래서 전 항상 연락이 닿는 곳에 있어야 합니다."

"저 위에 있는 사람이 누구인지는 중요하지 않아. 여기에 집중하라고. 그게 위에 있는 사람에게 문제라면 내가 직접 올라가 설명하겠어."

생각지도 못한 발언이다. 다시 본론으로 돌아갔다.

나는 불타는 남자의 모습을 가리켰다.

"이게 이고르인가요?"

드라간은 잠시 혼란스러워했다. 그는 영상을 자세히 살펴보았다.

"그래, 이고르 맞아. 바닥에 있는 놈이야."

"왜 불타고 있나요?"

"뭐, 우리가 그놈 엉덩이에 불을 좀 붙였어."

누가 '엉덩이에 불을 붙였다'는 말은 드라간의 세상에서는 비유가 아니라 문자 그대로의 뜻이었다. 이고르의 엉덩이에 라이터 가솔린이 뿌려졌지만 그는 처음에는 인지하지 못하다가 지포 라이터를 보고서야 그 사실을 알아차렸다. 불꽃이 펑 하고 한 번 타오를 때 불을 꺼주는 게 관례였다.

"내가 말했잖아, 일이 좀 꼬였다고. 그놈이 가만히 있지 않았어. 우리가 불을 끌 때까지 기다려주지도 않았다고. 그래서 도망쳐야 했어."

"그럼 마약을 가진 남자는요?"

"그놈도 문제야. 마약을 안 갖고 있더군. 이고르한테 수류탄 한 상자를 넘기려고 했어. 하지만 그때 이미 이고르의 엉덩이는 불타고 있었지."

"음, 그것 말고 아무것도 없었다면 그자는 어디로 갔죠?"

"사샤가 밴 안에서 그자를 때려눕혔어. 이제 더 이상 문제는 없어."

문제가 없다니. 그럼 그자도 죽었군. 나는 머리를 흔들며 생각을 정리했다. "마약 첩보 전화가 당신을 곤경에 빠뜨리려는 함정일 가능성은 없습니까? 그리고 저도 같이 빠지길 바란 건 아닌가요? 토니의 비서에게서 걸려온 불확실한 전화 때문에 칼춤을 출 필요가 있었습니까?"

여태껏 드라간한테 그런 식으로 말한 적은 없었다. 하지만 좋았다. 그는 내 어조는 신경 쓰지 않았다. 다른 생각을 하느라 바빴다.

"버스가 오리라고 누가 생각이나 했겠어, 안 그래?" 그가 말했다. "그것도 애들을 태우고! 누가 한밤중에 불빛 하나 없는 고속도로 주차장에 차를 세우나? 너라면 설명할 수 있겠어? 애들을 데리고 그러면 안 되는 거야. 난 아이들을 사랑해!"

나는 다시 스마트폰을 켜고 영상을 봤다. 드라간이 아이들을 사랑하는 방식은 다음 장면에서 나타났다. 그는 쇠 파이프로 버스 앞 유리창을 부수고 문 안으로 들어가 많아야 열 살 정도 되는 아이의 손에서 휴대전화를 빼앗았다. 그러고는 우락부락한 오른손으로 아이의 작은 턱을 누르며 소리 질렀다. "너희는 아무것도 못 본 거야. 아니면 내가 모두 때려줄 거야!"

어린이 마흔아홉 명이 찍은 휴대전화 영상은 뉴스에 극적인 장면을 연출했다. 영상은 번호판 없는 드라간의 포르쉐 카이엔을 마지막으로 끝났다. 드라간이 뒷좌석에 타고 주차장을 빠져나가는 것이 보였다. 뒤에 남은 불타는 밴 속의 마약상은 수류탄 상자가 폭발하면서 산산조각 났을 거다. 영화의 한 장면 같은 광경이었다.

그냥 '생채기 난' 남자 하나의 문제가 아니었다. 수류탄에 갈기갈기 찢긴 증인, 살해당한 시체 한 구, 충격에 휩싸인 아이 쉰 명이 있었다. 드라간에게는 형법 전문 변호사인 내가 반드시 필요했다.

"사샤는 어디 있습니까?"

"사샤는 아이스크림 트럭에 있어. 날 여기로 데려왔지."

"아니, 제 말은요, 사샤는 영상 속 어디에 있죠? 알아볼 수 있나요?"

"아무 데도 없어. 먼저 밴에 탔고 버스가 오자 바로 포르쉐 카이엔을 운전했어. 머리엔 후드티를 뒤집어썼어. 마스크를 쓴 거나 다름없었지."

"포르쉐 번호판은요?"

"사샤가 떼어 차 안에 넣었어."

사샤 솜씨가 좋군.

"포르쉐는 지금 어디 있죠?"

"공항 장기 주차장. 사샤가 아이스크림 트럭을 가져와서 날 여기로 데려왔어."

"스마트폰은요?"

"고속도로에서 산산조각 냈어. 난 바보가 아니라고."

더 이상 말하지 않았다. 나는 드라간을 봤다. "이제 어떻게 해야 하죠?"

"네가 변호사잖아. 그러니 뭐라도 좀 해봐."

분노가 다시 날 사로잡는 것을 느꼈다. "맞습니다." 나는 욕하듯 내뱉었다. "전 변호사입니다. 배관공이 아니라고요. 이렇게 뒤처리할 일이 쏟아지면 저도 한계에 부딪힙니다."

"지금까지의 변호사 루틴에서 벗어나. 아니면 똥을 먹게 될 수 있어."

동맥이 심하게 뛰기 시작했다. 우린 잠시 아무 말도 하지 않았다. 드라간이 옳다. 반발은 무의미하다. 드라간은 확실히 더 유리한 입장에 있었다.

"알겠습니다." 그래서 난 할 수 있는 한 침착하게 말했다. "첫 번째 방법은 이겁니다. 당신이 자수하는 겁니다. 하지만 그렇게 되면 제가 쉽게 꺼내줄 수가 없어요. 증거 자료만 해도 차고 넘치기 때문입니다. 버스 안에 있던 아이들 모두에게 강아지 한 마리씩 주고 그 동물을 죽이겠다고 협박해도 불가합니다. 영상은 인터넷에 퍼졌습니다."

"이봐, 제정신이야? 나더러 자수를 하란 말이야?"

"두 번째 방법, 자수하지 않는 겁니다. 당신이 자수를 안 하면 경찰은 큰 문제가 아닙니다. 경찰이 아니라 보리스가 당신을 찾아내면 차라리 감옥에 가는 게 더 나을지 몰라요. 자기 부하를 때려눕히고 죽인 자를 가만히 내버려두지 않을 겁니다."

드라간이 두 손으로 탁자를 내리쳤다.

"이봐, 변호사 양반! 우린 몇 년 동안 명확히 역할 분배를 해왔어. 난 지금 문제가 생겼지. 넌 해답을 알고 있어! 이제 뭘 할 거야?"

그가 눈을 크게 뜨고 대답을 기다렸다.

드라간이 누군가의 잘못된 전화를 받고 함정에 빠진 문제를 지금 다시 언급하고 싶진 않았다. 그래서 절박한 심정으로 블랙코미디를 시도했다. "파도가 잠잠해질 때까지 잠수를 타세요. 한 30~40년 정도 지나면….“

드라간의 두 눈이 좁아졌다. 나는 싸늘하고 불같은 감정을 동시에 감지했다. 이제 저자가 내 목을 조르겠군. 그러나 드라간의 입꼬리가 천천히 올라가더니 미소를 지었다. 드라간이 손을 들어 테이블을 가로질러 내 어깨를 두드리며 웃었다.

"그렇게 하자고."

그 멍청이는 실제로 향후 수십 년간 숨어 지내는 걸 해결책이라고 생각했다.

"드라간, 그럼 이제 이 건물에서 나가지도 못합니다. 지하 차고 입구에 이미 사복 경찰이 기다리고 있습니다. 아이스크림 트럭을 샅샅이 뒤지겠죠."

"그럼 네 차를 타고 가자."

"뭐라고요?"

"난 트렁크에 타고, 넌 날 도시에서 빼내. 그다음에 또 의논하지."

내가 할 말을 잃고 그를 쳐다보았다. 심박수가 단기간에 폭주했다. 이자가 진심은 아니겠지. 그는 내 시간의 섬에 잠시 발을 들인 게 아니라 아예 섬 전부를 차지하려고 했다. 에밀리를 사무실에 두거나 이 범죄자와 함께 차에 태우고 가야만

한다. 두 가지 경우 모두 카타리나에게 한 맹세를 깨게 된다. 약속을 어긴 거다. 내가 에밀리를 돌볼 때는 그 어떤 것도 배제하고 오직 아이에게만 집중한다. 그게 우리 관계의 기반이었다. 이제 그 기반이 불량배 하나 때문에 무너져야 하는가?

"드라간, 제발! 전 딸을 데리고 있어요. 트렁크 안에 들어간대도 당신을 유럽 국가로 빼낼 수는 없습니다."

"일단 도시를 떠나기만 하면 돼. 엠마가 앞자리에 앉으면 더 완벽하지."

엠마? 이건 좀 너무했다. 내가 소리 질렀다. "에밀리입니다! 당신이 주말 여행을 망쳐버린 아이 이름은 **에밀리**라고요!"

다행히도 대기실은 상당히 방음이 뛰어났다.

드라간이 짜증을 냈다. "빌어먹을, 그래 에밀리아! 이 일에 내 목숨이 걸렸다고!"

그가 매우 조용하고 단호하게 말했다. "나는 지금 지하 주차장으로 가서 사샤에게 네 차 트렁크를 열게 할 거야. 에밀리아랑 같이 내려와서 날 도시 밖으로 데리고 나가. 경찰이 네가 데리고 있는 계집애를 보면 트렁크에 누가 있을지 상상도 못 할 거야."

빌어먹을 에밀리아? 계집애? 이자가 아내와 나의 관계를 구원해준 천사를 무시하고 계집애라고 하는 거야?

"그 아이는 에밀리라고, 이 개자식…."

멈칫했다. 내가 뭐라고 한 거지? 이 도시에서 가장 잔인한 마피아에게 맞선 건가? 그건… 아주 부주의한 말이었다. 생명을 건 행위였다.

드라간이 일어나 양손으로 내 멱살을 잡고 가까이 다가왔다. 니코틴 냄새가 났다.

"아무도. 날. 개자식이라고. 부르는 자는 없어." 그는 거칠게 숨 쉬었다. "내가 탈출하는 데 네가 필요하지 않았다면, 넌 이미 죽었어. 내가 시키는 대로 100퍼센트 하지 않으면 아이 목숨도 없고, 새로운 아이도 낳지 못해. 알겠나?"

내가 고개를 끄덕였다. "잘 알았습니다." 목소리가 기어들어갔다.

드라간이 날 의자에 내려놓고 본인도 다시 앉았다.

"좋아, 변호사 양반. 네가 내 안전을 확보해준다면 이 일은 잊어주겠어. 하지만 일이 틀어져 도주에 실패하면, 알지? 어떤 이유로든 경찰서에 잡혀가면 넌 죽은 목숨이야. 알겠나?"

나는 다시 고개를 끄덕였다. 조바심이 났지만 이 상황을 벗어날 수 있는 방법이 전혀 없었다. 일단 살아야 한다. 드라간을 숨겨 여기서 빼내야 했다. 어쩌면 에밀리가 드라간에 대해 아무것도 모를 수 있다. 나중에 에밀리와 호숫가 별장으로 갈 수 있을지도 모른다. 내가 만약 운이 좋다면, 정말 빌어먹게도 운이 좋다면… 카타리나는 무슨 일이 있었는지 전혀 모를 것이다.

"이건 공무집행방해죄로군요." 내가 나지막이 말했다.

드라간이 미소를 지었다.

"다시 돌아왔군, 이 똑똑한 변호사 놈아!"

"그럼 어디로 갈까요?"

"호수 별장으로 데려다줘! 일단 좀 쉬어야겠어."

의자에 주저앉았다. 난 끝났어. 남편으로서도, 아빠로서도, 변호사로서도. 다 끝나버렸어.

그러다 마지막 희망도 사라질 뻔한 바로 그 순간, 아주 환상적인 일이 일어났다. 바로 그 순간 12주간의 명상 훈련이 제값을 했다. 먹구름 사이에서 비추는 천상의 빛이 내 영혼을 스치며 온전한 평온이 느껴졌다. 갑자기 요쉬카 브라이트너의 상담실 문 앞에 서 있던 장면이 떠올랐다. 약속 시간에 늦어 초인종을 한 번 더 누를지 고민하던 장면이었다. 내면의 소리가 들려왔다. 내가 문 앞에 서 있는 것은 그저 서 있는 행위일 뿐이다.

중범죄자와 '아이스크림을 먹으면' 단지 '아이스크림을 먹는' 것뿐이다.

도주 차량을 운전하는 것은 운전일 뿐이다.

호수에 가면 호수에 있을 뿐이다.

너무 뻔하다. 아주 쉽다.

모두 끝장이라는 생각은 전혀 도움이 되지 않았다. 내 아이, 결혼 생활, 자유가 달려 있는 문제다. 지금 파멸을 향해 간다는 사실은 아직 파멸에 이르지는 않았다는 의미이기도 했다.

현 상황을 가만히 주시했다. 지금, 바로 이 순간, 내 아이와, 바로 위층에 있는 딸과, 주말을 함께 보내야 했다. 난 아직 살아 있다. 아내는 내가 지금 하는 일을 모른다. 그리고 난 갇혀 있지 않다.

지금은 모두 정상이다. 나중에 무슨 일이 일어날지는 전혀 모른다. 그 시점이 되기 전부터 두려움에 떨 필요는 없었다.

"좋습니다." 내가 말했다. "여기 차 키가 있습니다. 지하 주차장에서 만납시다."

드라간이 차 키를 가져갔다. 그의 눈은 이렇게 말하는 것 같았다. 왜 지금 당장 주차장으로 오지 않고! 그가 일어나 엘리베이터를 타고 지하 주차장으로 향했다. 나는 엘리베이터가 다시 올라올 때까지 기다렸다 4층으로 갔다.

사무실 책상의 맨 아래 서랍에는 항상 여러 대의 선불 전화가 있었다. 변호사가 지켜야 할 법적 장벽은 높으나 기술적 장벽은 아니었다.

드라간이 정말 잠적하길 원하면 안전한 통신 수단이 필요하겠지.

도주 계획을 세우는 것, 나는 그 일만 할 뿐이다.

내 직업이 싫었다. 하지만 그 일을 완전히 장악하고 있었다.

8

긴장을 완화하는 3화음

긴장을 느낀다면, 다음 세 가지를 분명히 떠올려야 한다.

1. 아무것도 바꾸지 마라.
2. 설명하지 않아도 된다.
3. 어떤 것도 평가할 필요 없다.

당신은 긴장을 풀기 위해 무언가를 하지 않아도 된다. 긴장
상태를 감지하고 받아들이는 것만으로 때때로 기적이 일어
난다. 긴장의 원인도 찾을 필요가 없다. 그저 긴장을 온전히
느끼면 된다. 긴장이 당신에게 어떤 영향을 미치는지도 분석
할 필요 없다. 긴장을 있는 그대로 놔두어라. 그러면 긴장이

지나가는 것을 알 수 있다.

요쉬카 브라이트너,
『추월 차선에서 감속하기 – 명상의 매력』

사무실에 들어가자마자 브레겐츠 부인이 냉랭한 목소리로 강력반 반장 페터 에그만이 전화했다고 알렸다. 나는 대학생 시절부터 페터를 알았다. 우리는 둘 다 일찍부터 형사법에 관심이 있었다. 그는 범죄 수사학 분야에서 두각을 나타내 경찰 공무원이 되기에 부족함이 없었다. 페터는 살인 사건 담당 형사가 되었다. 나의 법학 지식은 공무원 급여만 받고 일하기엔 너무 뛰어났다. 그래서 살인범을 변호하기 시작했다.

페터에게는 에밀리 또래의 아들이 있었고 결혼 생활도 성공적이었다. 우리는 비록 형사법상 반대편에 있었지만 서로를 존중했다.

나는 평소처럼 활기찬 목소리를 내려 노력했지만 쉽지 않았다.

"안녕, 페터. 웬일이야?"

"혹시 오늘 자네가 가장 좋아하는 의뢰인을 본 적 있나?"

"내가 대답하지 않을 거라는 걸 알잖아."

"TV에서 봤을 수도 있지. 아니면 인터넷에서나."

"그것도 대답하지 않을 거야."

"직접 그를 보거나 그와 말하게 되면 내 말을 좀 전해주겠어?"

"그렇게 말하고 싶으면 왜 직접 찾아보지 않고? 그런 일까지 하기엔 급여가 너무 적은가?"

"너희 관계가 얼마나 긴밀한지 알고 있어. 그러니 그를 보면 그냥 '고맙다'고 말해줘. 살인 사건을 밝히는 게 이렇게 쉬운 적은 처음이거든."

"자네가 무슨 말을 하는지 모르겠군."

"그럼 토요일 아침에 왜 사무실에 있어?"

"내 딸이 변호사 놀이를 하고 싶어 했기 때문이지."

"변호사 놀이를 어떻게 하는데."

"회의실에서 연방 재판소 판결문에 색칠놀이를 하면서."

"그건 내 아들이 경찰서에서 구속 영장을 가지고 하는 일과 비슷하군. 하지만 드라간에게 발부된 영장은 그렇게 해주지 않아도 별문제 없이 집행될 거야."

"쓸데없는 소리는 집어치워, 페터. 나한테서 원하는 게 뭐야?"

"드라간에게 전해. 자수하라고. 그러면 그자와 우리 모두 수고를 덜겠지."

"자네도 즐거운 주말 보내게."

나는 전화를 끊었다. 선불 전화 두 개를 챙기고 내 휴대전화의 전원을 껐다. 그리고 아래층으로 내려갔다.

다행히 나는 명상의 단순한 '3화음'에 대해 알고 있었다. 첫째, 현실 직시하기. 만약 당신이 긴장한 상태라면 그 상태 그대로를 인지하는 것이다. 둘째, 그 상태를 받아들이기. 긴장에 이유를 붙이려 하지 마라. 긴장 상황을 인정하라. 그리고 셋째, 상황을 평가하지 마라.

그래서 나는 카타리나와 한 모든 약속과 어긋나고 있는 처지를 직시했다. 이제 트렁크에 사이코패스 한 명을 싣고 아이와 쉬러 떠나려던 별장으로 가는 상황을 받아들였다. 그리고 그 상황을 평가하지 않고 그냥 두기로 했다.

지금 이 순간의 긍정적인 면을 찾고자 노력했다. 이제 아이를 데리고 호수에 간다!

회의실에는 판결문 더미만이 아니라 가죽 소파 수십 개, 끝내주는 벚나무 탁자가 있었다. 에밀리는 로펌에서 할 수 있는 온갖 놀이에 아주 신이 난 상태였다. 딸이 나를 보고 환한 얼굴로 달려와 품에 안겼다.

"아빠! 내가 엄청 큰 그림을 그렸어요!"

"정말 멋지구나. 어디 보자… 이거 아주 걸작인걸. 너무 멋있어서 여기 로펌에 걸어두어야겠다."

"이 그림 가져가면 안 돼요?"

"호수에 갈 때 말이니?"

"네, 호수에 갈 때!"

나는 에밀리를 돌봐준 클라라에게 감사 인사를 하고 브레겐츠 부인에게 회의실 청소를 부탁했다.

"브레겐츠 아줌마한테 주말 잘 보내라고 인사했니?" 엘리베이터로 가는 길에 내가 에밀리에게 말했다. 아이는 기쁘게도 이렇게 말했다. "아니요."

지하 주차장에 도착한 나는 멀리서 드라간과 사샤가 내 회사 차량 아우디 A8에 기댄 채 담배 피는 모습을 발견했다. 트렁크 문은 열려 있었다. 내가 꼼꼼하게 챙긴 여행 가방은 바닥에 내팽개쳐져 있었다. 그 안에는 손수건, 선크림, 견과류, 주스 등이 들어 있었다. 차 오른편에는 아이스크림 트럭이 세워져 있었다.

나는 드라간에 대해 에밀리에게 뭐라고 둘러댈지 머리를 굴렸다.

아이를 안아들었다.

"에밀리, 우리는 지금 게임을 하는 거야."

"무슨 게임인데요?"

"너는 눈을 감고 있어야 해. 내가 주문을 외울 때까지는 뜨면 안 돼. 그리고 내가 다시 말할 때 눈을 뜨는 거야. 그러면 얼음 왕국에 도착해 있을 거야, 알았지?"

"알았어요."

에밀리가 눈을 감았다. 나는 아이스크림 트럭 쪽으로 달려가면서 드라간과 사샤를 향해 손가락을 입술 위에 대어 보였다. 물론 드라간은 아랑곳 않고 입을 떼었다.

"뭐야? 에블린은 살인자를 한 명도 본 적 없는 건가?" 드라간이 비죽 웃었다.

내 눈에서 불꽃이 튀었다. 나는 에밀리를 안은 채로 트럭까지 달리며 혹시 모르는 마음에 아이의 눈에 손을 얹었다.

"아빠, 누가 또 있어요?"

"그럴 리가, 아무도 없단다. 사람들이 자기 차 근처에서 얘기를 나누고 있어서 그래."

"아빠, 살인자가 뭐예요?"

"얘야, 그건 별로 중요한 게 아니야. 자, 이제 깜짝 놀랄 차례…."

그나마 다행인 것은 사샤가 내 계획을 알아차렸다는 점이다. 그는 침착하게 드라간의 어깨에 팔을 얹고 말했다. "보스, 트렁크 안에 뭐 마실 거라도 넣을까요?"

"고작 몇 킬로미터를 가면서? 내버려둬. 그 좁은 데서 뭐라도 마시려다 엎지르면 더 골치 아파져."

나는 드라간의 주의를 돌려준 사샤에게 이루 말할 수 없이 고마웠다.

그동안 에밀리와 나는 아이스크림 트럭 안에 탑승했다.

"자, 이제 눈을 떠봐!"

"먼저 주문을 외워야죠!"

"뭐라고?"

"아빠가 먼저 마법의 주문을 외우면 얼음 왕국이 보인다고 했잖아요."

에밀리는 계속 눈을 감고 있었다.

"그래, 내가 그랬지. 자… 아브라카다브라, 검은 고양이 세 마리… 음, 수리수리 마수리. 자, 이제 아이스크림 세상이다!"

에밀리가 눈을 크게 떴다. 아이의 주변에는 온갖 아이스크림이 가득 차 있었다. 잔뜩 쌓인 다채로운 색상의 아이스박스는 불법 매춘으로 벌어들인 수익을 회계상 문제없는 돈으로 세탁하는 데 쓰였다. 그걸로 두둑히 이득을 본 남자를 에밀리와 마주치지 않게 하려면 아이는 아이스크림 트럭 안에 잠시 머물러야 했다.

"에밀리, 원하는 아이스크림은 모두 먹어봐도 된단다. 아빠는 금방 다시 올게, 알았지?"

"우와아아." 알겠다는 뜻이었다.

나는 트럭에서 내려 문을 닫은 뒤 드라간에게 갔다.

그가 비웃었다. "아브라카다브라? 무슨 빌어먹을 소리야?"

"빌어먹다니요? 당신이 제게 가족과 일을 분리하라고 하지 않았습니까? 그러니 우리가 무슨 일을 하는지 에밀리가 볼 필요는 없죠. 아닌가요?" 나는 바닥에 놓인 여행 가방을 집어 들어 뒷좌석에 놓았다. "원래 계획대로 할 건가요?"

"당연하지. 네 딸이 앞으로도 아이스크림을 먹을 수 있길 바란다면 어리석은 짓은 안 하는 게 좋아." 그러고는 몸을 돌려 사샤에게 말했다. "도와줘서 고마워. 당분간은 날 볼 수 없을 거야."

그 뒤에 이어진 말은 앞으로의 내 인생을 송두리째 바꿔놓는 발언이었다. "비요른이 나를 숨겨주고 내가 없는 동안 너를 비롯한 다른 사람들에게 앞으로의 사업 방향을 알려줄 거야. 관리자들에게 그렇게 전해."

순간 귀를 의심했다. 내가 **뭘** 해야 한다고?

드라간은 나를 마피아 인형극의 꼭두각시로 만들고 자신은 무대 뒤에서 조종하려는 모양이었다. 여태껏 (적어도 내 눈에는) 드라간과 내가 반대의 입장이었는데 말이다. 나는 무대 뒤에서 조언하고 내가 하는 일은 아무도 몰랐다.

무대 위에서 역할극을 하는 사람들은 비교적 명확하게 분류된다. 조직범죄는 그 이름이 말해주듯이 조직화된 구조를 지녔다. 드라간의 조직도 예외는 아니었다. 나는 조직 체계를 도표화하여 누가 정확히 어떤 역할을 하는지 주지시켰다. 하위 조직에는 잡다한 일을 처리하면서 푼돈을 벌어보려는 '추종자들'이 있었다. 마약 대금을 수금하고 상점에 불을 지르거나 사람을 패는 종류의 일을 했다. 그들은 큰 그림 따위에는 관심도 없었고 배후에 누가 있는지도 몰랐다. 혹시 잡혀가더라도 비밀 누설의 염려가 전혀 없었다. 기껏해야 사물함에 물건 넣는 일을 시키고 그 대가로 100유로를 찔러주거나 누군가를 흠씬 두들겨 패서 병원 신세를 지게 만들면 돈을 주는 게 전부였다.

그리고 '전사들'이 있었다. 이들은 조직 통과의례로 경쟁자에게 중상을 입혔음을 증명해야 했다. 전사들은 지저분한 일을 처리하고 대량의 마약과 무기를 운반했다. 또 필요하다면 지역 유지, 매춘부, 거래처 관계자에게 폭력을 행사했다. 붙잡혔을 때는 묵비권을 행사했다. 어차피 감옥에 갈 건 뻔하고, 그곳은 입이 가벼운 배신자에겐 위험한 곳이기 때문이다. 대개 사샤가 그들에게 드라간의 지시 사항을 전달했다.

그 밖에 무기 전문가, 실험 감독관 또는 내가 맡고 있는 변호사 같은 '전문가들'이 있었다. 나의 전문성은 드라간이 알고 있는 모든 것을 파악하고 있다는 데에 있었다. 모든 이름, 계좌, 거래 현황을 꿰뚫고 있었다. 그리고 드라간이 전략적으로 결정하도록 조언하고, 법적인 문제를 해결했다. 하지만 나는 조직원이 아니었다. 내가 합법적 세상에서 가진 최종 목표는 모든 일을 마무리 지은 뒤 로펌에서 보수를 두둑하게 받는 일이었다. 보수가 월 급여의 몇 배를 초과했다. 성공 보수만 받으면 드라간과의 관계는 그걸로 끝이다. 나는 이런 생각을 하며 마음을 다잡았었다.

조직의 최상위층, 드라간의 바로 밑에는 관리자들이 있었다. 그들은 오랜 세월 동안 재정적으로, 개인적으로 카르텔과 밀접한 관계를 맺어왔다. 자율 의사 결정권을 가졌고 수익을 분배받았다. 그 수익은 불법으로 벌어들인 돈을 세탁하는 합법 유령 회사에서 나왔다. 토니도 그런 경우에 속했다. 대외적으로는 술집과 클럽을 운영하지만 사실은 마약 조직의 총책을 맡은 인물이었다. 이런 케이스는 무기나 매춘 쪽 모두 있었다. 모든 사업주는 관리자의 지시를 받고 공식적으로는 완전히 합법적인 사업체를 운영했다.

업무 진행 시 나는 그들과 연락하고 임대차나 고용 계약을 담당하며 표면에 드러나는 문제가 없도록 관리했다. 나는 드라간 이외에 그들의 연결고리를 알고 있는 유일한 사람이었다. 어쩌면 드라간 자신보다도 조직을 내밀하게 알고 있을지 모른다. 그리고 이제는 그가 부재하는 동안에도 이 관리자들을 통솔해야 한다고?

나는 에밀리를 떠올렸다. 인생에 대해서도 생각했다. 둘을 모두 지키려면 드라간이 원하는 일을 해야만 했다. 그렇게 하면 이제 더 이상 과거의 나로는 돌아갈 수 없다. 아주 고마워 죽겠군, 이 빌어먹을 자식아!

드라간은 할 말을 끝내고는 트렁크 안으로 들어가버렸다. 키가 195센티미터에 몸무게는 100킬로그램이 넘었기에 폼을 구기지 않고 들어가긴 힘들었다. 사샤가 어디선가 오리털 침낭을 구해와 드라간이 좀 더 편안하게 있도록 했다. 적어도 그런 시도를 해보긴 했다. 드라간은 태아 자세로 웅크린 다음 우리에게 양 엄지손가락을 치켜들어 보였다. 그 모습은 마치 해부학 표본으로 사용하는 작은 유리병 속 기형아를 떠올리게 했다. 다만 트렁크 속 기형아는 살아 있다는 점이 달랐을 뿐이다.

사샤가 트렁크 뚜껑을 닫았다.

"내 딸 주의를 끌도록 도와줘서 고마워." 내가 말했다.

"천만에. 아이들은 이런 일과 관련되지 않는 편이 좋잖아."

"누구도 이런 일에 연루되지 않는 게 좋지."

"우리는 원하는 대로 인생을 선택하며 살 수 없어. 그저 살아갈 뿐이야."

그 말은 언젠가 내가 요쉬카 브라이트너를 다시 만나게 된다면 나누고 싶은 말이었다. 사샤에게 뭐라고 대꾸하기도 전에 그는 창문이 없는 아이스크림 트럭 뒤편으로 사라졌다. 에밀리는 사샤를 보지 않아도 되었고, 내가 아이에게 설명할 필요도 없었다.

트럭 문을 열었다. 그 안에서는 사랑스러운 아이가 신나게 노래를 흥얼거리며 춤추고 있었다. 아이는 다양한 빛깔의 붉은 아이스크림 얼룩으로 뒤덮여 있었다. 나는 지옥 같은 세상의 변호사에서 최고로 인자한 아빠의 모습으로 서둘러 돌아와야 했다.

"자, 우리 딸. 깜짝 선물이 마음에 들었니?"

아이스크림이 간신히 묻지 않은 에밀리의 옷자락으로 아이의 입가를 닦아주었다.

"보세요, 이건 내가 제일 좋아하는 색이에요. 정말 너무너무 좋아요!" 에밀리가 말했다.

"그래, 아빠는 우리 딸을 정말 너무너무 좋아한단다."

나는 에밀리를 팔에 안고 뽀뽀하며 안전 시트가 있는 차에 태웠다. 그러다 하마터면 무릎이 꺾일 뻔했다. 내 안의 무언가가 우리를 협박한 트렁크 속 사이코패스와 아이를 같은 공간에 두는 걸 맹렬히 거부하는 듯했다. 하지만 선택의 여지가 없었다. 억지로라도 명상의 만트라를 떠올리려 노력했다.

내가 아이를 안고 있는 것은 그저 안는 행위일 뿐이다.

내가 차에 타는 것은 그저 올라타는 행위일 뿐이다.

이제 아이와 호숫가의 별장으로 떠날 것이다. 원래 계획한 대로다. 이 순간만은 다른 무엇도 끼어들 여지가 없었다. 나머지는 앞으로 밝혀질 일이다.

에밀리를 안전 시트에 앉혔다.

"맥너겟이랑 코코아를 먹고 싶어요." 에밀리가 말했다.

내가 그걸 약속한 때가 아주 옛날 같았지만 불과 30분 전이었다.

"방금 아이스크림을 먹었잖니."

"그래도 맥너겟은 못 먹었어요."

"맥도날드는 벌써 문을 닫았을 텐데. 주문을 받지 않을 거야."

"아빠가 물어봐요."

"그래, 한번 물어볼게."

지키지 못할 약속을 또 하고 말았다. 트렁크에 살인범을 태우고는 드라이브 스루에서 한시도 낭비할 수 없었다. 되도록 빨리 시내에서 벗어나야 했다.

우리는 지하 주차장 출구를 향했다. 사샤는 안에서 더 기다리다 아이스크림 가게가 영업을 시작하면 손님을 가장해 빠져나올 것이다.

아이 앞에서 연극을 하려면 즐거운 척 맥도날드에 들른 다음 호수에 물고기 밥을 주러 가야 했다. 나는 그 연기가 너무나 힘들었다. 그러나 뜻밖의 즐거움이 절망감을 떨쳐주었다. 예상보다 빨리 정차해야 했기 때문이다. 지하 주차장 출구 앞에 클라우스 뮐러가 서 있었다. 그는 사복 경찰이었다. 오늘 아침부터 로펌을 감시하던 두 명 중 하나였다. 아주 깐깐한 사람으로, 남을 얕잡아보면서도 긴장을 늦추지 않는 타입이었다.

언젠가 한번 해보고 싶은 일이었고, 내 딸이 바라는 일이었으며, 될 대로 되라는 식의 명상 상태에 있었기 때문에 창문을 내리고 그에게 말했다.

"맥너겟 하나 주세요."

"코코아도요." 에밀리가 이어 말했다.

"뭐라고? 나는 지금 주문받고 있는 게 아니…."

"봐라, 에밀리. 맥도날드는 이미 문을 닫았잖니." 이걸로 맥도날드 문제는 해결했다.

"쳇." 아이가 중얼거렸다.

나는 다시 뮐러를 향해 몸을 돌렸다. "뭘 원하시나요?"

"의례적인 차량 검문입니다. 차에서 내려주시죠."

이걸로 문제는 끝났다. 손가락 하나 까딱하는 것만큼 쉬운 법률 상식이다.

"뮐러 씨, 일반 검문은 공공 도로에서만 가능한 일입니다. 이곳은 지하 주차장의 진출입로이기 때문에 사유지에 속하죠. 그냥 원하는 걸 말씀하시면 제가 당신에게 행정 소원을 제기할 수고를 덜 것 같군요."

"드라간을 봤습니까?"

"네, 뒤쪽 트렁크에 누워 있죠."

나는 그때가 드라간이 침낭에 처음으로 오줌을 지린 순간일 줄은 꿈에도 몰랐다.

"아하, 그래요?"

"당연하죠, 앞에는 아이가 있어 앉을 자리가 없지 않습니까."

"왜 따님이 앞좌석에 앉아 있나요?"

"앞좌석에도 안전 시트를 장착할 수 있고, 트렁크에 넣으면 아이스크림 범벅을 만들어놓을 테니까요."

"저는 따님을 왜 뒷좌석 시트에 앉히지 않았는지 알고 싶은데요."

"아이를 뒷좌석에 앉히는 게 법적으로 강제된 사항은 아니기 때문이죠. 안전 시트가 앞좌석에도 딱 맞고 조수석 에어백이 아이에게 위협이 되지 않는다면 그 시트를 유아용 시트처럼 앞좌석에 고정하고 아이를 그 위에 앉히는 게 가능합니다. 혹시 아이가 있나요, 뮐러 씨?"

뮐러는 질문에 대꾸도 하지 않고 애매한 손짓으로 내 말을 무시했다. "저는 그저 당신이 드라간을⋯."

"이미 당신의 상사와 통화했습니다. 그에 대해 알려줄 의무도 없고 그렇게 하지도 않을 거라고요. 그럼 즐거운 하루

보내십시오."

더 이상의 설명 없이 창문을 올렸다. 뮐러가 옆으로 물러서자 속도를 높였다. 에밀리와 나는 호수로 향했다. 드라간과 함께.

9
싱글태스킹

모든 사람에게 같은 시간이 주어진다. 우리는 그 시간을 어떻게 쓸지 결정할 뿐이다. 한정된 시간 안에 더 많은 일을 끝내려고 할수록 당신은 더욱 스트레스를 받는다. 이를 멀티태스킹이라 한다. 당신에게 무엇이 중요한지 잘 생각해보라. 그리고 그 일부터 완수하라. 이것이 싱글태스킹이다. 첫 번째 일이 끝난 후 그다음으로 중요한 일을 하라. 당신은 일을 미처 끝내기도 전에 압박감이 사라진 것을 깨닫게 된다. 그리고 시간이 아직도 많이 남아 있다는 사실도 알게 될 것이다.

요쉬카 브라이트너,
『추월 차선에서 감속하기 – 명상의 매력』

가는 길이 드라간에게 얼마나 편안했는지 나는 모른다. 아우디 A8 모델의 장점은 사운드 시스템이다. '롤프와 친구들'의 '사계'를 음량 50퍼센트로 틀어두면 트렁크 속 범죄자가 아무리 소리를 질러대도 아무것도 들리지 않는다. 호수로 가는 길에 나는 눈에 띄게 안정을 찾았다. 가만히 살펴보면 변한 것은 아무것도 없었다. 족히 한 시간은 늦어졌다. 트렁크 속에는 악랄한 인간이 들어앉았다. 그러나 이외에는 모든 것이 주말 계획대로 흘러갔다. 에밀리는 고속도로에 들어서기 전부터 견과류를 먹으며 음악을 듣고 싶어 했다. 완벽한 주말 소풍의 징표 같았다. 내 딸이 여행을 즐길 수 있다면 나도 그럴 수 있다. 최소한 시도는 해볼 수 있다. 그건 에밀리에게 마땅히 해줘야 할 일이다. 그래서 나는 드라간을 트렁크에 있는 일거리 정도로 여기기 시작했다. 우리는 주말을 즐길 거고, 일은 잠시 미뤄둘 거다. 어차피 이동하는 동안에는 미리 합의된 바에 따라 아무런 조치도 취할 수 없었다.

'지빠귀의 결혼식'(독일 어린이 동요—옮긴이) 두 번, 롤프의 '사계'를 한 번 듣자 우리가 탄 아우디 A8이 별장의 자동 게이트를 통과했다. 70미터 정도 되는 자갈길을 지나 건물 앞에 멈췄다. 해가 몹시 뜨겁게 내리쬐고 있었다. 그림같이 아름다운 집은 천혜의 환경 속에 세워져 있었다. 이런 풍경은 집주인만이 누릴 수 있었다. 3미터 높이의 철제 울타리가 삼면에 둘러쳐 있고 뾰족한 사철나무로 뒤덮여 있었다. 나머지 한 면은 호수에 접해 있었다. 외부에서는 호숫가 쪽 땅 일부만 보였다. 도로에서 진입하는 유일한 출입구는 자동 게이트뿐이었다. 집 왼편으로 돌아가면 호수 쪽에 드러나지 않게 차를 타고 보트하우스 앞까지 갈 수 있었다. 보트하우스 오른쪽 강변에는 작은 갈대밭이 있고, 그 옆에는 15미터 정도 되는 나무다리가 호수까지 놓여 있었다. 다리 오른쪽에는 바비큐장이 있는 작은 모래톱이 있었다. 집 전체가 관목과 덤불로 비교적 잘 숨겨진 상태였다.

드라간을 집 안으로 몰래 들여보낼 수 있도록 내심 에밀리가 잠이라도 들기를 바랐다. 하지만 아이는 이동 시간 내내 초롱초롱하게 깨어 있었다. 내가 차량 시동을 끄고 음악이 멈췄을 때 트렁크에서 똑똑 소리가 들렸다. 나는 차에서 내려 에밀리의 안전 시트를 풀어주고 집 안으로 들여보내려 했다. 그때 아이가 노크 소리를 들었다.

"아빠, 이게 무슨 소리죠?" 에밀리가 물었다.

"그건… 일거리야. 아빠가 할 일이 남아서 트렁크에 넣어 왔거든. 그것도 빨리 집에 가져가야 해."

갓 두 살 반이 된 어린이라 해도 갑자기 아주 현명하고 성숙해 보일 때가 있다. 지금이 그런 순간이었다. 에밀리가 검지를 들고 나를 심각하게 바라보았다. "아빠, 일은 하면 안 돼요. 소풍이 좋아요. 소풍이 먼저예요. 일은 그다음에 하면 되는 거예요."

모르는 사람들은 30개월짜리 아이가 마흔 살의 어른에게 손가락을 치켜들고 훈계하는 것이 어른 행세 같다고 생각할 것이다. 하지만 내 자식이 그런다면 못 들어줄 말이 무엇인가. 옛말에 "아이의 입은 진실을 말한다"는 얘기가 있다. 이 말은 부모가 아이에 대해 느끼는 자부심을 드러낸다. 자기 아이가 차기 달라이 라마가 될 가망이 있다고 여기는 것이다. 내 딸은 지금 막 시간의 섬 개념을 스스로 발견했다.

"소풍이 먼저. 그다음에 일." 내가 되뇌었다. 그걸로 모든 문제가 해결되었다.

자세히 살펴보면 에밀리의 접근 방식은 '시간의 섬'과 일명 '싱글태스킹 철학'의 조합이다. 시간의 섬 속 안전한 공간은 침범할 수 없다. 싱글태스킹은 방해물을 **순차적으로** 처리하는 것이다. 한꺼번에 하지 않는다.

그래서 명상을 통해 얻은 확신에 따르면 지금 드라간을 트렁크 밖으로 꺼내줄 이유가 전혀 없다. 그럼 어떻게 해야 할까? 경찰을 불러야 하나?

나의 명상 선생은 시간의 섬에 관한 조언을 해주었다. 휴대전화는 끄고 진공청소기를 사용하지 않는다. 꽃에 물을 주지도 않는다. 오직 자신과 자신의 욕구에 주의를 기울일 뿐이다. 시간의 섬에 머무는 동안 트렁크에서 마피아를 꺼내면 안 된다고 명시되어 있지는 않았지만 싱글태스킹의 방식으로 접근하면 자연스레 나오는 결론이긴 했다.

내 욕구는 어느 누구의 간섭도 없는 곳에서 딸과 함께 즐거운 일상으로 돌아가는 것이다. 딱 서른여섯 시간 동안 말이다. 다리 위에 걸터앉아 있기. 견과류 먹기. 물고기 먹이 주기. 나의 과도한 책임감 때문에 그 모든 행복을 망가뜨릴 수는 없다. 억지로라도 스스로에게 명상을 강요해야 했다. 그럴 필요도 없어 보였지만.

반대로 인간 말종을 트렁크에서 꺼내준다면 그 즉시 모든 것이 끝나버릴 거다. 에밀리를 위한 주말, 낚시, 수영, 견과류 먹기 전부 다. 그리고 아빠는 거짓말쟁이가 되겠지. 그보다 곤란한 상황은 그 아빠가 중범죄자의 꼭두각시 노릇을 하는 일이다. 물론 에밀리는 이 일을 카타리나에게 말할 것이다. 그러면 명상으로 다시 쌓아온 우리의 관계도 끝장이다. 에밀리와도 마찬가지다.

트렁크를 여는 건 내게 유리한 면이 하나도 없었다. 그러나 트렁크를 닫아둔다면 모든 것은 그대로일 것이다.

나는 차 열쇠를 손에 쥐고 아이와 트렁크 쪽을 번갈아 보았다.

내면에서 요쉬카 브라이트너, 카타리나 그리고 드라간의

목소리가 들렸다.

"당신이 하고 싶지 않은 일을 할 필요는 없습니다."

"그걸 망치면 다시는 에밀리를 볼 수 없을 거야."

"내가 탈출하는 데 네가 필요하지 않았다면, 넌 진작에 죽었어."

답은 간단했다. 그 문장은 요쉬카 브라이트너의 첫 번째 명상 상담에서 내게 깊은 감명을 주었다. 내가 하고 싶지 않은 일은 할 필요가 없다. 난 자유야.

드라간은 일이었다. 일은 기다릴 수 있다. 나는 차 열쇠를 집어넣고 에밀리를 카시트에서 빼냈다.

"이제 나무다리에 앉아 견과류를 먹으면서 물고기에게 먹이를 주는 거야, 어때?"

"그렇게 해요!"

남은 시간 동안 드라간은 내 머릿속에서 티끌만도 못한 존재였다. 100미터 떨어진 트렁크 속에서 나를 기다리는 업무 과제는 체감상 몇 광년은 떨어져 있는 듯했다.

나는 에밀리와 다리 위에 앉아 견과류를 먹었다. 우리는 물고기에게 견과류 부스러기를 주었다. 멀리서 돛단배가 떠다니고 있었다. 우리는 호수에 뛰어들어 수영하고 모래사장에 성을 짓기도 했다.

30분에 한 번씩 에밀리에게 자외선 차단 지수 50짜리 선크림을 발라주는 동안 드라간이 들어 있는 트렁크의 온도는 59.7도까지 올라갔다.

나는 의사가 아니다. 그러나 법률가도 다른 분야에 해박하다. 인터넷 덕택에 드라간과 우리의 하루를 비교해볼 수 있었다. 우리가 다리에 앉아 있는 동안 트렁크는 드라간의 신체보다 약 23도 더 뜨거웠다. 처음에는 그의 몸이 정상 온도인 36.7도로 돌아가기 위해 땀을 비 오듯 흘려댔을 것이다. 피부의 혈관은 혈액 순환을 빠르게 하여 열을 발산하려 확장되었다. 어쩌면 드라간은 트렁크에서 탈출하려 했을지도 모른다. 하지만 워낙 거구에다가 운신의 폭이 좁았기에 실패했을 것이다. 탈출 시도는 체온만 상승시키고 말았겠지. 에밀리와 내가 시원한 호수에 처음 뛰어들었을 때 드라간의 맥박은 현저히 빨라졌을 것이다. 아마도 어지럽고 불쾌감을 느꼈을 것이다. 트렁크 안에는 마실 것이 없었으니 땀으로 체온을 조절하는 기능이 어느 순간 망가지기 시작했을 거다. 에밀리와 내가 다 먹은 카프리썬 주스 팩에 빨대로 바람을 집어넣어 모래성 위로 날릴 때 즈음이 아니었을까. 보트하우스 그늘에서 짧게 낮잠을 잔 후 두 번째로 호수에 뛰어들었을 때 드라간의 신체는 열로 인해 망가져 더 이상 땀을 배출하지 못했을 거다. 그의 체온은 이미 40도를 넘어섰을 것이다. 전형적인 열사병이다. 그러면 심장 순환계가 붕괴되고 장기에 산소가 충분히 공급되지 못한다. 뇌가 멈추고 의식 장애가 발생한다.

우리가 해변에서 마시멜로를 굽기 시작했을 때 드라간은 죽었을 것이다. 에밀리와 나에게는 정말 멋진 하루였다. 드라간에겐 마지막이 되었지만. 운명의 장난은 내가 명상으로 번아웃(burnout) 증후군을 탈피한 날, 드라간이 문자 그대로 번아웃(burn out) 상태에서 죽었다는 사실이다.

10

행복

행복은 주어지지 않는다. 행복의 근원은 우리 안에 있다. 그러므로 외부에서 행복을 찾기 위해 노력하는 건 의미가 없다. 우리 안에서만 찾을 수 있기 때문이다.

요쉬카 브라이트너,
『추월 차선에서 감속하기 – 명상의 매력』

마시멜로를 구워 먹은 후 우리는 호숫가에 잠시 머물렀다. 에밀리는 내 무릎에 앉아 나를 껴안았다. 아이가 가장 좋아하는 '행복한 한스' 이야기를 들려주었다. 한스가 말과 금괴를 교환하는 대목에 다다르기 전에 에밀리는 내 품에서 잠들었다. 집 안에 있는 침실에 눕히고 베이비 모니터를 켰다. 부엌에서

와인 한 병, 오프너, 유리잔을 가지고 나와 한 손에 베이비 모니터를 들고 다리 위에 앉았다.

부엌에서 나는 처음으로 드라간을 살펴봐야 할지 고민했다. 화났을까? 나는 잠시 멈칫했다. 아직도 살아 있을까? 여름의 더위와 트렁크에는 마실 물도 없다는 사실이 떠올랐다. 이런 멍청이. 그 순간 나는 공황 상태에 빠졌다. 트렁크 뚜껑을 열면 두 가지 길밖에 없다. 내가 의뢰인을 죽였거나, 내 의뢰인이 날 죽일 것이다. 트렁크를 열지 않으면 이 문제는 회피 가능하다. 그렇다면 왜 지금 열어야 하는가? 호기심 때문에? 이렇게 즐거운 날을 망치려고? 얼마나 바보 같으면 그런 일을 할까? 드라간을 들여다본다고 해서 할 일이 줄어들지는 않을 것이다. 그리고 나는 지금 이 순간 나를 불편하게 만들 일을 마주하고 싶지 않았다. 어쨌든 지금은 때가 아니다.

그래서 가슴을 펴고 다리를 어깨 너비로 벌린 다음 무릎을 살짝 구부렸다. 나는 호흡했다. 그리고 느꼈다. 약 1분의 시간이 흘렀다. 이걸로 충분해. 훨씬 침착해졌다. 요쉬카 브라이트너는 행복해지려면 명상 훈련이 필요하다고 일깨워주었다. **행복해지는 것이 항상 쉽지는 않다.** 나는 오늘 딸이 선사한 만트라를 미소를 띤 채 반복했다. "소풍이 먼저. 그다음에 일." 시간의 섬을 만들어라. 싱글태스킹을 지속하라. 남은 휴가 기간에는 드라간에 관한 일을 미뤄두기로 했다.

다리 위에 앉아 물을 바라봤다. 수십 년만에 처음으로 편안하고 걱정이 없었고, 어쩐지… 가벼웠다. 그게 알맞은 표현인지는 모르겠다. 나는 그저… 행복하다고 느꼈다. 그래, 이게 바로 정확한 말이다. 와인 한 잔을 들고 따끈하게 데워진 나무다리 위에 앉아 베이비 모니터 속 내 아이의 조용한 숨소리를 즐겼다. 이제 호수에 배는 없었다. 정박해 있는 한 척만 제외하고. 나는 행복한 한스에 대해 생각했다. 한스는 정말 헛똑똑이였다. 자신의 주인에게서 금 한 덩이와 자유를 얻는다. 가는 길에 그는 무거운 금덩어리를 말과 교환한다. 말은 다시 우유를 짜기엔 너무 늙은 소와 바꾼다. 소를 훔친 것으로 오해받을까봐 돼지로 교환한다. 돼지는 거위, 거위는 숫돌이 되고, 숫돌은 우물 속으로 떨어진다. 빈손으로 집에 도착한 한스는 마침내 모든 것에서 자유롭다.

에밀리는 이 동화에서 계속 맞바꾸는 내용을 좋아했다. 최신판 이야기의 마지막에는 한스가 소를 사탕이 가득 든 가방과 말 네 마리로 바꿨다. 한스는 사탕과 말 네 마리를 몽땅 먹어 치우고 엄마에게 갔다. 그리고 즐거워했다. 무엇보다 배속에 말 네 마리가 들어 있다는 발상이 재미있었다. 동화의 교훈은 항상 같다. 사업에서 완전히 실패한 사람은 빈털터리로 집에 오는 게 즐겁다. 마지막엔 아무것도 없이 자유만 남기 때문이다.

무슨 까닭인지 에밀리는 경계선인격장애 수준의 주인공이 상대의 장난질에 놀아나다가 자유를 빼고는 빈털터리가 되는 이 이야기를 좋아했다.

이 자유는 대체 무엇인가? 오늘에서야 나는 하고 싶지 않은 일을 하지 않는 자유를 배웠다.

근본적으로 나는 행복한 한스와는 정반대의 사람이다. 인턴 과정을 끝내고 금 한 덩이가 아니라 국가고시 합격증 두 개와 자유를 얻었다. 더 이상 공부하지 않을 자유, 인생에서 내가 원하는 걸 시작할 자유, 그리고 하고 싶지 않은 일은 제쳐둘 자유가 있었다. 한스와 달리 나는 '집으로' 가는 중에 수상쩍은 길을 택하지 않았다. 예전에는 가진 게 아무것도 없었다. 나는 스스로 나의 길을 개척했다. 그리고 돈이 아닌 자유를 내놓았다. 그래서 내가 얻은 것은 무엇인가?

나와는 공통점이 없는 여자와 함께 살려고 자유를 경제 활동의 의무와 바꾸었다. 내 앞에 펼쳐진 인생의 가능성을 뒤로한 채 단 하나의 목표만을 좇아 경력을 쌓았다. 막연한 성공의 개념을 실체가 있는 자동차와 맞바꿨다. 준법 의식은 중범죄자의 엄청난 재력과 교환했다. 그리고 거래가 성사될 때마다 점점 범죄 조직에 빠져들었다. 자유를 대가로 얻은 모든 것은 이제 내 아우디 A8의 트렁크에 있었다. 그리고 그건 내게 아무런 의미도 없었다.

왜 한스를 바보라고 생각했을까?

나는 아무것도 바꾸지 않고도 상상하지 못했던 안식을 찾았다. 그건 바로 에밀리였다. 지금 침대 위에서 새근새근 자고 있는 아이. 그 아이는 나의 전부였다.

숫돌을 우물에 던져야 한다. 하지만 오늘은 아니다.

소풍이 먼저. 그다음에 일.

와인 병을 비우고 나는 집으로 돌아갔다. 배는 홀로 호수에 있었다. 그래, 나는 행복했다.

깨어나기

명상은 관점을 집중시키는 것을 의미한다. 명상은 눈을 감아
버리는 것이 아니다. 힘을 보충하는 시간이 끝나면 그 힘을
사용하는 때도 뒤따른다. 이 단계의 전환은 마치 잠에서 깨
는 것과 같다. 저항하지 마라. 자연스럽게 호흡하라. 내버려
둬라. 당신을 기다리는 일에 주의를 집중하라.

요쉬카 브라이트너,
『추월 차선에서 감속하기 – 명상의 매력』

나는 꿈도 꾸지 않고 잤다. 아주 깊이, 행복하게. 딱 한 번 잠
에서 깬 것은 "아빠, 큰 침대에서 자고 싶어요"라는 말에 아
이를 침대 위로 끌어 올려 안아주었을 때다. 그에 대한 보답

으로 일요일 아침, 130 사이즈의 맨발에 얼굴이 밟혔다. 그러면서 에밀리도 잠에서 깼다. 아이는 아직 잠기운이 가득한 눈으로 방을 둘러보았다. 발코니 문에 시선이 닿았을 때 호수를 보고는 눈을 크게 떴다. 그러고는 숨을 깊이 들이마시더니 외쳤다. "아빠, 호수가 아직 저기 있어요!"

아이들이 주변의 환경을 당연한 게 아니라 기쁨의 근거로 일깨워주는 것은 너무나 경이롭다.

걱정거리가 사라졌다. 일 문제? 내일이면 직장에서 또 다른 문제로 상쇄된다. 호수는 그대로 있다. 이 호수는 일이 다 끝나고 나서도 그 자리에 있을 것이다. 그렇다면 어째서 아침에 일어나 호수를 보며 빌어먹을 일에 대해 걱정해야 하는가? 그래서 나는 심호흡을 하고 호수를 바라보았다. 명상의 또 다른 연습이 효과를 보였다. 나는 방금 떠오른 깨달음으로 다른 관념을 밀어내는 데 성공했다. 그것은 살아서 나와 함께 호수로 향했던 자가 다음 날 아침 다시는 일어나지 못하게 됐다는 생각이었다.

하지만 오늘까지는 소풍을 즐겨야 한다. 소풍이 먼저. 그 다음에 일.

까치 한 마리가 발코니로 날아와 우리를 바라봤다.

"저 새는 우리가 아침 먹으러 나오길 기다리는 거예요." 에밀리가 새를 관찰하며 말했다.

그래서 우리는 테라스에서 아침을 먹었다. 까치는 식사가 끝난 후 티스푼 두 개와 소금통 뚜껑을 훔쳐갔다. 이후 에밀리와 나는 배를 타고 호수로 향했다. 돌아와서는 낚시하면서 먹을 수 있도록 다리 위에서 스파게티를 요리했다.

여행은 서서히 끝나가고 있었다. 다음 주에 청소부가 손님방과 부엌을 청소할 예정이었으므로 가방을 차에 싣고 에밀리와 함께 아내에게로 돌아가야 했다. 부엌에서 우리 물건을 정리하다가 수납장 위에 놓인 최신식 적외선 온도계를 발견했다. 나는 그것을 현관 밖으로 가져가 트렁크 위에 올려놓았다. 온도계가 59.7도를 가리켰다.

뒷좌석에 가방을 넣었다. 에밀리를 안전 시트에 앉히자 아이가 코를 찌푸렸다. "아빠, 아주 이상한 냄새가 나요."

나도 달큼하고 시큼한 냄새를 맡았다. 땀과 소변 그리고… 부패한 냄새. 그래도 아직은 무시할 만했다. 마치 갓 샤워한 몸에 일주일 동안 스포츠백에 넣어둔 스웨터를 걸치는 것 같았다. 가죽과 고급 합성수지의 냄새만 존재해야 할 신차에 그 악취는 상당히 거슬리는 요인이었다.

"그건… 트렁크 안에 있는 아빠의 일이란다."

"치울 수는 없나요?"

"나중에 치울게, 애야. 원하는 만큼 창문을 열어도 돼, 알았지?"

"아빠, 젤리 있어요?"

에밀리에게 작은 젤리 봉지를 들려준 다음 옆 창문을 내렸다. 10분 후 물과 음식을 먹고 난 아이는 행복해하며 곤하게 잠들었다.

열린 창문 탓인지, 잠든 에밀리가 깨어나리란 생각 때문인지는 몰라도 나는 좀 혼란스러웠다. 이제 곧 트렁크 문제를 어떻게 해결할지 고민해야 한다. 냄새와 온도를 고려해보면 드라간은 이제 내 도움이 필요 없는 상태였다.

시체를 어떻게 처리할지 생각해본 적은 없었다. 토니와 사샤가 이런 일을 자주 해왔다는 건 알았다. 하지만 그들과 대책을 세우느니 직접 시체를 수습하는 편이 나았다. 나는 토니나 사샤의 새로운 변호사 노릇을 하고 싶지 않았다. 그들이 이런 뒤처리에 사용하는 쓰레기 소각장에 고용되는 건 말할 것도 없었다.

그런데 오늘 아침 보트하우스에서 모터보트를 꺼낼 때 집 앞쪽에서 온갖 전문 설비를 갖춘 공장을 발견했다. 그곳에는 도끼와 톱뿐 아니라 분쇄기도 있었다. 19마력, 직경 18센티미터, 4기통 엔진, 360도 회전 가능. 방수 커버에 삽, 손수레까지 있었다. 나무를 처리하듯이 사람 하나를 없앨 방법을 찾았다고 생각했다. 집 안 세탁실에서 표백제 여러 병도 찾아냈다.

잠자는 천사 같은 아이를 바라봤다. 따뜻한 햇볕이 방금 지나온 길가의 나무 그늘처럼 에밀리의 얼굴에 드리우며 경쾌하게 깜박였다. 태양, 그림자, 태양, 그림자. 마치 컬러 영화가 천천히 재생되며 전환되는 화면을 보는 듯했다. 모든 장면에는 내 아이가 있었다. 나는 그 영화가 좋았다. 이제 트렁크를 처리하는 내용도 영화 속에 들어 있었다. 괜찮았다.

고속도로를 타고 빠르게 도심지로 돌아갔다. 고속도로를 벗어났을 때 에밀리가 잠에서 깼다.

"우리 아직 호수에 있나요?"

"아니란다, 아가. 이제 곧 엄마 집에 도착할 거야."

"호수는 정말 아름다웠어요. 한 번 더 갈 수 있나요?"

"**호수는 정말 아름다웠어.**" 나는 이 말이 새로운 만트라라고 생각했다.

"아직 갈 일은 많단다, 애야."

카타리나는 에밀리를 보고 기뻐했다. 에밀리는 엄마에게 물고기, 보트, 마시멜로에 대해 이야기하며 즐거워했다. 나는 아이가 마피아나 변경된 휴가 계획에 대해 말하지 못하는 것에 안도했다.

카타리나도 꽤 편안해 보였다. 3개월 전 내가 집에 살았을 때만 해도 아내는 나와 짧은 대화도 나누기 힘들어했다. 하지만 이제는 자기가 보낸 주말과 멋진 호텔에 대해 즐겁게 이야기해줬다. 그 호텔이 내가 요쉬카 브라이트너의 광고지를 발견했던 곳이라는 점이 흥미로웠다.

우리 셋은 서로 누가 더 아름다운 물, 더 부드러운 침대, 더 밝은 태양을 즐겼는지 논쟁했다.

그러다 문득 카타리나가 웃음을 멈추고 놀라운 듯 진지하게 말했다. "각자 다른 곳에서 경험한 이야기를 하며 함께 웃는 것이 너무 좋아."

나는 반박할 수 없었다.

우리는 커피를 마셨다. 카타리나는 내게 앞으로 며칠간 자기에게 한 시간 정도 내줄 수 있는지 물었다. 유치원 등록 문제로 나와 몇 가지 사안을 상의하고자 했다. 일이 잘 풀리면 안 될 것도 없다. 하지만 이 멋진 주말이 끝나기 전에 그 말을 꺼낼 필요는 없다.

다음 주에 연락하기로 약속하고 에밀리와 카타리나에게 작별인사를 한 뒤 호수로 돌아갔다.

호수는 정말 아름다웠어. 내가 중얼거렸다. 그 아름다움의 상당 부분은 내가 드라간을 트렁크에 남겨두었다는 데에 기인했다. 이제 처음으로 의뢰인에게 완전히 신경을 돌리면서 아름다운 주말의 마지막에 집중한다고 생각했다. 이 마무리는 벌써 박진감을 불러일으켰다. 주말에 축적한 힘을 새로운 일에 사용할 때였다.

먼저 나는 주말의 명상 살인이 모든 문제를 해결해주었다고 생각했다. 시간의 섬을 수호해냈다. 카타리나와의 약속도 지켰다. 적어도 드라간은 내 시간의 섬을 다시는 방해하지 못할 것이다.

객관적으로 보면 주말은 드라간에게도 완전한 성공이었다. 어제만 해도 드라간이 감옥에 가거나 보리스에게 납치되는 것이 유일한 선택지라고 생각했다. 오늘 두 가지 문제가 한 번에 해결되었다. 경찰은 죽은 드라간을 체포할 수 없다. 보리스는 더 이상 그를 죽일 수 없다. 내가 이미 죽였기 때문이다.

기발한 해법의 단점은 기존 문제들은 없어졌으나 그 과정에서 사소한 문제들이 새롭게 생긴다는 점이다.

내가 살인자라는 건 부정할 수 없다. 인정하면 된다. 양심의 소리에 순응했다. 그 소리를 오랜 시간 경청했다. 현재까지 큰 문제는 없는 것 같다. 명상의 언어로 말하면 나쁜 일을 한 게 아니다. 오히려 그 반대였다. 단념함으로써 좋은 것을 성취했다. 나와 아이를 위해 더 나쁜 일을 막아냈다. 도덕적으로 내가 한 일은 마땅히 칭찬받아야 한다.

그러나 변호사로서 겪어본 경찰은 사건에 대해 심도 깊게 평가하지 않았다. 칭찬받을 만한 행동이어도 그들은 다르게 생각했다. 드라간이 죽었다는 걸 경찰이 알면 살인범을 추적할 것이다. 드라간이 나쁜 사람이었든 아니든 상관없다. 어제 변호사로서 드라간을 성공적으로 도피시켰다고 해서 용의선 상에서 배제될 확률은 희박하다.

이로 인해 두 가지 문제가 발생한다. 뛰어난 실력을 가진 변호사의 입장에서 계산해봤다. 만약 로펌에서 드라간이 죽 었다는 사실을 알게 되면 나는 유일한 의뢰인을 잃을 것이다. 즉시 해고될 수도 있다. 드라간의 죽음이 내 목숨은 구했지만 진실이 밝혀지면 직업 생명이 끝장난다.

완전히 또 다른 문제 하나는 경쟁 조직의 두목 보리스였 다. 드라간이 살아 있는 한 그는 복수를 할 것이다. 드라간이 죽었다는 것을 알면 복수는 멈추겠지만, 그의 조직을 흡수하 려 할 것이다. 이 때문에 많은 혼란과 분쟁이 일어날 것이다. 그리고 많은 사람이 내가 드라간을 대신해 자기를 좌지우지 하려는 것에 의심을 품을 수도 있다. 이제 의뢰인이 없어서 그럴 시간은 있었지만, 그럴 의지는 전혀 없었다.

누가 잘못된 정보로 드라간을 고속도로 휴게소까지 불러 냈는지 전혀 모르겠다. 이 부분은 반드시 사샤와 상의가 필요 하다. 그 신원 미상자가 내 계획에서 가장 큰 수수께끼였다.

그리고 무엇보다 드라간의 부하들이 내가 자신의 보스를 차 트렁크에 넣어 살해했다는 사실을 알면 그리 긍정적인 반 응을 보이지 않을 것이다.

모두에게 가장 좋은 해결책은 드라간이 더 이상 내 의뢰인이 아니라는 사실을 아무도 모르게 하는 것이다.

드라간이 마치 화면에서만 사라진 것처럼 보여야 했다. 전에도 자주 그랬던 것처럼 말이다. 그러다 어느 날 다시 나타난다는 설정이다. 그가 사샤에게 자신이 부재할 때 그를 대신해야 하는 건 나라고 명확하게 말하지 않았나? 나는 그저 사샤에게 주기적으로 멍청한 핑계를 대기만 하면 된다. 아무도 보스를 그리워하지 않는다. 드라간의 몸은 필요 없다. 드라간의 엄지손가락만 있으면 된다.

엄지가 필요한 이유는 간단하다. 드라간은 자신의 관리자와 효율적이고도 단순한 대화 시스템을 구축했다. 그는 특정 신문의 특정 면에서 어떤 단어, 철자 또는 숫자에 동그라미를 치고 하나의 문장으로 만들었다. 마지막으로 옆에 자신의 엄지손가락으로 지문을 찍었다. 그 엄지손가락에는 불로 낙인찍은 철자 'D'가 새겨져 있다. 드라간이 신문지를 관리자에게 넘기면 관리자는 신문의 날짜와 지문으로 지시의 정확성과 진위를 파악하고 신문을 태웠다. 그렇게 그는 어떠한 증거도 남기지 않았다.

내가 드라간을 무한정 살아 있게 만들려면 오른쪽 엄지손가락이 필요했다. 나머지는 없어도 된다. 그의 죽음을 의도된 실종으로 꾸미는 일은 결코 어렵지 않을 것이다. 사실상 길어지는 부재와 죽음의 차이는 재회하지 못한다는 점뿐이다.

물론 언제고 불편한 질문이 따라올 것이다. 하지만 지금 당장은 아니다. 나는 계속해서 명상을 하면서 바로 이 순간만 살아가기로 했다. 먼 미래에 대해선 어떤 의문도 가지지 않기로 결심했다. 한 번에 한 걸음씩 나가는 거다. 드라간의 죽음은 명상으로 새로워진 시각을 업무에 적용한 결과물이다. 이제는 스스로를 아끼며 주의 깊게 한 걸음씩 내딛을 것이다. 바로 다음 단계는 물론 트렁크에서 소변에 절여진 침낭 속 비곗덩어리를 꺼내는 일이었다.

12

의도적으로 초점 맞추기

가장 먼 길도 한 걸음으로 시작한다. 매 걸음을 주의 깊게 떼다보면 길 끝에서 지치지 않고 편안해진다. 그러므로 당신이 딛는 한 걸음 한 걸음에 초점을 맞춰라. 그 걸음이 모두 모여 길을 만든다.

1. 곧 하게 될 일에 대한 의도를 파악하라.
2. 깊이 숨을 들이쉰 다음 다시 내쉬어라.
3. 그다음 침착하게 집중하여 활동에 임하라.

요쉬카 브라이트너,
『추월 차선에서 감속하기 – 명상의 매력』

나는 다시 호숫가로 가서 문을 잠그고 집 왼쪽을 돌아 보트하우스 앞에 차를 세웠다. 밖으로 다시 나와 호수와 도로에서 아무것도 볼 수 없다는 사실을 확인했다.

보트하우스는 앞뒤로 이중 주차가 가능한 크기였다. 앞부분 바닥은 콘크리트로 마감되었고, 왼쪽과 오른쪽에는 공구와 보트 부품이 놓인 선반이 있었다. 모든 것이 넘치게 갖춰진 소규모 공장이었다.

뒤에는 인공 수조가 있었다. 오늘 아침 에밀리와 함께 호수에서 탔던 목재 모터보트도 거기에서 가져온 것이었다. 수조 좌측과 우측에는 보트하우스 문까지 이동 가능한 나무판이 둘러져 있었다.

보트하우스 문을 열고 모터보트를 운전해서 나무판 반대쪽까지 간 다음 그곳에 고정했다.

그리고 다시 보트하우스로 돌아와 문을 닫았다. 이걸로 작업은 어느 정도 준비가 되었다. 이제는 드라간을 처리할 차례다.

서른여섯 시간 만에 처음으로 트렁크 뚜껑을 열자 역겨운 냄새가 났다. 그 고상한 깡패는 배설물과 토사물로 뒤범벅되어 있었다. 옷과 침낭 전체가 땀에 흠뻑 젖었고 생물학적으로 부패가 시작되었다. 구역질을 혼신의 힘을 다해 참았다.

잠시 차에서 물러나 지독한 냄새를 뺐다. 나는 정원의 쾌적한 공기에 집중하려고 애썼다. 보트하우스 옆의 소나무 향이 흘러들어왔다. 호수의 공기는 상쾌하고 시원했다. 보트하우스에서 나는 고무, 오일, 가솔린의 냄새를 맡았다.

머리와 코가 더 민감해지자 이 시신을 완전히 없애야 한다는 확신이 들었다. 내가 사람을 죽였다. 결과는 끔찍했다. 하지만 변하는 건 없다. 이 살인 사건을 최대한 빨리 마무리 지어야 한다. 그러므로 땅 위에 무덤을 남기면 안 된다. 몇 달, 심지어 몇 년 후에도 발견될 가능성이 있는 뼈는 없애야 한다. 드라간이 시신으로 남아서는 안 된다. 내겐 오늘 이 문제를 처리할 만한 여력이 있다. 어떻게든 분리해서 태워버려야 했다…. 그게 어떤 방식이든지 간에.

나는 보트하우스에서 쓸 만한 도구를 살펴보았다. 톱, 삽, 도끼 모두 괜찮았다. 그러나 아주 구식이다. 드라간을 가장 효과적으로 토막 낼 수 있는 기계는 아마 분쇄기일 거다. 드라간이 거기에 들어가 작게 조각 난다면 그야말로 난잡한 살인 현장이 된다. 하지만 분쇄기 방향을 호수 쪽으로 돌리면 물고기들이 나머지를 처리할 수 있을 것이다. 보트하우스 지붕에서 도둑 까치들이 날 보고 있었다. 그 새들도 오늘 아침 우리 물건을 훔쳐간 범죄자이므로 지금 내가 이곳에서 하는 일에 크게 동요하지는 않을 것이다.

다음으로 전 의뢰인을 트렁크에서 꺼낼 적절한 방법을 찾아보았다. 앞 선반에서 고무장갑과 부츠, 바지, 재킷, 모자 등이 완벽하게 갖춰진 낚시꾼 복장을 발견했다. 바깥은 아직 25도로 따뜻해서 그것을 입기 전 내 옷은 모두 벗었다. 한쪽 구석에서 드라간을 트렁크에서 꺼내는 데 쓸 만한 삽을 찾았다.

그러다가 다시 시신을 보니 차에서 드라간을 꺼내려면 장갑이나 삽으로는 부족하다는 것을 불현듯 깨달았다. 마치 빙하기에 묻힌 100킬로그램짜리 화석을 발굴하는 것만큼 어려운 일이었다.

앞마당에 서서 주위를 둘러보니 보트하우스 천장을 소형 보트 운반용 레일이 가로지르고 있었다. 트레일러가 달린 보트를 뒤쪽으로 끌어 안으로 들인 다음, 보트를 크레인으로 올려 트레일러와 분리하는 용도로 쓰이는 레일이었다. 레일에 달린 크레인으로 보트를 인공 수조와 호수로 옮길 수 있다. 마찬가지로 크레인으로 아우디 A8의 트렁크에서 뻣뻣한 시신을 들어 올려 보트하우스 바닥에 놓을 수도 있다.

나는 보트하우스로 돌아가 크레인을 내려둔 다음 드라간의 무릎과 목 아래에 받침목을 밀어 넣었다. 시신을 크레인으로 끌어 올린 후 차를 빼내는 동안 드라간은 허공에 매달려 있었다. 그다음 보트 방수 커버를 바닥에 깔고 흠뻑 젖은 침낭을 놓은 후 드라간의 시신을 그 위에 두었다.

드라간의 옷을 뒤졌다. 지갑, 금시계 그리고 열쇠를 빼냈다. 그런 뒤 분쇄기에 갈리지 않고 썩지도 않는 벨트, 신발, 커프스 버튼 등을 제거했다.

목걸이형 카드 지갑이나 벨트형 지갑은 배낭이나 패키지 여행을 하는 사람에게 적합했다. 드라간은 주머니가 많이 달린 콤비 재킷을 입고 있었다. 그는 브라티슬라바에서의 도피 생활을 위해 꼼꼼히 돈을 챙겼다. 현금 10만 유로를 500유로 지폐 스무 장으로 나눠 총 열한 개의 주머니에 담았다.

돈으로 행복을 살 수 없다는 말은 거짓이다. 돈은 물질적인 자유를 의미한다. 많은 사람이 자신의 자유를 포기하고 돈을 벌기 위해 열심히 일한다. 마약상, 매춘부, 무기 밀수업자 등도 마찬가지다. 이 돈을 드라간과 함께 분쇄기에 넣는 것은 그런 사람들에게 무례한 일일 것이다.

그러고 나서 드라간의 남은 부분은 분쇄기에 맡기려 했다. 나는 숙련된 기술자는 아니었다. 다행히도 시신을 처리하는 데 예술적 가치는 필요하지 않았고 단순히 효율적이기만 하면 됐다. 다시 말해 가장 중요한 점은 최대한 흔적을 남기지 않는 것이었다. 드라간의 시신이 한 번에 통째로 분쇄기에 들어가지 않을 게 분명했기 때문에 먼저 토막을 내야 했다. 전기톱에 시선이 갔다. 전기톱을 쓸 때 드라간의 DNA가 사방으로 퍼지는 걸 막으려고 크레인을 이용해 드라간 주변에 텐트를 쳐야 했다. 먼저 다른 보트 커버를 가져와 시신 위에 올려놓고 중심을 크레인에 고정시킨 다음, 삼각 텐트 모양이 되도록 중심부를 끌어 올렸다. 바닥에 놓인 수많은 잡동사니가 거치적거렸다. 빈 상자, 밧줄, 공구 상자, 음료수 상자, 소화기 등. 급작스럽게 만들어진 텐트의 모양새는 캠프 셋째 날 밤에 벌이는 축제를 연상시켰다. 불빛이 은은하고 냄새는 지독하며 참석자들은 인사불성 상태다.

쾌나 스트레스받는 작업 환경이었다. 모든 일을 제대로 처리하려고 다시 차로 돌아가 서류가방에서 명상 책을 꺼내 펼쳤다. '3화음' 이론은 아마 시신을 효율적으로 토막 낼 때 큰 도움이 될 것이다. '의도적으로 초점 맞추기'라는 장에도 관련 문장이 있었다.

가장 먼 길도 한 걸음으로 시작한다. 매 걸음을 주의 깊게 떼다 보면 길 끝에서 지치지 않고 편안해진다. 그러므로 당신이 딛는 한 걸음 한 걸음에 초점을 맞춰라. 그 걸음이 모두 모여 길을 만든다.

1. 곧 하게 될 일에 대한 의도를 파악하라.
2. 깊이 숨을 들이쉰 다음 다시 내쉬어라.
3. 그다음 침착하게 집중하여 활동에 임하라.

텐트로 다시 돌아가보니 드라간의 머리를 먼저 제거해야 한다는 것을 바로 알아차렸다. 숨을 깊이 들이쉬었…지만 그건 실수였다. 바로 구토가 나오는 바람에 자연스레 지독하게 냄새나는 공기를 더 들이마셨다. 기침이 나오기 직전이었다. 텐트에서 숨을 깊이 들이쉬는 것은 상상할 수 없었다. 텐트 앞쪽을 약간 들어 올려 보트하우스의 습하고 상쾌한 공기를 들이마시면서 일단 폐와 후각을 진정시켰다. 그다음 조용히 집중하여 드라간의 머리를 몸에서 분리했다. 성공이다!

드라간을 스물네 개의 조각으로 토막 냈다. 전부 분쇄기에 들어갈 것이다. 일단 한 사람을 인간이 아닌 처리할 일로 간주하기로 마음먹으면 다음에 어떤 신체 부위를 분리할지 보인다. 밖에서 신선한 공기를 깊이 들이마신 후에 조용히 톱을 잡으면 일은 저절로 성공한 거나 다름없다.

하지만 인정한다. 이건 추잡한 살인 현장이다. 일이 다 끝났을 때는 방수 커버 두 개가 완전히 피로 뒤덮여 있었다. 나는 단정한 사람으로 깨끗한 옷차림을 중요하게 생각한다. 그래서 방수 커버를 젖히고 선착장까지 나와 작업복을 입은 채물속에 뛰어들었다. 수심은 최대 1미터 반 정도였다. 나는 낚시꾼 작업복과 얼굴을 한 번에 깨끗하게 씻어냈다.

상쾌하고 깔끔해진 기분으로 다시 돌아와 텐트의 윗면을 분리했다. 다음에는 바닥에 깔린 커버 위에 토막 낸 드라간의 사체 스물네 조각을 쌓아 올렸다. 침낭은 손수레에 넣고 세탁실에서 가져온 표백제를 넉넉하게 부었다. 그러고 나서 앞에 펼쳐진 호수의 경치를 감상했다. 주말은 지나갔고 주변에 보트는 더 이상 보이지 않았다.

그림 같은 침묵을 깨뜨리는 것이 마음 아팠다. 나를 짜증나게 했던 의뢰인의 일부를 하나씩 분쇄기에 던져 넣었다. 시신 조각이 푸른 호수에 흩어지며 보랏빛 분수를 만들었다. 늦봄의 하늘은 오렌지색으로 변했다. 멋진 광경이었다. 드라간이 이렇게 화려한 모습은 처음 보았다.

갑자기 소름이 돋았다. 드라간의 오른쪽 엄지손가락을 아직 분리하지 않았다는 것을 막 깨달았을 때 이미 한쪽 팔은 사라지고 없었다. 손가락은 앞으로 신문에 서명할 때 필요하다.

명상에 너무 집중하느라 어느 쪽 손이 분쇄기를 거쳐 호수로 흘러들어갔는지 미처 보지 못했다.

급히 방수 커버 위에 남은 시신 조각을 뒤졌다. 팔뚝이 아직 거기 있었다. 오른쪽일까, 왼쪽일까? 팔뚝이 몸통과 연결되어 있지 않으면 어느 쪽인지 알기 힘들다. 또 뭐가 있지? 손바닥이 위로 향하게 뒀을 때 오른쪽 엄지는 오른쪽, 왼쪽 엄지는 왼쪽을 가리킨다. 그래서 남은 손을 뒤집어서 놓았다. 엄지손가락이 오른쪽을 가리키고 있었다! 그 위에 'D' 낙인도 있었다. 가장 쉬운 방법은 공포의 순간이 끝났을 때 깨닫게 된다.

경험 부족으로 나중에 사용할 손가락을 어느 부위에서 잘라내야 할지 전혀 감이 안 잡혔다. 첫 번째 마디, 두 번째 마디, 아니 세 번째 마디 밑인가? 다행히 손에는 엄지손가락만이 아니라 손가락 네 개가 함께 있어 연습할 수 있었다. 여러 마디에 걸쳐 손가락들을 잘라봤다. 새끼손가락은 닭 뼈처럼 중간 관절 밑에서 쉽게 분리되었다. 그 결과 약간 짧은 모양이 나왔다. 인장 반지가 끼워진 손가락은 세 번째 관절 밑에서 절단했다. 그것도 괜찮았다. 중지와 검지로 연습한 후 나는 두 번째 마디 밑에서 엄지손가락을 자르기로 했다.

절단된 엄지손가락을 옆에 두고 남은 네 손가락을 분쇄기에 던지려 할 때 세 손가락만 남아 있는 것을 알아차렸다. 반지 낀 손가락이 없었다. 주위를 둘러보다 까치를 발견했다. 반짝거리는 반지를 보고 열린 문을 통해 보트하우스까지 날아 들어온 것이 틀림없다. 이제 까치는 손가락을 물고 다시 날아갈 준비를 하고 있었다.

그 반지는 몇 년 전에 드라간과 보리스가 같이 만든 것이었다. 커다란 은반지 가운데 꽤 비싼 다이아몬드가 박혀 있고 반지 표면에는 꽃, 권총, 나체의 여인이 새겨져 있었다. 이 반지는 본래 우정의 상징이었다. 보리스는 몇 년 동안 그 반지를 끼지 않았다. 드라간이 보리스와 결별 후에도 여전히 그것을 착용하고 있던 유일한 이유는 손가락이 너무 굵어 자르지 않고는 반지를 빼기 힘들었기 때문이다.

반지가 내 취향은 아니었지만 새가 낚아채도록 둘 수는 없었다.

도둑 새 한 마리가 계획을 망치고 있었다. 손에 들고 있던 물건을 까치를 향해 던졌다. 멍청하게도 그 물건은 드라간의 엄지손가락이었다. 손가락이 허공을 가르고 까치는 날개를 푸드덕거리며 날아갔다. 반지가 끼워진 손가락을 물고 보트하우스의 열린 문을 지나 크게 날갯짓하며 사라진 것이다. 그건… 바보 같은 짓이었다. 멍청한 것 이상이었다. 까치를 쫓아갔지만 새에게 닿는 건 불가능한 일이었다. 이게 바로 내가 어떻게든 피하고 싶던 상황이었다. 이 세상에 엄지손가락이라는 단 한 조각의 드라간만을 남기려던 계획이 어그러지고 말았다.

진정하려고 노력했다. 까치가 손가락과 반지를 가지고 어디로 갔는지 내가 모른다면 아무도 모르는 것이다. 막연하게나마 반지를 둥지로 가져가고 손가락을 떨어뜨리면 고양이가 그것을 먹을 거라고 상상했다. 명상에 집중하지 못할 때와 위급한 상황에선 행운이 도움이 된다.

그러길 바랄 뿐이다.

집어 던졌던 엄지손가락을 다시 들고 와 일을 계속했다.

마지막 시체 조각이 분쇄기 안으로 사라지고, 침낭을 안에 집어넣었다. 천과 깃털은 물에 흩어질 것이다. 또 침낭을 푹 적신 표백제는 분쇄기 내부에 남은 드라간의 DNA를 소멸시킬 것이다.

나는 가만히 서서 드라간의 오른쪽 엄지손가락을 유심히 살폈다.

인체가 아니라 방수 커버 위에 놓인 손가락을 말이다. 손가락은 다리와 눈이 없는 새우 몸통 같았다. 이것을 쓰기 전에 오래 사용할 수 있는 상태로 만들어야 했다. 영구 처리는 아니지만 그와 비슷한 방식이 필요하다.

보트하우스 주변을 둘러봤다. 선반에 구명보트에 필요한 실리콘 튜브가 있었다. 그때 아이디어가 떠올랐다. 윤활유를 찾아 엄지에 발랐다. 그다음 실리콘 튜브를 잘라 거기에 엄지손가락을 꾹 눌렀다. 실리콘이 굳으면 그럴싸한 엄지손가락 표본을 얻을 수 있다. 일종의 음각 탁본이다. 집에서 양각의 결과물을 만들 수 있을 것이다. 또 하나의 문제가 해결되었다.

정리를 시작했다. 정원 호스를 들고 방수 커버, 전기톱, 나무판자에 걸린 옷을 씻어냈다. 걸쭉한 액체가 나무판의 갈라진 틈을 타고 물속으로 흘러갔다. 얼룩 제거제도 사용했다.

옷을 벗어 손수레 속에 넣고 얼룩이 완전히 사라지도록 남은 표백제를 들이부었다.

마지막으로 깨끗해진 커버 중 하나를 바닥에 펼쳐 그 위에 분쇄기를 놓았다. 크레인으로 전체를 들어 올렸다가 물속에 가라앉혀 속까지 깨끗하게 세척되도록 했다.

그동안 나는 벌거벗은 채 옷을 들고 집 안으로 들어갔다. 만약 그때 누가 날 봤더라도 알몸 따위는 수치 축에도 못 꼈을 것이다. 방금 시체까지 처리한 사람이니 말이다. 몇 년간 유지하던 넥타이와 서류가방 차림을 벗어나 지금의 자연스러움을 즐겼다.

뜨거운 물로 샤워하고 옷을 입은 다음 보트하우스로 갔다. 물속에 담가둔 기기들을 크레인으로 꺼내고 낚시 도구, 방수 커버, 전기톱과 분쇄기를 원래 자리에 두었다. 호수에 담근 분쇄기가 정상적으로 작동하는지 여부는 전혀 중요하지 않았다. 오히려 고장이 나면 더 좋다. 만약 내가 드라간을 토막 냈다고 생각하는 사람이 있다면 DNA가 없는 분쇄기보다 고장 난 분쇄기가 혐의를 벗는 데 더 유리하다. 분쇄기 옆에는 정원용 압축 공기 펌프가 있었다. 그것도 수조에 넣은 다음 표백제로 씻어냈다. 트렁크에도 표백제를 뿌렸다. 드라간이 침낭 위에 있긴 했지만 난 철저한 것이 좋다.

마지막으로 드라간에게서 빼낸 물건들을 호숫가에 모았

다. 금시계와 허리띠까지 던져 넣고 기름 한 통을 뿌려 싹 태
워버렸다. 재도 물에 쏟아부었다.

　그게 드라간의 마지막이었다. 더 이상은 없었다.

　별장 냉장고에서 맥주 하나를 꺼내, 에밀리와 스파게티를
먹은 지 여덟 시간도 지나지 않은 다리 위에 다시 앉았다. 거
기서 몇 년 만에 처음으로 자유를 느꼈다. 맥주를 따고 물고
기들이 첨벙대는 소리를 들으며 크게 한 모금 넘기고 나니 행
복해졌다.

13
친절

> 무언가를 평가하지 않고 관찰하면 거기에서 부정적인 요소
> 를 없앨 수 있다. 관찰된 것을 호의로 간주하면 심지어 긍정
> 적으로 변화시킬 수 있다.
>
> 요쉬카 브라이트너,
> 『추월 차선에서 감속하기 – 명상의 매력』

나는 의뢰인이 범죄를 저질렀을 때 일상생활을 이어가라고 조언한다. 눈에 띄게 습관을 바꾸지 않도록 루틴을 유지시키는 것이다. 그래서 나는 월요일 아침에 평상시처럼 출근하기로 했다. 기상 후 세 번 깊이 숨을 들이쉬고 아파트 창문 앞에 호수가 있다고 상상했다. 효과가 있었다.

다시 휴대전화를 켜기 전까진 그랬다. 문자함은 답장과 통화를 원하는 메시지로 가득했다. 로펌 대표이자 창업자인 폰 드레스덴 씨는 최대한 빨리 연락을 달라고 했다. 강력반 반장 페터 에그만도 나를 급하게 찾았다. 한 대형 신문사가 나와 연락되기를 바랐다. 심지어 경쟁 조직의 보스, 보리스도 연락했다. 전화는 두 통만 걸려와 있었다. 사샤의 부재중 전화가 반가웠다. 그는 내가 딸과 즐거운 주말을 더 보내길 바라며 주중에 언제쯤 시간을 낼 수 있는지 물었다.

그리고 토니의 오른팔인 무라트에게서 뜻 모를 전화가 와 있었다. 사샤와 드라간에게 고속도로 휴게소에 대한 첩보를 준 자였다. 무라트는 토니의 뒤처리를 해주는 사람이었다. 아마 '테스토스테론'이나 '난독증'의 철자도 몰랐을 테지만, 두 가지 모두 문제가 있었다. 문자함에 뜬 그 이름이 마치 불행의 물결 같았다. '안녕하세요, 디멜 씨…. 그러니까… 저는 무라트입니다. 드라간과 일해요. 음…. 정말 죄송해요. 전… 그럴 의도는 아니었습니다만. 이건 목숨이 걸린 일입니다. 그럼… 내일 아침 숲속으로 오실 수 있나요? 사슴 먹이 자판기 앞에서 볼까요?'

전화는 일요일 오후에 걸려왔다. 내일 아침이란 오늘이었다. 나는 그와 만날 생각이 없었다. 갑자기 이런 전화를 받는 건 달갑지 않았다. 이런 자들은 한결같이 나에게 뭔가를 원한다. 오랜 습관처럼 위가 아프고 어깨가 굳어지며 이가 갈리기 시작했다.

이런 멍청이들에게 발목이나 잡히자고 가장 짜증 나는 의뢰인을 토막 낸 게 아니다! 이렇게는 안 된다. 요쉬카 브라이트너는 극심한 스트레스 상황에선 잠시 벗어나라고 조언했다. 방에서 나가 호흡 연습이나 산책을 하고….

아니, 내 오랜 습관을 버리지는 않을 것이다. 일단 수차례에 걸쳐 편하게 호흡을 반복했다. 그리고 차를 세워둔 채 로펌까지 가기로 했다. 그럼 지각하겠지. 제시간에 가서 시달리느니 좀 늦는 게 낫겠다. 내 아파트는 시내 반대편에 있었지만 지하철로 로펌까지는 역 세 개만 지나면 되었다. 지하철역으로 가는 길에 생각을 정리할 수 있을 것이다.

지하철을 타러 내려가는 길까지도 생각하기 좋았다. 그러나 지하철 안은 불쾌한 사람들로 가득 차 있었다. 공기는 아주 탁하고 모든 사람이 내가 숨 쉬는 공기, 앉은 자리, 시야 등을 원하는 것처럼 보였다.

4인 좌석에 앉았다. 승객들의 불친절한 표정에 영향받지 않으려 명상 책을 펼쳤다. 거기서 의도와 호의의 차이에 대한 구절을 발견했다.

무언가를 평가하지 않고 관찰하면 거기에서 부정적인 요소를 없앨 수 있다. 관찰된 것을 호의로 간주하면 심지어 긍정적으로 변화시킬 수 있다.

추가로 짧은 명상 실험이 있었다.

모든 사람이 당신에게 친절하다고 상상해보자. 직장 동료, 상사, 가족 등 주변에 있는 모두가 그렇다. 운명도 당신을 응원한다. 이제 내면을 돌아보고 주변 환경에 관해 호의적으로 명상할 때 무엇이 변하는지 살펴보라.

그래서 문자함과 부재중 전화를 보고 이들이 나를 호의적으로 대한다고 생각해봤다. 로펌, 신문사, 보리스, 경찰 모두 내가 무엇이 필요한지 묻고 싶어 한다. 참 감동적인 생각이다. 완전히 미친 짓이긴 했지만 안심이 되는 건 사실이다. 타인의 호의를 아주 구체적으로 느끼려고 노력했다. 그리고 이를 지하철에서 불쾌함을 뿜어대는 사람들에게도 대입했다. 나의 관점은 크게 바뀌었다. 모르는 승객들이 기분이 좋아 보이진 않았지만 나를 친절하게 대할 것이라 확신했다. 이들을 보는 태도가 새로워졌을 때 내 기분도 완전히 변했다.

역 세 개를 거쳐 지하철에서 편안한 마음으로 내렸을 때 여정을 함께해준 동승자들에게 주소를 물어볼 뻔했다. 그들이 누굴 응원하는 일에는 전혀 관심 없어 보이는 점이 조금 불쾌했지만 그것 말고는 다 좋았다. 게다가 나는 지각도 하지 않고 10분 일찍 로펌에 도착할 수 있었다. 자동차가 없다는 건 러시아워, 교통 체증도 없다는 뜻이었다.

새로운 습관이 누군가의 눈에 띄지 않도록 로펌 건물의 맥도날드에서 10분을 보냈다. 블랙커피를 주문하고 바깥에 세워진 가판대 위 신문 헤드라인을 읽었다. 신문에는 이미 널리 퍼진 드라간의 사진이 있었다. 그가 몸이 불타는 이고르를 폭행하는 모습이었다. 언론법에 따라서 드라간의 얼굴은 모자이크 처리되었다. 그러나 이고르는 아니었다. 결국 죽은 사람은 자신의 사진에 대해 초상권을 주장할 수 없다는 걸까? 드라간의 얼굴을 가린 것은 그저 신문사가 나 같은 변호사에게 고소당하고 싶어 하지 않기 때문이다. 살아 있는 범죄자를 두고 기사는 헛소리를 늘어놓았다. 신문 지면에서 드라간이 살아 있다는 것을 확인하니 좋았다. 모두에게 좋은 일이다.

커피를 가지러 가면서 이번 주 해피밀 '앵무새' 장난감 광고를 발견했다. 안에 녹음기가 들어 있는 작은 동물 인형이었다. 사람의 말을 10초 동안 저장한 다음 아주 큰 소리로 그 말을 반복한다. 나는 분홍색 새 한 마리를 골랐다. 에밀리를 위한 선물이었다. 그리고 로펌에서 읽을 타블로이드 신문을 샀다.

로펌에 도착하니 비서가 폰 드레스덴 대표의 사무실로 가라고 알려주었다. 뭔가 알고 있는 걸까? 나는 조금도 흔들리지 않았다. 두 차례나 남겨진 급박한 연락을 무시했을 때와 같은 여유로움이었다.

모두 주목하라. 이게 바로 명상하는 자의 여유 아닐까?

신문을 팔 아래에 끼고 맥도날드 커피를 들고 주머니 속에 인형을 넣은 채 대표 사무실에 갔다. 비싼 책상, 멋진 전망이 있는 전형적인 임원의 사무실이었다. 고가의 추상화, 그 아래 있는 고급 의자 등 모든 게 정말 완벽했다. 하지만 편하게 있기에는 모든 것이 불편했다. 건물 전체에서 흡연이 금지되는데 이곳에서만은 시가 냄새가 나는 게 불쾌했다.

가장자리 좌석에 드레스덴 대표와 또 다른 로펌 창립 멤버인 에르켈 씨와 단비츠 씨가 앉아 있었다. 세 명 모두 70대 초반의 나이였다. 한 명은 골프장 라운딩으로 얼굴이 탔고 한 명은 와이프가 알코올 중독이었다. 드레스덴 박사는 품위 있게 나이 드는 데 성공했다. 육체적으로도 건강했다. 에르켈 박사도 피부색은 건강했지만 그게 건강해 보이는 유일한 요소였다. 그는 과체중, 호흡곤란, 고혈압으로 고생했다. 단비츠 박사는 품위, 육체적 건강, 건강한 피부색, 그 어느 것도 눈에 보이지 않는 유일한 사람이었다. 작고 쇠약한 땅딸보 노인이지만 돈과 권력이 막대했다.

이들 셋은 동업 관계지만 친구는 아니었다. 그들이 협력하는 이유는 수십 년 전 설립한 로펌에서 함께 벌어들이는 돈 때문이었다. 이 돈을 지키려고 방해 세력과 싸웠다. 아침 미팅에선 주로 그들의 공동 투쟁을 전략적으로 계획했다.

세 사람 앞의 테이블에는 드라간의 사진이 실린 신문이 놓여 있었다. 내 인사에는 답하지 않았다. 드레스덴 씨가 바로 용건을 말했다.

"지난 주말에 당신이 한 일이 사실인가?" 그가 질문을 던졌다.

나는 주말의 어떤 부분을 가리키는 건지 잠시 생각했다. 주말에 여행 간 걸 얘기하는 건가? 경찰에게 추적당하는 의뢰인을 도피시킨 일인가? 아니면 내가 그 의뢰인을 분쇄기에 갈아버린 사건을 말하는 건가?

"좀 구체적으로 물어봐주시겠습니까? 아주 긴 주말이었거든요." 내가 정중히 부탁했다.

"브레겐츠 부인을 모욕했지. 그녀가 나이 들어 아이를 가질 수 없고, 국가고시에 2차까지 합격하지 못했다고 말이야." 에르켈 박사가 격분했다.

아이고, 맙소사. 최악의 중범죄자를 갈가리 찢어버렸는데 고작 비서 때문에 문책당하고 있는 건가? 나는 삐져나오는 웃음을 참을 수 없었다.

"뭐가 그렇게 또 우스운가?" 단비츠 씨가 폭발했다.

"아니요, 우습다고 생각하지 않습니다."

"브레겐츠 부인은 20년간 이 회사에서 근무했어. 자네가 대학을 다녔다고 해서 더 나은 사람인 건 아니야. 학위에 대해 오만한 생각은 안 하는 게 좋아."

"알려주셔서 감사합니다, 에르켈 씨."

"에르켈 박사." 에르켈 박사가 정정했다.

마음이 안정되고 흥분이 가라앉았으므로 외교적으로 해결을 시도했다.

"제 말 좀 들어주십시오. 브레겐츠 부인을 모욕할 생각은 없었습니다. 하지만 제가 쉬는 토요일, 그것도 아이와 함께하는 주말에 로펌 접수대에서 면박당하는 것도 업무 환경에 좋은 영향을 주진 않습니다. 저희는 서로 양해를 구했고 그걸로 일은 끝났습니다."

매우 사려 깊은 태도를 보였다. 나의 말은 자신감 있고 외교적 수사를 사용했으며 앞뒤가 맞았다. 난 그렇게 생각했다.

"브레겐츠 부인은 면박을 주지 않았어." 에르켈 씨가 반박했다. "그리고 사무실은 어린이 놀이터가 아니야. 당신 딸이 회의실을 엉망으로 만들었어."

나는 숨을 깊이 들이쉬고 사무실 창문 앞에 호수가 있다 생각하며 발밑의 땅을 느꼈다.

"저희 집에서는 유리 세정제와 키친타월로 그런 문제를 해결합니다."

내가 뭐라고 한 거지. 방금 상사에게 가사에 관해 조언한 건가?

"자네는 성차별적 언어로 브레겐츠 부인을 모욕했어. 그런 일은 용납할 수 없어. 여기에서는 모두가 평등해." 단비츠 씨가 소리쳤다.

명상 실험과 가상의 호의는 실제 상황에서 거부당하면서 한계에 도달했다. 나는 변호사 모드가 되어 논쟁을 시작했다.

"로펌의 여성 직원도 똑같이 동등하게 보십니까?" 내가 물었다.

"로펌에는 여성 변호사가 없어." 드레스덴 대표가 대꾸했다.

"그야말로 차별 없는 평등이군요." 나는 지적했다.

"무슨 뜻인가?" 에르켈 씨가 호통쳤다.

"국가고시를 2차까지 통과한 여성이라도 이곳에서 일할 수 없는 현실을 지적했을 뿐입니다. 임신 가능성 때문이죠. 그렇게 20년이 흘러 국가고시도 못 치르고 자기 아이도 없이 로펌에서 다른 변호사의 아이를 괴롭히는 것 같습니다. 그러니 제게 평등에 대해 말씀하지 마십시오."

어쩐지 호전적으로 반응한 것 같다. 드라간을 토막 내고서 정체 모를 자신감이라도 얻은 걸까? 내 아이가 저지른 잘못을 지적당해서인가? 두 가지가 섞여 있을 가능성도 있다.

그런데 나는 대체 무엇 때문에 여기 있는 거지? 세 명의 창립자가 말하는 브레겐츠 부인이 당한 모욕이나 그의 노령에 따른 출산 문제에 대해 나는 심각하게 생각하지 않았다. 점점 침착해졌다. 한숨을 내쉬었다. 상사의 무례함을 평가하지 않고 관찰하고자 했다. 스스로에 대한 애정을 저버리지 말아야 했다. 명상에는 진실성도 요구된다. 다행히 요쉬카 브라이트너는 어려운 대화 상대를 다루는 방법을 조언해주었다.

당신의 주의를 상대방에게 돌려라. 당장은 도움이 되지 않는 듯하지만 타인에게 발언권을 줘보라. 그의 감정, 가치, 생각을 조용히 이해하도록 노력하라.

그래서 앞에 앉아 있는 거드름쟁이 셋을 그냥 지켜보려 했다.

"나는 자네에게 금지…." 드레스덴 씨가 말했다.

"대체 금지할 게 뭐랍니까!"

이제 참을 만큼 참았다 생각했다. 그 순간 이 호출이 브레겐츠 부인에 관한 게 아니라는 것을 깨달았다. 드라간에 관한 일이구나. '골칫덩이' 의뢰인. 그들은 드라간이 실제 무엇을 하고 있는지 전혀 알지 못했다. 그가 지금 어디에 있는지도 전혀 몰랐다. 이 두 가지 사실 때문에 드라간을 두려워했다.

마피아의 온갖 더러운 소행이 로펌으로 흘러들어오는 걸 무서워했다. 내가 이들의 쓸데없는 짓거리를 바로잡아주려면 일단 한 방 먹여야 한다. 나는 양심의 가책에서 벗어나 보다 나은 길로 나아갈 것이다. 그러면 '실패'를 수정할 수 있다.

놀라운 일이었다. 딱 3초간 주의 깊게 들어보니 상대방이 정말 원하는 게 뭔지 알게 되었다. 드라간의 일을 화두에 올려야 했다. 그들은 무지의 상태를 두려워하는 것이 분명했다.

"제 아이가 회의실에 한 낙서를 지적하신다고요? 한 가지만 말씀드리겠습니다." 나는 테이블 위 신문의 헤드라인을 가리켰다. "이 의뢰인은 어젯밤까지 피, 잿더미, 수류탄 파편, 아이들의 눈물로 고속도로 휴게소를 더럽혔습니다. 지금 이 것보다 나이 먹은 비서의 모욕감이 더 중요한가요? 이런 놈들 덕에 우리가 돈을 벌 수 있습니다. 엄청나게 많이요. 지금 저에게 정치적 올바름을 가르치시려는 겁니까?"

대화 주제를 뒤집어버렸다.

"그게 불만이면 언제든 나가면 되는 거야."

"하지만 제가 나가면 세르고비츠 씨에게 문제가 생길걸요."

이렇게 허를 찔렀다.

"당신 의뢰인은 우리가 맡지."

"제 의뢰인이요? 저는 아직 파트너 변호사도 아닌데요. 저는 오로지 여러분을 위해 그분을 담당합니다. 이름은 모두 로펌 청구서에 적혀 있습니다. 여러분 계좌에는 지불 내역이 있죠. 그 악명 높은 마피아의 세탁된 돈으로 수입을 올리는 겁니다. 로펌은 마약 거래와 매춘 수입 전액을 탈세하는 수법을 압니다. 비법이 뭔지 설명해주시겠어요? 만약 언론에서 이 사이코패스 때문에 여러분 회사가 얼마나 많은 돈을 벌었는지 알게 되면 성차별은 문제 축에도 못 낄 겁니다."

"언론 얘기는 하지 마. 자네는 비밀 유지 계약이 되어 있어." 단비츠 씨가 못 박았다.

"저는 그렇지만 제 의뢰인은 아니죠."

에르켈 씨가 화를 내며 눈을 부릅떴다. "우리를 협박하는 건가?"

"저는 아니지만 어쩌면 의뢰인은 할지 모릅니다."

"무슨 뜻인가?"

"생각해보십시오. 만약 세르고비츠 씨가 추후 감옥에서 변호사의 완벽한 변호 계획이 어그러진 걸 알면 어떨까요. 로펌 관계자들이 비서의 모욕감이나 아이의 낙서로 자기 변호사의 업무를 방해했다고 상상해보세요. 매우 불쾌해하며 언론과 긴밀하게 접촉하겠죠. 하지만 언론은 아주 사소한 문제에 불과합니다."

이제 나는 비판을 떠나 상당히 구체적으로 협박하는 살얼음판에 들어섰다. 그러나 대화 상대는 나보다 이 침입을 훨씬 두려워하는 것처럼 보였다. 그들은 모두 크게 성공한 사업가들이었다. 주로 자신이 과거에 성취한 것과 미래에 얻을 것을 신경 썼다. 바로 이 순간 주저하고 있었다.

단비츠 씨가 작게 말했다. "그럼 그가 어떻게… 반응할까?"

"자, 세르고비츠 씨는 당신 부인이 어디에서 술을 사는지 알고 있어요. 돌아오는 길에 음주 운전 사고라도 나면 정말 유감이겠죠, 그렇지 않습니까?"

세 남자는 아내보다 자신의 차를 걱정하는 듯했다. 그래서 좀 더 개인적으로 다가가야 했다.

"그리고 알다시피, 드라간 씨는 창의적인 방법으로 비난하는 마음을 표현하죠." 나는 재차 불타는 이고르 사진이 실린 기사를 보여줬다.

대화가 재미있어지기 시작했다.

"드라간 세르고비츠 씨가 망하면 모두 같이 망하는 겁니다. 그런 일이 일어나지 않도록 열과 성을 다해 변호하셔야 합니다."

이렇게 정곡을 찌르다니.

사이코패스의 폭력성을 이용해 위협하긴 쉽다. 그 사이코패스는 이미 죽었지만. 세 명의 상사는 잠시 아무 말도 하지 못했다. 드레스덴 씨가 침묵을 깼다.

"자네 의견은 뭔가?"

나는 망설였다. 어떻게 이 상황을 이용할 수 있을지 생각했다. 세 사람을 보며 웃었다. "어디 보자, 여러분이 절 원하지 않고 저도 여러분을 원하지 않으면 제가 로펌에 있을 이유가 없겠죠?" 그러면서 한 손을 들자 드레스덴 씨가 말했다. "난 세르고비츠 씨를 맡고 싶지 않아." 내가 말을 이었다. "하지만 그는 저를 신뢰합니다. 저는 그를 다룰 수 있어요. 그래서 이달 말에 우리의 고용 계약을 해지하자고 제안합니다. 독립해서 세르고비츠 씨를 데리고 나가겠어요."

"세르고비츠 씨가 우리에게… 나쁜 짓을 하지 않는다고 누가 보증하나?"

"그 부분은 비밀 유지 계약서과 함께 기꺼이 서면으로 남길 수 있습니다."

"그가 동의할까?"

"그래서 제가 그를 데리고 가는 겁니다."

"그렇게나 쉽게?"

"뭐 그런 거죠. 10년간 일한 보수는 두둑이 챙겨주십시오. 10개월 치 정도의 월급으로 합시다."

화해의 제스처로 상사에게 손을 내밀었다가 다시 호주머니에 넣었다. 그리고 방금 산 앵무새 인형의 스위치를 작동시켰다.

"아주 뻔뻔하구먼!" 에르켈 씨가 고함쳤다.

그 말은 다섯 번에 걸쳐 반복되었다. 아주 명확하게. **"아주 뻔뻔하구먼."**

세 명은 나를 망연자실 바라봤다. 주머니에서 분홍색 인형을 꺼내 녹음 기능을 껐다.

"미안합니다, 아이 선물이에요. 아이가 그림을 그리지 않을 때는 인형 놀이를 좋아하거든요. 제 제안에 대해 잘 생각해보십시오. 한 시간 안에 세르고비츠 씨와 통화할 예정입니다."

나는 앵무새 인형을 손에 들고 회의실을 나왔다.

14
공포

공포는 자연스러운 보호 메커니즘이다. 그것은 우리 신체를
최고로 자극할 수 있다. 몸을 마비시키기도 한다. 두려움을
평가하는 것은 소용없는 일이다. 두려워하는 사람도 명상으
로 긴장을 줄일 수 있다.

요쉬카 브라이트너,
『추월 차선에서 감속하기 – 명상의 매력』

내 안의 변호사는 오랜 습관을 유지하고 전과 같이 생활하라
고 조언했다. 명상 선생 덕에 나의 첫 번째 살인 이후 처음 출
근한 날부터 많은 습관을 버렸다. 차를 포기하고 맥도날드에
서 커피를 마셨다. 위협받는 대신 로펌 창립자 세 명을 협박

했다. 만족스런 경험이었다.

하고 싶지 않은 일을 하지 않을 수 있는 자유를 누렸다. 이번 경우는 좀 비열하긴 했다.

내심 걱정했지만 기적처럼 복통이나 불안감을 느끼지 못했다. 오히려 위는 괜찮았다. 맥도날드 커피를 자주 마셔야 할 것 같다.

나는 상사가 제안을 받아들일 거라고 예상했다. 그래서 사무실의 개인 소지품을 챙겼다. 많지는 않았다. 에밀리 사진 몇 장, 업무 관련 문서와 이메일이 담긴 휴대용 하드 드라이브, 드라간의 수많은 자료를 보관했던 여러 가지 은행 금고 열쇠가 있었다. 사실 하드 드라이브나 금고는 개인 소지품이 아니었다. 그러나 이걸로 로펌에 부담을 주지 않는 것이 더 중요했다.

마지막으로 사무실 금고에서 모든 위임장과 드라간 관련 서류를 꺼냈다. 10년간의 업무 기록은 서류가방 하나에 딱 들어맞았다.

서류가방을 팔 아래 끼고 수년간 안 하던 일을 했다. 자재 시장에 가서 드라간의 손가락을 본뜰 재료를 샀다. 그 작업은 상징적 의미에서도 마음에 들었다. 음각의 드라간을 양각의 드라간으로 만드는 일이었으니 말이다.

시장에 머무는 게 즐거웠다. 직접 무언가를 만들고 싶은 손님이 이곳을 찾는다. 여기 자재가 누군가의 집이 되어주기도 한다. 건설업계 사람들이 재료를 잔뜩 챙긴다. 현재에 사는 사람이 스스로 미래를 설계한다. 이젠 나도 그런 사람들 중 하나였다. 현재 존재하는 드라간의 엄지손가락에 미래를 선사하려고 표본 뜨기 세트를 구입했다. 계산하고 물건을 서류가방에 넣었다.

바로 그때 전화가 울렸다. 로펌의 대표 번호였다.

"네, 여보세요?"

"드레스덴 씨와 연결하겠습니다." 브레겐츠 부인이 자동 응답기 같은 목소리로 말했다.

나는 그 여자의 무례한 행동에 어떤 식으로든 항의할 타이밍을 재고 있었다. 하지만 그 생각은 사라지고 말았다. 이제 곧 전 상사가 될 사람의 말을 조용히 기다렸다.

"드레스덴이네. 우리는 자네 제안을 받아들이기로 했네."

그럼 그렇지. "정확히 무슨 뜻인가요?"

"5월 1일 계약 해지, 10개월 치 급여 보상. 세르고비츠 씨와 관련된 모든 권한 보유. 세르고비츠 씨는 지금까지 전적으로 자네가 관리했듯 앞으로도 관리해주길 바라네. 이 부분은 서면으로 확인해주게. 이제 우리 회사에 대한 모든 청구는 해결된 거야."

"좋습니다. 이 내용대로 계약서 초안을 제 개인 이메일 주소로 보내주세요."

"자네 책상 위에 있네."

"오늘은 더 이상 회사에 들어가지 않을 겁니다."

"자네가 사무실에 있고 없고는 아직까진 우리가 결정하는
거야."

"마음에 안 들면 해고하면 됩니다. 당신은 아직 제 상사예
요. 참고로 이 계약서가 발효되지 않고 서명이 없는 이상, 세
르고비츠 씨는 공식적으로 당신 회사의 의뢰인이기도 합니
다. 그래서 저는 당신이 그때까지 언론 쪽을 맡으실 거라고
생각합니다."

"언론? 무슨 소리야?"

"저는 세르고비츠 씨의 이름으로 말하는 것과 같습니다.
노코멘트라고요."

됐다! 10개월 치 월급이 곧 내 계좌에 입금될 것이다. 드라
간에게서 빼낸 현금 10만 유로는 지금도 사용 가능하다. 이
빌어먹을 로펌에서의 일은 끝났다. 짜증 나는 의뢰인은 날 귀
찮게 할 수 없다. 게다가 내 고용주가 대신 언론을 맡아 드라
간이 살아 있음을 확인시켜줄 거다. 비록 실제로는 죽어버렸
지만.

내가 좀 더 주의를 기울일 수도 있었을까? 요쉬카 브라이
트너의 조언이 나에게 신비로운 의미를 갖기 시작했다. 지금

은 일단 경찰이 날 살인죄로 체포하는 걸 막고 그다음 드라간 패거리나 경쟁자가 그에게 생긴 일을 의심하지 않도록 해야 한다.

자유의 공기를 들이마시고 봄날의 도심을 걸어 집으로 갔다. 이제 오른 엄지손가락을 확인할 때였다.

나는 작은 실리콘 모형을 욕실에 보관했다. 흔적은 꽤 뚜렷하게 남았다. 엄지 모양이 확실하게 나와야 했다. 다만 실리콘이 완전히 건조될 때까지 시간이 얼마나 걸리는지 몰랐다. 인터넷에 정보가 있었다. 1센티미터당 건조 시간은 24시간으로 추정된다. 절단된 튜브에 엄지손가락을 눌러 넣었기 때문에 사방의 실리콘 층이 두꺼웠다. 그러니 최소 3~4일은 기다려야 안전했다.

건조 속도를 높이기 위한 팁도 많았다. 온도는 20도에 습도가 높을수록 빨라진다. 그래서 욕실에 샤워기를 약하게 틀어두고 난방기를 20도까지 올렸다. 내일까지는 실리콘을 좀 더 놓아두어야 했다.

월요일 점심도 아직 지나지 않은 시간이었다. 이미 근심거리의 상당 부분이 저절로 해결되었다. 좋아, 통화할 곳이 몇 군데 있었다. 잠시 제쳐두었던 전화였다. 강력반 반장 페터 에그만에게 연락했다. 난 말할 것이 없다는 것을 알려주려 했지만, 그가 내게 할 말이 있었다.

"비요른, 전화 줘서 고마워. 이미 자네 두 손엔 할 일이 가득하겠지만⋯."

전화를 귀와 어깨 사이에 끼고 몇 시간 전 로펌에서 짐을 싼 손을 바라보았다. 이 손으로 표본 재료를 사고 실리콘을 건드렸다. 현재 내 손은 수화기를 들고 있는 일 외에는 한가하다.

"경찰이 참 상상력이 풍부하네. 왜 내가 바쁘다 생각하나?"

"뭐, 그럴 수밖에 없지. 자네 상사는 살인죄로 수배 중이고 잠적했잖아. 그리고 오늘 아침 그 조직의 '전사' 한 명이 숲에서 발견됐어. 머리에 총을 맞았더군."

위가 또다시 아파오기 시작했다. 방금 전까지만 해도 거의 모든 문제를 해결했는데 갑자기 머리에 총을 맞은 시체라고? 내가 깨끗하게 처리한 시체 외에 또 다른 시신이 새로운 문제를 일으키려는 것처럼 들렸다. 이걸로 보리스와의 전쟁이 시작되는 건가? 좀 더 빨리 그에게 연락을 취했어야 했나?

좋았던 기분이 곤두박질쳤다.

"내 상사는 로펌을 운영하고 있어. 아까 창립 멤버 세 명과 같이 있었지. 그들 중 하나를 체포하려면 그렇게 해. 아니면 내 상사가 아니라 내 의뢰인을 말하는 건가? 머리에 총을 맞은 건 전혀 모르는 일이야."

"무라트 줌젤. 토니 가게의 문지기. 오늘 아침 야생 사슴 먹이 자판기 근처 산책로 벤치에서 죽은 채 발견됐어."

바보같이 굴 필요는 없다. 실제로 그 사건에 대해 아는 바가 없다. 어제 무라트가 나한테 연락하려다 실패한 건 알았다. 만약 우리 둘이 만났다면 벤치에 무라트와 나란히 발견됐을 거다. 싸늘한 공포가 날 사로잡았다. 디지털 다이어트가 날 살렸다. 하지만 내 목숨이 심각한 위험에 처했다. 내 곁에는 명상 선생이 있다. 책장을 넘겼다.

두려울 때 당신의 숨에 집중하라. 심호흡하고 몸 전체로 호흡하라. 예를 들어 코 입구, 복부에서. 당신의 생각 안에 숨을 담아보라. 두려움을 평가하면 안 된다. 바로 이 순간 상황을 즐겨야 한다.

"감기 걸렸어?" 페터가 침묵 중에 끼어들었다.

"왜?"

"숨을 너무 크게 쉬어서."

나는 일부러 크게 호흡했다. 그리고 상황이 곧 좋아질 것을 깨달았다. 숨을 쉴 때마다 자신감을 느꼈다. 같은 업무를 하는 수많은 사람과 달리 나는 숨을 쉴 여유가 있다. 그것은 확실히 긍정적인 차이였다. 이 상황에서 더 좋은 것은 없을까? 그래, 죽은 자는 최소한 풍경 좋은 곳에서 잠들었다. 이 또한 긍정적이었다. 그리고 난 그를 쏘지 않았다. 그것은 내가 페터 앞에 완전히 순수한 양심을 가질 수 있게 만들었기 때문에 긍정적이었다. 그러니 이 살인 사건이 어찌 되었든 나는 괜찮다. 나머지는 시간이 지나면 드러나겠지.

나는 페터의 말에 대꾸하지 않고 물었다. "사냥 사고인가?"

"케이블 타이에 묶인 터키인과 사슴을 구별하지 못한다면 눈에 뵈는 게 없는 사냥꾼이겠지. 특히 피해자가 근접 거리에서 머리에 총을 맞았을 때는 더더욱 그렇고."

"비극적이군. 그런데 그게 나랑 무슨 상관이지?"

"알았어, 알았다고. 이렇게 말하지. 드라간 카르텔의 일인자가 보리스 카르텔의 이인자를 불태웠어. 이 사건은 당사자 모두에게 법적 갈등을 야기할 수 있어."

"모두는 아니야."

"누가 아닌데?"

"죽은 사람은 갈등에서 벗어난 거잖아."

"그럼 이 질문만 남는군. 그 사람들이 왜 죽었지?"

다시 말하지만 경찰은 나만큼 잘 알지 못했다. 드라간과 의논이 필요하다. 아니 그런데, 죽었잖아.

"드라간과 만나봐." 페터가 말했다.

"다음에."

"언제?"

"의뢰인과 비밀 유지 계약을 맺었기 때문에 자네가 상관할 일은 아니야."

"비요른, 우린 드라간이 도시를 벗어난 걸 알고 있어."

"그럼 나보다 아는 게 더 많은데."

"그는 분명 도움을 받았을 거야."

"자네 생각이 그렇다면야."

"드라간이 통화한 유일한 인물이 바로 비요른 자네야."

이런, 페터가 내 전화를 불법 도청한 모양이군. "한번 말해 봐, 드라간이 뭐라고 했는데?"

"함께 아이스크림을 먹고 싶다고 했지."

"퍽이나 낭만적이군. 나는 뭐라고 했지?"

"딸과 호수에 가고 싶다고 했어."

"그리고 뭘 했나?"

"아이와 로펌으로 가서 아이스크림을 먹었어."

이런, 멍청이 뮐러가 아이스크림 범벅인 내 딸을 봤다고 해서 페터가 날 비난하진 않겠지.

"좋아, 인정하지. 아이는 로펌에서 아이스크림을 먹었어. 또 다른 의심스러운 순간이 있나?"

"그리고 자네가 로펌에서 호수까지 운전해 갔다는 것도 알고 있어."

"아, 그걸 어떻게 알아?"

"우린 자네를 지켜봤어."

"자네들은 변호사 한 명과 그의 세 살도 안 된 딸을 주말 동안 미행했나? 어떤 법적 근거를 갖고? 불법 아이스크림을 먹은 죄?"

"우리는 자네를 미행하지 않았어. 동료가 호수에서 배를 타다가 우연히 망원경으로 봤을 뿐이야."

아마 그날 밤 정박한 보트였을 것이다. 에밀리가 있어서 충분히 주의를 기울이지 않았더라면 오늘 아침 자재 시장이 아니라 감옥에 있었겠군. 내가 살아 있는 드라간과 함께 다리에 서 있었거나 토요일부터 죽은 드라간을 트렁크에서 꺼냈더라면 발각될 뻔했다.

나는 새로운 정보를 정리했다.

"드라간은 나와 함께 아이스크림을 먹자고 전화했어. 그후, 자네는 나를 로펌과 호수에서 봤지. 드라간은 사무실에도, 호수에도 없었어. 그리고 아이스크림도 먹지 않았어. 내 아이는 먹었지. 로펌이나 호숫가 별장에 수색영장을 발부하는 게 어때?"

"글쎄, 사소한 문제가 하나 더 있어…."

"그게 뭔데?"

"호수 근처 민가에서 오늘 아침 경찰에 신고를 했어. 테라스 테이블에 인장 반지가 끼워진 손가락이 절단된 채 놓여 있다고."

젠장맞을. 사실 그것은 전혀 사소한 문제가 아니었다. 그건 내 살인의 증거였다. 놀랍게도 그 순간 두려움이 아니라 분노에 휩싸였다. 망할 놈의 새한테 화가 났다. 손가락을 그렇게 눈에 잘 띄는 곳에 떨어뜨려? 고양이들은 뭐 하고 있는 거야? 왜 진작 손가락을 먹어치우지 않았지?

"그게 드라간과 무슨 상관인데?" 내 음성이 지루하게 들리길 바라며 물었다.

"손가락에 있는 반지는 영상 속에서 어린 소년의 턱을 움켜쥔 드라간 손가락의 반지와 눈에 띄는 유사점이 있어. 그러니 드라간이 자네와 호수에 갔거나 드라간의 손가락이 같이 간 거지. 최악의 경우는 둘 다 동시에."

"그래서 그게 뭘 의미하지?"

"이미 판사가 발견된 손가락을 근거로 호수 별장의 수색영장을 발부했어. 지금 동료 열 명이 거기 있지."

빌어먹을! 그 손가락은 사람 체중의 약 1프로밀도 되지 않는다. 난 99.9퍼센트의 드라간을 분쇄기로 갈아버렸다. 하잘것없는 이유로 영장이 나왔군.

하지만 그리 당황할 필요는 없었다. 수색 가능성 때문에 드라간의 시신을 처리한 거니까. 그게 아니었으면 그냥 두었을지도 모른다. 나는 꽤 확신했다. 손가락 하나만 빼고 잘 처리했다. 지금은 그냥 믿음을 가져야만 했다.

"그럼 자네 동료들이 모든 것을 제자리에 놓아두길 바라겠네. 나중에 뭔가 없어진 걸 보면 자네에게 책임을 물을 거니까 말이야, 페터."

"우리가 이 손가락보다 더 많은 걸 찾으면, 그땐 비요른 자네 책임이야."

전화를 끊었다. 이런 부주의로 생긴 문제는 명상이 필요하다는 것을 입증한다. 나는 2분간 호흡하며 생각을 정리했다. 별장 수색에 관한 일은 그냥 기다리는 수밖에 없다. 경찰이 거기서 무언가를 찾는 일은 상상도 되지 않는다. 드라간의 DNA를 검사하기까지는 며칠이 걸릴 것이다. 물론 DNA 검사 결과가 나오는 즉시 나는 경찰이 드라간을 사망자로 추정하는 걸 막으려고 골머리를 앓을 것이다. 드라간의 살인범을 찾는 것과 나를 살인범으로 의심하는 것도 저지해야 한다. 하지만 별문제가 아니기도 하다. 절단된 손가락의 의미는 무엇인가? 손가락이 하나 없는 사람은 음악회에서 피아니스트로 활약하진 못할 것이다. 그게 전부다. 손가락이 떨어져 나왔다고 살인과 직결되지는 않는다. 지금은 이 손가락보다 더 급한 일이 있다. 즉시 해결할 일은 무엇보다 무라트 살해 사건이었고, 이에 관해 사샤와 의논해야 했다. 이 총살이 본래 나를 노린 범행이었는지 알아봐야 한다.

보리스는 맨 나중에 만나보고 싶었다. 만약 그가 연락하면 피할 수는 없다. 보리스가 무라트의 암살을 지시하지 않았다면 어느 정도 여유는 있었다.

전화를 도청당하고 있거나 도청당하고 있다고 의심하는 사람은 여러 문제를 고려해야 한다. 상대와의 대화는 부자연스러울 수밖에 없다. 도청하고 있는 사람을 염두에 둬야 하기 때문이다. 일회용 선불 전화로 연락하는 것은 단지 차선책일 뿐이다. 결국 경찰 모르게 상대방의 일회용 선불 전화 번호를 알아내야 한다.

드라간과 나는 사샤를 포함한 조직 전체에 매우 효과적인 방법을 개발했다. 상대에게 짧은 문자 메시지로 열한 자리 번호를 보낸다. 이 숫자를 문자 메시지를 보낸 휴대전화 번호에 더해보면 통화할 선불 휴대전화의 번호를 얻을 수 있다.

그래서 나는 사샤에게 문자로 숫자 0 01 77 48 90 32를 보냈다. 경찰이 감시하고 있었지만 규칙을 모르는 자는 아무것도 알아낼 수 없다.

경찰은 내 휴대전화 번호를 알고 있었지만 그 번호와 이 숫자들이 어떤 연관성을 지녔는지는 모른다. 사샤는 둘 다 알고 있다. 얼마 지나지 않아 내가 모르는 번호로 전화가 걸려왔다.

"나야." 그가 말했다.

"전화 고마워."

"보스는 어때?"

"잘 있어."

"지금 어디에 있어?"

하마터면 이렇게 말할 뻔했다. **엄지손가락은 실리콘 튜브에 있고 손가락 한 개는 증거물 봉투에 있고 나머지는 수십 마리 물고기 배 속에 있어….**

하지만 나는 간신히 말했다. "보스는 너를 포함한 모두를 보호하기 위해 아무에게도 알리지 않는 것이 좋겠다고 했어."

"하지만 너는 알고 있지?"

"직접은 아니야." 내가 둘러댔다.

"서로 연락은 하잖아."

"물론이지. 조직은 계속 돌아가야 하니까. 널 만나야겠어."

"언제 어디서?"

"네가 정해." 다른 사람의 결정을 따르는 것이 이 경우에는 타당하다. 나는 누군가를 남몰래 만날 장소를 고른 경험이 없었다. 사샤는 그런 적이 있다.

"유원지에 있는 어린이 놀이터 알아?" 그가 물었다.

"알겠어."

"내일 낮 12시 반에 봐."

업무 시간이었지만 나는 '계약 해지'되었으니 상관없었다.

15

객관

명상은 아이들이 가진, 편견 없이 삶을 대하는 놀라운 태도다. 아이들은 현재를 살아간다. 게임에 빠진 아이는 그 순간을 즐긴다. 아이처럼 편견 없이 사는 법을 배워라.

요쉬카 브라이트너,
『추월 차선에서 감속하기 – 명상의 매력』

실리콘은 계속 건조 중이다. 내 상사와 경찰, 사샤와의 통화가 모두 끝났다. 로펌은 내가 공식적으로 퇴직하기까지 언론을 맡을 것이다. 그때가 되면 상황이 다소 부드럽게 변하리라 기대했다. 그리고 무라트에겐 다시 연락할 필요가 없다. 금요일부터 갱단 전쟁이 시작된 건지는 모르겠다. 만약 그렇다면 과거로 돌아간대도 아무것도 바꿀 수 없을 것이다. 보리스와 대화하려면 사샤의 정보가 필요하다. 내일 아침에 만날 테니 당장은 내게 좋은 일을 할 수밖에 없다.

아이를 보러 가기로 결심했다. 내가 에밀리와 가까워졌을 때 이 모든 폭력성을 성공적으로 물리쳤으니, 이건 의미 있는 일이다.

카타리나에게 전화를 걸었다. 유치원 관련 일을 논의하기 위해서였다. 벨이 세 번 울린 후 아내가 전화를 받았다.

"안녕, 카타리나. 나야."

"무슨 일 있어?"

나는 아내에게 죽을 뻔했다는 말을 할까 고민했다. 그러고 싶지는 않았다. 하고 싶지 않은 일을 할 필요는 없다. "아니, 왜?"

"월요일 오후인데 통화할 시간이 있는 거야?"

"지금 막 쉬는 시간이 조금 생겼어."

"나는 당신이 그렇게 좋아하는 의뢰인에게 매달려 있다고 생각했지."

카타리나와 나는 일의 도덕성에 관해 온갖 논쟁을 벌였었다. 별거 후엔 더 이상 이 문제를 언급하지 않았다.

"현재 그의 소재지가 유일한 관심사야. 자리에 없는 의뢰인을 위해선 일 안 해."

"폭풍 전야 같은데."

"어쩌면. 하지만 당신이 허락하면 에밀리를 위해 시간을 쓸 수 있어."

"물론이지. 이쪽으로 와, 당신한테 할 말이 있어."

난 전화를 끊고 장난감 새를 집어 들었다.

"에밀리에게 가자!" 속에 있는 마이크에 대고 말했다. 인형이 기계 소리로 그 문장을 반복했다. 별 의미는 없지만 재미있었다.

"에밀리는 내 전부야."

새가 말을 반복했다.

손에 인형을 들고 옷장으로 갔다.

"나는 세상에서 가장 훌륭한 아빠야."

새도 똑같이 말했다.

"의뢰인을 토막 내고 자유를 찾았어."

불행하게도 그 순간 현관 복도에서 발이 걸리는 바람에 소리가 나오기 전에 인형을 떨어뜨렸다. 인형을 다시 집어 들고 말했다. "나는 내 의뢰인을 토막 내고 자유를 찾았어!"

새는 말이 없었다. 떨어뜨릴 때 메모리 칩이 손상된 것 같았다. '해피밀' 장난감에 무슨 대단한 기능이라도 기대한 걸까? 인형을 코트 주머니에 넣고 에밀리에게 새것을 사주기로 했다.

예전 집으로 갔다. 60년대에 지어진 자유 양식의 아름다운 집이었다. 정원이 넓게 펼쳐져 있고 큰 테라스가 있었으며 고목이 많이 자라고 있었다. 에밀리는 나를 기쁘게 맞았다.

"아빠, 일은 안 가져왔어요?"

"그래, 애야. 지금은 안 가져왔어."

"나 지금 호숫가 집에서 놀고 있어요!"

아이는 잔디밭에서 물고기를 관찰하고 땅콩 부스러기 먹이를 주었다. 놀이를 통해 인생의 아름다운 순간을 언제든지 재현할 수 있는 아이의 능력이 부러웠다. 전기톱이나 분쇄기는 알 필요 없는 아이의 무지함도 부러웠다.

카타리나와 나는 고급 의자에 앉았다. 그건 아내가 매일 욕하는 드라간과 일한 돈으로 구입한 값비싼 의자였다.

마피아의 돈으로 우리는 테라스를 꾸미고 열대우림을 만들었다.

카타리나가 왜 그리 내 일을 비난하는지 이해가 안 된다. 아내는 직업의 성취감을 온전히 알지 못한다. 다행스럽게도 지금 우리는 그 문제들이 중요하지 않다고 생각했다. 서로 증오를 느끼지 않았고, 서로 너무 오래 알아왔다. 그리고 에밀리가 있음으로써 우리는 이제 완벽한 가족이 되었다. 좋은 팀이다.

이것이 카타리나가 나와 얘기하고 싶었던 이유이기도 했다.

"에밀리 유치원 문제를 의논해야 해." 아내가 말했다.

"하지만 이미 유치원 서른한 곳에 지원했잖아….."

다른 아이들과 어울리는 게 아이의 발달에 필수적이고 또 중요하다. 카타리나는 늦어도 여름부터 반나절만이라도 보험 회사에 복직하려 했다. 그래서 에밀리가 다닐 유치원이 꼭 필요했다. 나는 명상 상담 덕에 대부분의 유치원 면접에 직접 참석할 수 있었다. 그러나 결과는 듣지 못했다.

카타리나가 고개를 끄덕였다. "맞아, 4월에 자리를 배정받기로 했어. 그런데 이제 벌써 4월 말이라고! 지금까지 유치원 스물다섯 곳에선 아무 소식이 없어. 다섯 곳은 거절했고."

"소식이 없다고 거절당한 건 아니야."

"에밀리가 다니는 무용 교실 아이들은 적어도 한 곳에선 이미 입소 연락을 받았어. 아무 소식이 없다는 건 곧 거절한다는 말이나 마찬가지라고. 당신 같은 법조인이 소송을 걸까 봐 확실히 거절이라는 말을 안 했다 뿐이지."

"하지만 등록 기한은 아직 끝나지 않았어."

"등록 기한은 4월 30일이야. 그때까지 에밀리에게 소식이 없으면 1년을 더 기다려야 해."

"알았어. 스물다섯 곳에서 아무 소식이 없고 다섯 곳은 거절. 지원서 서른 개가 됐네. 서른한 번째는?"

"그래서 당신과 의논하고 싶었어."

카타리나가 편지를 보여줬다. 친환경 편지 봉투와 편지지. 밝은 흰색이지만 재활용 증명 직인이 붙어 있었다. 편지 상단에 어린이의 서툰 필체로 된 로고가 있었다. 돌고래를 탄 다운증후군 어린이의 모습. 부모 이니셔티브 '바닷물고기처럼'의 로고였다. 이곳은 드라간이 유곽으로 사용 예정인 건물에 있는 유치원이었다. 서른한 개 유치원 중 스물아홉 번째 순위로 꼽아둔 곳이었다. 이제 여기가 유일한 선택지가 되었다는 불길한 느낌이 들었다. 그리고 편지 내용은 그 예감에 들어맞았다.

유치원 입소는 간단한 일이 아니다. 우선 아이를 온라인 중앙 시스템에 등록해야 한다. 유치원 및 탁아소 시스템을 줄여 'KOTZ'(독일어로 지루한 일, 따분한 일이라는 뜻─옮긴이)라고 한다. 실제 홈페이지 주소도 'kotz.de'다. 모든 유치원 입소 신청은 일단 여기에 로그인해야 가능하다. 그런 의미에서 KOTZ의 사용자 인터페이스는 불편한 점 투성이다. 신청서 작성을 끝내기도 전에 홈페이지가 다운되고 멈춰버리면서 부모들을 애태운다.

그렇다고 유치원에 직접 지원할 수도 없다. 아동 정보를 KOTZ에 등록하고 나면 각 유치원의 일정과 데이터를 모두 확인하고 KOTZ에 올라와 있는 설문에 답해야 한다.

이렇게 쓸데없는 시스템 입문 과정이 유치원 입소의 맨 첫

관문이다. 이후에 면접이 있다. 유치원에 왜 오고 싶은지를 설명하고 분위기가 마음에 든다고 대답한다. 그리고 여러 곳 중에 가장 좋은 유치원을 선택할 수 있기를 바란다.

물론 모든 유치원은 각각 이념적 지향점을 가지고 있다. 우선 종교 유치원과 시립 유치원의 차이부터 시작한다. 종교 유치원은 아이들에게 부활절, 크리스마스, 성 마틴에 관해 가르친다. 시립 유치원은 그와 반대로 중립적인 봄·겨울 축제 등을 기념한다.

또한 부모들은 선호하는 급식을 선택해야 한다. 아이가 맥도날드 메뉴를 맛보기 전에 채식을 익히는 것이 낫지 않나? 돼지고기를 안 먹는 유치원도 있다. 무슬림 때문이다. 숲에서 수업하길 즐기는 유치원이 있고, 장애아가 다니는 곳도 있다. 어떤 곳은 비장애아가 대부분이지만 스페인어가 모국어인 아이가 30퍼센트까지 되는 곳도 있다.

모든 유치원은 할당에 차별이 없다고 주장한다. 종교, 식습관, 국적은 중요하지 않다고 말이다. 세례는 가톨릭 유치원의 의무 사항이 아니고 채식도 공식적으로는 강요 사항이 아니다. 부모 한쪽이 스페인 국적이라고 반드시 2개 국어를 할필요는 없다고 말한다. 그러나 사실은 가톨릭 신자라면 시립유치원이나 기독교 유치원은 다니기 힘들다. 이미 시스템상에 암묵적 규칙이 녹아 있다. 당신의 아이가 반창고 붙인 안경을 쓰고 절뚝거린다면 유치원 면접에 데려가라. 거기서 아랍어로 '내 장난감을 가져가, 넌 손님이잖아'라고 말할 수 있어야 한다.

부모들이 이런 눈속임을 다 견뎌내고 나면 유치원은 완전히 자체적으로 어떤 아이가 좋고 어떤 아이가 좋지 않은지 결정한다.

내가 명상 상담을 받지 않았다면 두 번째 면접이 끝난 후부터 변호사 명함을 뿌려대면서 소송을 들먹였을 거다. 요쉬카 브라이트너는 어떻게 말했을까?

> 명상은 아이들이 가진, 편견 없이 삶을 대하는 놀라운 태도다. 아이들은 현재를 살아간다. 게임에 빠진 아이는 그 순간을 즐긴다. 아이처럼 편견 없이 사는 법을 배워라.

어린아이를 편견 없는 초등학생으로 키워내려 하는 선생님들 앞보다 이 '편견 없이 사는 법'을 잘 활용할 데가 있을까. 그래서 나는 모든 면접에 참석해 편견 없는 모습을 보였다. 완전히 거짓으로 가득한 놀이였다….

카타리나가 내 생각에 끼어들었다. "편지를 한번 읽어봐."

나는 고개를 끄덕이고 편지를 들어 읽었다.

디멜 부인께,

당신과 부군께서는 저희 부모 이니셔티브에 두 분의 딸 에밀리의 입소를 지원하셨습니다. 회의는 어제 목요일이었습니다. 저희는 에밀리의 입소 신청을 거절하기로 결정했습니다. 부군께서 저희 건물주인 의뢰인의 유곽 사업 때문에 명도 소송을 제기한다고 위협한 사실이 거절의 가장 주요한 요인입니다. 그런 분과는 연관되고 싶지 않습니다.

안녕히 계십시오.

나는 카타리나를 봤다. 아내는 나를 쳐다봤다. 이럴 수가! 내가 막 일과 삶의 균형을 찾으려고 의뢰인을 죽였는데 이제는 유치원에서 균형을 찾아야 하는 거야?

"여보, 이 명도 소송은….” 아내는 변명할 틈을 주지 않았다.

"비요른! 이건 드라간이 아니라 에밀리에 관한 거야!"

사자 같은 엄마가 화를 냈다. 그 앞에서 농담은 소용없다. 맹수가 휘두르는 발을 진정시켜야 한다. 나는 조용히 손을 흔들었다.

"카타리나, 이 유치원은 우리 희망 순위 스물아홉 번째에서 서른한 번째 정도였어. 내 일과 유치원이 관련되리라고는 생각하지 못했어….”

더 이상 말을 잇지 못했다.

카타리나가 공격했다. "우리는 그 헛소리 때문에 결국 실패할 거야. 당신의 빌어먹을 마피아 의뢰인 때문에!"

"일과 사생활을 분리하려고 노력 중이야….'"

카타리나가 내 손에서 편지를 낚아채다가 검지로 편지에 구멍을 냈다. "당신과 달리 유치원의 선한 사람들은 일과 사생활을 명백히 구분하지 못했네. 그 사람들이 아빠의 직업 때문에 우리 아이를 거부했어. 당신이 변호사라는 걸 체험이라도 시켜줘야 하나?"

사자가 발톱을 드러냈다. 내가 아니라 부모 이니셔티브 방향으로. 내가 그녀 분노의 유일한 원흉은 아니었지만 아내의 물음에 약간 압박을 느꼈고 그게 어떤 의미인지 고민했다.

"이제 내가 뭘 하길 원해?" 내가 묻자 카타리나는 단호하게 쳐다보았다. "이 문제를 해결해. 어떻게 해서든." 아내가 내 가슴에 편지를 지그시 눌렀다. "아빠 때문에 우리 아이를 거절한 거라면 그자들이 아빠를 만나봐야지."

"구체적으로… 어떻게?"

"그걸 왜 나한테 물어? 드라간한테 물어봐, 당신한테 빚을 진 거잖아."

"뭐라고?" 내 귀를 의심했다.

"드라간 때문에 그자들이 우리 아이를 거절했잖아." 카타리나가 말했다. "이제 그들은 자신의 실수를 깨닫겠지. 드라간이 늘 하던 대로만 해도 바로 그렇게 될 거야. 그게 당신 직업이잖아. '사람들을 설득하는 것'. 안 그래?"

직업인 건 맞다, 그것도 아주 뛰어난 능력을 발휘하고 있는. 다만 그 일을 감당할 사람들이 문제였다. 에밀리를 위해 사람을 설득한다는 것은 긍정적인 점이다. 그러나 이런 긍정적 생각은 빠르게 무너졌다.

"에밀리가 30위권 유치원에 입소하지 않으면…."

나는 놀라서 아내를 바라보았다. "않으면?"

"않으면…. 에밀리와 다른 도시로 이사할 거야. 유치원 자리를 얻으려 말이야. 언제든 다시 일하러 갈 수 있어야 하니까 여기서 그리 멀지 않을 거야. 만약 이걸로 안 되면 또 다른 곳으로 가야지."

이건 심각한 위기다. 아내가 에밀리와 떠나면 아이와 보낼 시간이 더 짧아진다. 카타리나는 아이와의 시간으로 나를 협박하고 있다. 나는 막 의뢰인을 죽이고 상사를 위협했다. 하지만 카타리나는 이 사실을 모른다.

하지만 아내와는 편안한 분위기에 있는 게 좋았다. 그리고 동등한 부모의 입장에서 대화하게 된 듯했다. 나는 아직 아무것도 카타리나에게 보여주지 못했다. 그러니 화합을 이루기까지는 혼란이 불가피하다.

16

조바심

초조감 때문에 명상이 안 되거나 방해를 받는다면 그 감정을 없애기 위해서 초조함을 인지하는 게 도움이 된다. 하지만 그 성급한 마음을 판단해서는 안 된다. 자신이 원하는 상태를 되뇌어라. '나는 고요하다.' 불안에 잠식되어도 여유를 가져라.

요쉬카 브라이트너,
『추월 차선에서 감속하기 - 명상의 매력』

카타리나가 갑자기 시내에 가서 커피를 마시겠다고 해서 긴장 상태가 좀 풀렸다. 덕분에 남은 오후 시간을 에밀리와 정원에서 자유롭게 보낼 수 있게 됐다.

이른 저녁 집에 돌아왔을 때 나는 정말 행복했다. 정원에서 아빠로 누린 자유로운 월요일 오후는 로펌의 변호사로 보낸 쉰두 번의 월요일 오후를 합친 것보다 유의미한 삶의 즐거움을 선사했다.

솔직히 말해 난 여전히 뭔가를 하고 싶어 하는 사람이다. 너무 많으면 곤란하지만 말이다. 브라이트너 덕분에 추월선에서의 감속을 배웠다. 하지만 아무것도 안 하는 건 힘들다. 그러나 이게 바로 명상이다. 뭐라도 해야 한다는 가책은 종종 스스로의 욕구를 고려하지 않는다. 나의 명상 선생은 이런 말을 했다.

할 일을 알아보지 마라. 그 일이 당신을 찾아올 것이다.

다른 표현으로는 이렇다. 의뢰인이 호수 어딘가에 가라앉았다면 다른 문제가 어딘가에서 떠오를 것이다. 나는 이제 카타리나에게서 새로운 임무를 받았다. 아내는 말했다. "해결해." 이번 달 말까지 에밀리를 유치원에 입소시켜야 했다. 아니면 아이는 엄마와 이사를 갈 것이다. 카타리나는 내가 이 일을 어떻게 해결할지는 전혀 신경 쓰지 않았다. 오직 결과에만 관심을 가졌다.

에밀리와 정원에서 노는 동안 머리 한쪽으로는 해결책을

찾고 있었다. 지난 몇 년간 많은 시간을 들여 드라간에게 경쟁자를 제거하는 것은 전투의 반만 이기는 것이라고 설득했다. 경쟁자를 흡수하는 것이 경제적으로 더 타당했다. 알바니아 마약상에게 총을 쏘면 고객은 한 명지 얻지 못한다. 하지만 그의 고객을 인수하면 마약상 스스로 총을 쏴서 죽을 것이다.

나는 드라간의 대리인으로서 싸우는 대신 이니셔티브를 거두어들이는 편이 더 현명하지 않을까 생각했다. 무슨 수를 써서라도 말이다. 드라간의 동의가 필요했다. 유치원 인수가 드라간의 뜻이라 믿게 만들어야 했다. 드라간이 죽었으니 그의 엄지손가락이 이 일을 해야 했다.

그래서 욕실에 있는 실리콘 모형을 살폈다. 엄지손가락은 완전히 변색되었다. 반면에 실리콘은 손상 없이 거의 건조되었다. 확신은 없었다. 표본을 만들고 싶었지만 조바심 때문에 실리콘을 훼손시키거나 파괴할까봐 두려웠다.

판단이 서지 않아서 거실로 나가 명상 책을 찾았다. 조바심 관련 주제가 나올 때까지 인내심을 가지고 페이지를 넘겼다.

초조감 때문에 명상이 안 되거나 방해를 받는다면 그 감정을 없애기 위해서 초조함을 인지하는 게 도움이 된다. 하지만 그 성급한 마음을 판단해서는 안 된다. 자신이 원하는 상태

를 되뇌어라. '나는 고요하다.' 불안에 잠식되어도 여유를 가
져라.

조바심이야 완전히 파악했다. 그러지 않았다면 기다리던 이
상황을 즐겼을 거고 급히 명상 책을 들춰볼 이유도 없었을 거
다. 그 조바심을 비난할 것인가? 그러나 조바심에도 좋은 점
이 있을 거다. 실리콘이 건조되기를 이만큼 오래 기다리지 않
아도 된다. 기다리는 것이 완전 잘못된 태도일지도 모른다.
오늘 저녁은 인터넷에서 실리콘 튜브 처리 방법을 검색하며
보낼 생각이다. 명상이란 순간을 애정 어린 마음으로 받아들
이는 것이다. 내게 '고요한' 상태는 부패한 엄지손가락을 없
애고 표본 작업을 할 때 생긴다. 실리콘에 습기가 남아 있는
것은 본 목적과는 큰 상관이 없다.

충분히 기다렸으니 나의 조바심은 전적으로 정당했다.

호흡을 반복했다. 양쪽 엄지손가락에서 숨결이 느껴졌다.

더 이상 불안해하지 않으려고 실리콘에서 필요 없어진 부
위를 떼어내 변기에 넣고 물을 내렸다.

불안이 사라졌다.

다음으로 실리콘 덩어리를 들고 엄지손가락의 윤곽을 보
았다. 아주 괜찮아 보였다. 지문의 융선을 육안으로 알아볼
수 있었다. 'D' 모양 상처도 보였다.

나는 기름과 엄지손가락에서 나온 액체를 세척하고 표본 키트를 열었다.

휘젓고 두드려가며 되직한 액체를 실리콘에 주입했다. 그리고 다시 기다렸다. 이번 기다림에는 끝이 있었고 의미도 있었다.

기다리는 동안 인터넷에서 이니셔티브 홈페이지를 살펴봤다. 이미 그들은 에밀리의 면접과 명도 소송에 대해 알고 있었다. 그러나 나는 관련 책임자나 이니셔티브 연혁을 딱히 알아본 적이 없다. 그들의 부주의함과는 반대로 주의 깊게 행동하고 싶다면 드라간을 다룰 때처럼 집중이 좀 필요하다.

돌고래 로고를 가진 부모 이니셔티브 '바닷물고기처럼'은 비영리 단체다. 그래서 조합과는 다른 결정 체계를 가진다. 이건 좋은 일이다. 조합의 결정권은 조합원이 가지며, 그들을 일일이 설득해야 한다. 그러나 부모 이니셔티브 단체는 운영자에게 결정권이 있다. 운영자의 지분이 가장 많으니 그만큼 센 발언권을 가지고 있다. 그 지분은 설득 과정 없이도 살 수 있다. 지분을 다른 사람에게 팔겠다는 의사만 밝히면 된다. 비영리 단체는 공익을 위해 운영하며, 그 활동으로 발생하는 이익 또한 공익을 위해 써야만 비영리 단체다.

'바닷물고기처럼'의 운영자는 세 명이었다. 그들은 5년 전 함께 스타트업을 설립한 부모들이다. 폐타이어로 만드는 플

립플롭 샌들을 생산하고 파는 회사였다. 이들은 자신들의 제품 공장에서 아이들 노동력이 착취당하는 사실이 알려지자 다른 단체를 세우고 아이들을 보호하는 활동을 했다.

당시 유치원 공동 설립자 세 명은 30대 중후반의 나이였다. 그들은 폐타이어로 만드는 샌들에 관한 홈페이지를 만들어 '지속성과 재활용'이라는 주제를 다루고자 했다. 제3세계 쓰레기 문제를 해결하며 수익을 창출한다는 사탕발림이었다.

본인들은 군대에 다녀온 적도 없으면서 1, 2차 세계대전 참전 용사인 양 머리와 수염을 길렀다. 채식을 하고 하이브리드 자동차를 운전하면서 아시아행 비즈니스 클래스 비행기를 타서 자동차보다 많은 이산화탄소를 배출했다.

어쨌든 보다 나은 세계를 만들려는 이 운영자들은 파키스탄에서 오래된 자동차 타이어를 구입했다. 그곳 아이들은 10미터 높이의 쓰레기 산에서 보호복도 없이 타이어를 골라냈다. 그다음 방글라데시로 옮겨 현지 아이들이 신발과 끈을 만들게 했다. 양털과 끈은 다시 스리랑카로 가고 또 다른 아이들이 숨 돌릴 새 없이 신발을 만들었다.

세 사람은 제3세계에서 아동 착취를 하느라 정작 자신의 자녀에게 할애할 시간이 없었다.

신발은 스리랑카에서 함부르크로 운송되었다. 함부르크에 도착한 신발의 원가는 원재료, 아동 인건비, 운송료를 포함해 겨우 2.39유로였다. 동업자들은 재생 타이어 신발을 히피들이 방문하는 온라인 부티크 샵에 올려 69.95유로에 팔았다. 'untired'라는 이름으로 '지속 가능한 스트리트웨어'라며 인기를 끌었다. 제3세계 쓰레기 감축에 기여했다는 보람을 느끼게 만들었다. 실제 쓰레기의 양은 포장재 때문에 세 배 증가했다. 흥미로운 점은 세계화에 반대하는 자들이 세계화와 아동 노동력 없이는 만들어질 수 없는 신발을 좋아한다는 사실이다.

'바닷물고기처럼' 이니셔티브의 설립자이자 운영자인 자들은 이런 일을 가능하게 만들었다. 이자들이 아동 노동이 아닌 골칫덩이 변호로 돈을 버는 아빠 때문에 에밀리를 거절했다. 초반에 알아낸 정보만 이 정도였다.

한 시간 동안 조사한 후 나는 계획의 큰 틀을 세웠다. 한쪽에선 표본이 건조되고 있었다. 실리콘 틀에서 그것을 조심스레 꺼냈다. 드라간 오른쪽 엄지손가락의 완벽한 지문이었다. 미래의 결정을 내릴 나의 도장. 나는 실리콘을 세척하고 옷장에 감췄다. 엄지손가락 표본을 들고 거실에 있는 오늘 자 타블로이드 신문을 꺼냈다. 계획을 구체화하고 드라간의 첫 번째 지시를 내릴 차례였다.

17

불안

> 불안과 안전은 당신이 스스로 통제할 수 있는 비이성적 감정
> 이다. 당신을 안전하게 해줄 장소를 상상해보라. 신뢰하는
> 사람을 떠올려라. 스스로 진정하는 법을 느껴보라.
>
> 요쉬카 브라이트너,
『추월 차선에서 감속하기 - 명상의 매력』

다음 날 아침 첫 호흡 연습 후 메일함에 도착한 로펌 해직 증
빙을 봤다. 그것은 기본적으로 우리가 논의했던 것과 일치했
다. 나는 그 초안에 몇 가지 수정 사항을 추가하여 회신했다.
오후 3시까지 수정 계약서를 책상 위에 놔달라고 요청했다.
다음으로 나는 드라간의 지시를 내렸다. 드레스덴, 에르켈,

단비츠 씨의 로펌과 계약을 해지하고 지금까지 그랬던 것처럼 앞으로도 오로지 내가 관리하기를 원한다고 작성했다. 이 편지는 드라간의 사인이 있는 종이에 인쇄해 내 서류가방에 넣었다.

그리고 어린이 놀이터에서 사샤와 만났다. 오늘도 나는 아우디 A8을 아파트에 세워두고 새로운 세상을 도보로 탐험하기로 결심했다. 이미 차에서 개인 소지품을 치웠다. 차 열쇠는 오늘 로펌에 반납할 것이다. 무슨 교통수단을 이용할지 누구도 강요하지 않는다.

유원지의 어린이 놀이터는 비밀스런 접선을 하기에 크게 세 가지 장점이 있다. 첫째, 매일 아침 수많은 엄마, 할머니, 아이들이 있다. 그래서 엄마들이 아이에게 외치는 끊임없는 소음이 있다. 이 가운데 벤치에 앉아 대화하면 2미터만 떨어져도 아무도 엿들을 수 없다.

단점은 놀이터에 남자 두 명이 나란히 앉은 모습의 특이성이다. 마치 수니파 모임에 참석한 드래그 퀸만큼 이질적인 풍경이다. 이로 인한 장점도 있다. 우릴 미행하는 자도 눈에 잘 띌 거라는 사실이다.

세 번째 장점은 대화의 자연스러움이다. 내가 사샤와 의논하고 싶었던 이야기는 죽은 사람들과 관련 있었다. 그러나 어제 오후부터 주제의 범위가 넓어졌다. 이제 대화는 아이들과도 많은 관계가 있다.

사샤는 아이에게 약하다.

그는 스물아홉 살이다. 키가 특별히 크지는 않았지만 체격이 다부졌다. 옷에는 얼룩이 있었고 말쑥하지 못한 차림새였다. 더럽지는 않아도 침대에서 10분 전에 일어나 걸친 듯한 옷 속에는 슈퍼히어로로 잠옷을 입었다. 아직 머리를 빗기 전처럼 보였고 이도 닦지 않은 듯했다. 이 때문에 사샤를 처음 만나는 사람은 그를 과소평가했다. 그들 몇몇에게는 그게 치명적 실수가 되었다.

6년 전 사샤는 불가리아에서 독일로 왔다. 처음 몇 년은 토니 밑에서 일했다. 바텐더로 시작해 부사장이 되었다. 사샤는 똑똑했고 곧 토니의 조직에서 모든 문지기, 딜러, 매춘부들을 알게 되었다. 컴퓨터도 잘 알았다. 컴퓨터광까진 아니었지만 짧은 시간 내에 바이러스나 네트워크 문제를 해결했다.

아무도 모르는 사실은 사샤가 독일 학위를 따기 위해 낮에 대학에 다녔다는 점이다. 그러나 3년 뒤 사샤는 아침 8시에 클럽을 마치고 9시 강의에 갈 수 없다는 것을 깨달았다.

그래서 사샤는 대학을 중퇴했다. 그러나 마피아로 완전히 바보 취급을 당하지 않으려 큰 노력 없이 공부할 수 있는 교육을 아침에 받았다. 사샤는 보육교사가 됐다. 그는 토니에게 해가 떠 있는 시간에 일을 더 할 수 있겠느냐고 물었다. 마침 일주일 전에 드라간의 운전기사가 초등학교 앞에서 시속 120킬로미터로 운전해 속도위반에 걸린 참이었다. 토니는 사샤를 드라간에게 추천하며 신원을 보증했다. 자기 부하를 드라간 지척에 둘 기회를 이용한 것이다. 그래서 사샤와 드라간은 서로 알게 되었다. 사샤는 항상 자신의 고용주에게 충성스러웠기 때문에 토니의 정보원으로 활동하기엔 적합하지 않았다. 토니와 사샤의 관계는 급격히 냉랭해졌다.

일은 사샤에게 이상적이었다. 드라간은 늦잠을 자고 낮에는 집에서 일을 정리하는 것을 좋아했다. 그래서 사샤는 보통 늦은 오후에만 일했고 낮에는 보육교사 일에 전념할 수 있었다. 그는 3년 후 좋은 성적으로 졸업했다. 졸업장을 받고 제일 먼저 드라간에게 말하자 그는 미친 듯이 비웃었다. 사샤와 나는 마피아 보스에게 직접 접근할 수 있는 이들 중 고등 교육을 받은 유일한 사람들이었다. 드라간은 내게 자기 운전기사도 가진 학위를 못 땄다고 말했다. 그렇게 나는 사샤가 보육교사 자격을 취득했다는 걸 알았다.

놀이터에 도착했을 때 사샤는 이미 벤치에 앉아 아이들을 보고 있었다. 나는 그 옆에 앉았다.

"아름다운 곳이네." 대화를 시작했다.

"순진한 아이들이 떠들며 노는 모습을 볼 때, 나는 가장 편하게 쉴 수 있어."

"가식적인 아이들도 있나?"

"아니, 무고한 어른들이 그만큼 적다는 뜻이야. 자라면서 환경에 따라 각종 경험을 하고 어린이의 순진함을 찾기 어려워지지."

"너는 교육자야, 아니면 철학자야?"

"아이를 상대하는 사람에게 둘은 큰 차이가 없어."

"내 아이를 보면 알지. **아이가** 철학자이기도 해."

"대단한 아가씨군, 에밀리 말이야. 잘 지내?"

사샤가 에밀리의 이름을 외웠으리라고는 예상했다. 그 점을 높이 샀다.

"그럼, 주말은 호수에서 놀았어."

"드라간은?" 사샤가 궁금해했다.

"괜찮아. 대외적으로 그는 트렁크에 있었던 적이 없기 때문에 종착지가 어디인지도 아무도 모르기를 원해. 하지만 우린 서로 연락하고 있어. 드라간이 사업을 계속하길 바란다고 했잖아. 그의 첫 번째 지시는 내가 가지고 있어."

"하지만 상황이 생각보다 어려워지고 있어." 사샤가 말했다.

그건 명상을 모르는 자들의 멍청한 생각이다. 이런 사람은 모든 것을 평가한다.

"뭐가 문제인데?"

"음…." 사샤가 말을 이었다. "솔직히 많은 문제가 있어…."

나는 평가하지 않고 그대로를 받아들일 줄 아는 사람이며, 싱글태스킹의 덕을 본 사람이다. 그래서 사샤에게 문제를 차례로 말해보라고 부탁했다.

"하나씩 차례대로? 좋아, 그러니까 사실 드라간과 나는 거의 죽을 뻔했고 이고르가 죽고 무라트도 죽었지. 토니는 지금 꽤 겁에 질려 있어. 아무 조치도 취하지 않으면 보리스와 전쟁이 벌어질 거야."

드라간과 사샤가 죽을 뻔한 것은 몰랐다. 사샤와 상황을 공유하고 문제를 논의하는 것은 한편으로 편안하기까지 했다.

"알았어, 그럼 처음부터 시작해보자. 갱단 전쟁이라니 무슨 소리야?"

"보리스가 화났어. 이고르가 드라간에게 맞고 불에 탔잖아. 무엇보다 드라간이 사과하러 오지 않아서 화가 나 있어. 보리스는 너한테도 연락이 닿지 못했지. 오늘 밤까지 드라간이든 너든 반드시 연락을 하게 하라고 그랬어. 그러지 않으면 드라간의 관리자를 매일 하나씩 쏴 죽일 거래. 누구든 자신에게 말할 준비가 될 때까지 말이야. 이 시점에서 그는 나와 너 그리고 드라간을 쏘는 데 망설임이 없어. 보리스는 **미친 듯이 화가 났다고.**"

그럴 줄 알았다. 하지만 보리스는 진정될 것이다. 그는 사업가였다. 모든 사람의 생명은 그 대가를 치른다. 그리고 이고르

목숨의 대가는 돈, 마약, 새로운 영역 경계가 될 것이다.

"상황이 딱히 좋진 않지만 해결 가능해. 하지만 보리스를 만나기 전 정확히 무슨 일이 일어났는지 알고 싶어. 처음부터 말해줘."

"알았어. 몇 주 동안 토니 가게의 장부 숫자가 맞지 않았어. 매출이 떨어지고 있었지. 현저하진 않지만 마냥 무시할 수 없을 정도야."

"왜 그런 거지?"

"토니는 자기 구역에서 누군가 약을 반값에 판다고 생각해. 그럼 거래 시장은 망해."

"드라간은 뭐랬어?"

"그는 토니가 자기 물건의 일부를 빼내 팔았다고 생각해. 하지만 증거는 없고, 토니가 합당한 근거를 대지 못하면 다음 관리자 미팅에서 모든 걸 말할 계획이었지."

"그리고? 토니가 더 나은 변명거릴 찾았어?"

"설명이야 했지. 하지만 금요일 이후로 나는 그것도 의심스러워졌어."

"토니가 뭐라고 말했어?"

"다른 의견을 한번 들어본다더군. 딜러 몇 명을 압박해 뼈를 좀 부러뜨려주면서 말이야. 그러고 나서 금요일 밤에 무라트가 연락해 누가 배후인지 알았다고 했어. 바로 이고르였지.

보리스의 허락 아래 우리 구역에서 자신의 마약 유통망을 만들 거라고. 그날 저녁 고속도로 휴게소 주차장에서 물품을 넘겨받는다고 했어. 그게 이고르를 잡을 기회였지. 보리스가 드라간에게 장난질하고 있다는 증거를 잡을 기회이기도 했어."

"그렇군. 그럼 토니가 왜 드라간에게 직접 말하지 않았을까? 왜 무라트를 시킨 거지?"

"나도 궁금해. 그래야 모든 걸 부인할 수 있어서가 아닐까. 뭔가 잘못되면…."

"어떻게 그런 결론을 냈어?"

"자, 봐봐. 우리는 브라티슬라바로 가고 있었어. 무라트한테 전화가 왔어. 그다음 휴게소에 들렀지. 우린 밴에서 이고르와 한 남자를 봤어. 드라간이 이고르에게 소리친 후 바지에 가솔린을 뿌리고 불을 붙였어. 엉덩이가 불에 탔지. 언제나 해왔던 일이야. 나는 불을 끌 덮개를 들고 있었어. 그런데 같이 있던 마약상 놈이 수류탄을 들고 차에서 뛰어내리려 했어. 그래서 이고르에게 붙은 불을 끄는 대신 덮개를 그놈 얼굴에 던져서 넘어뜨리고 손에서 수류탄을 뺐어. 이때를 틈타 이고르가 불이 붙은 채로 밴에서 뛰어내렸지. 밴에도 불이 옮겨 붙었어. 드라간이 이고르 뒤를 쫓았어. 나는 아이들이 탄 버스를 보고 수류탄 가진 놈을 때려눕힌 다음 우리 차를 가져왔어. 나머지는 네가 영상에서 본 대로야."

"그래서 너희 계획은 그냥 이고르의 엉덩이에 불 좀 붙여 주는 거였군. 맞아?"

사샤가 고개를 끄덕였다. "맞아. 그다음 우리는 이고르를 보리스에게 데려가 보리스의 사과를 어떻게 받아낼지 상의했을 거야."

내가 머리를 흔들었다. "가장 좋은 계획도 어떨 땐 아무 소용이 없어."

"받아들이기 나름이지." 사샤의 목소리가 이상했다.

"무슨 뜻이야?"

사샤가 머뭇거렸다. "아마 다른 쪽 계획이 있었던 것 같아. 드라간은 너무 화가 난 나머지 신경을 못 썼어. 하지만 수류탄 든 놈이 우릴 보고 놀란 눈치가 아니었어. 이고르는 깜짝 놀란 게 분명했지만. 다른 놈은 우리를 기다리던 것처럼 보였어."

아하, 내가 여왕벌을 죽였을 때 다른 누군가 그 벌집에 손가락을 넣은 듯하다.

"그 남자는 누구였어?"

"몰라, 처음 봤어. 그리고 차가 폭발해서 아무것도 알아낼 수 없어."

"마약은 어떻게 됐어?"

"그게 문제였지. 마약이 없었거든. 아무것도. 이고르는 주차장에서 무기를 거래하려고 했던 것 같아. 수류탄 말이야."

"그럼 드라간과 너를 궁지에 몰아넣는 건 무슨 의미가 있어? 누가 이득을 보는데?"

"물론 토니지. 그에게까지 혐의가 미치지는 않았을 거야. 토니가 드라간과 갈등이 있단 사실은 드라간과 나만 빼고 아무도 몰라. 아마 토니는 신속하게 드라간의 후계자를 자청하며 보리스와의 갱단 전쟁이 시급하다고 강조했을 거야."

"하지만 그 계획은 효과가 없었어. 너의 추측이 맞다면 말야. 드라간은 살아남았어."

사샤가 어깨를 으쓱했다. "그것 말고는 토니의 계획대로 된 거지. 이고르는 죽고 보리스는 분노했어. 드라간이 사라졌고 토니는 혐의를 벗었어. 드라간이 보리스의 함정에 빠졌다고 생각하니, 아무도 토니 사업체의 이상한 점은 신경 쓰지 않아."

젠장, 내가 생각했던 것보다 상황이 더 혼란스러웠다.

"알겠어." 내가 두 눈을 문질렀다. "토니가 갱단 전쟁을 하고 싶다면, 무라트가 암살된 건 무슨 의미야?"

사샤가 머리를 가로저었다. "난 전혀 모르겠어." 그가 인정했다. "하지만 고속도로 주차장 사건 이후 무라트가 내게 연락을 했어. 드라간과 꼭 얘기를 해야 한다더군. 무슨 용건인지는 말하지 않았어. 분명 그는 할 말이 있었던 거야. 난 무라

트에게 너한테 가보라고 얘기했어. 네가 드라간의 대변인이
니까."

"무라트가 연락했었어. 일요일 저녁에 메시지를 남겼는데,
월요일 아침에 만나자 하더라고."

"아마 그는 드라간을 함정에 빠뜨린 사실 때문에 안절부절
못했을 거야. 네게 자백하려 했을지도 몰라."

"무라트가 토니를 밀고할까봐 총에 맞은 거라면 토니가 그
통화 내용을 알고 있었다는 뜻이야. 나는 경찰 도청만 걱정했
는데."

사샤가 멈칫하며 하나하나 짚어보는 것 같았다. "경찰서에
토니의 정보원이 있다면? 그럼 내용을 아는 게 이해가 돼."

내가 고개를 끄덕였다. "가능한 일이야. 무라트를 만났더
라면 나도 똑같이 죽었을 거야. 토니는 내가 필요하지 않아.
그리고 자신이 사람을 시켜 드라간을 감시했다는 걸 그가 알
까봐 두렵겠지."

사샤는 걱정스러운 표정으로 나를 쳐다봤다. "발터 회사의
경호원을 고용할까?" 그가 물었다.

발터는 드라간의 회사에서 무기 거래를 담당하는 관리자
다. 회사의 합법적 이름은 보안 회사였다. 그의 부하들은 개
인 경호에 매우 뛰어났다. 하지만 24시간 감시는 가장 마지막
선택지다.

"아직은 아니야." 재빨리 답했다. "나는… 보리스와의 만남을 기다리는 중이야. 게다가 네가 방금 말한 모든 문제는 드라간과 상의가 필요해. 내가 다시 말해줄게."

잠시 대화가 멈췄다. 어떻게 유치원 인수 문제를 음모, 살인, 복수와 연관시킬지 방법이 떠오르지 않았다.

사샤가 내 걱정을 덜어줬다.

"그나저나 드라간의 지시가 뭐야?" 그가 물었다.

사샤에게 어제 자 신문을 넘겨주면서 그가 내 불안감을 알아채지 못하게 하려 노력했다. 지면 위 단어에는 동그라미가 표시되어 줄로 연결되어 있었다. 그리고 드라간의 완벽한 지문까지 찍혀 있었다.

사샤는 지시 사항을 해독하기 시작했다.

"유곽 건설 계획 변경. 부모 이니셔티브 인수. 일주일 내로. 유곽 말고 유치원을 만들어라. 세부 지시는 변호사에게 들을 것."

사샤는 나를 혼란스러운 눈으로 바라보았다.

"드라간이 탄 트렁크 뚜껑을 너무 세게 닫아서 머리라도 찧었나? 이게 무슨 말이야?"

놀이터의 소음이 순간 멀어졌다. 모든 아이가 갑자기 날 보고 같은 질문을 하는 것 같았다. 그리고 아이 엄마들은 내가 왜 아이의 질문에 대답하지 않는지 화가 난 것처럼 보였다. 새들도 조용히 답을 기다리는 듯했다. 하지만 무엇보다 사샤가 답을 원했고 도망갈 수 없었다.

조직에서 유치원을 인수하는 것은 조직범죄를 다루는 아빠가 아이를 돌보기엔 확실히 좋은 일이었다. 그러나 갱단 전쟁이 임박하고 조직의 보스가 잠적한 상태에서는 직접적인 해결책이 되기 어려웠다.

이 시점에서 일과 사생활을 지킬 수 없을 거란 불안감이 날 사로잡았다.

불안과 안전은 당신이 스스로 통제할 수 있는 비이성적 감정이다. 당신을 안전하게 해줄 장소를 상상해보라. 신뢰하는 사람을 떠올려라. 스스로 진정하는 법을 느껴보라.

놀이터를 나와 에밀리와 함께 호숫가 다리에 앉아 있다 생각했다. 나무의 열기가 몸을 가득 채우고 근육에 힘을 실어주었다. 파도의 물방울이 나의 신경을 달랬다. 물 위에서 햇빛이 반짝거렸다.

"글쎄, 그렇게 이상하진 않아." 내가 즉흥적으로 말했다. "이런 적이 처음이긴 하지만 드라간은 토니의 음모에 대해 아직 몰라. 네 말처럼 그는 수류탄을 가진 남자를 알아채지 못했잖아."

"하지만 드라간도 이 모든 게 장난이 아니라는 건 알아." 사샤는 말했다.

"내 말이 그거야. 그러니까…" 나는 에밀리를 품에 안고 물에 땅콩을 던지는 상상을 했다. "…그러니까 드라간이 직접 관리한다는 뜻이잖아. 드라간이 잠적한 건 다른 사람들이 자신을 속이지 못하게 하려는 거야. 드라간은 남의 반응을 기다리느니 먼저 행동하길 원해." 이런, 말하고 보니 썩 그럴 듯한 소리였다. "그러니 우리가 주도권을 잡아야지." 내가 말을 계속했다. "드라간의 유곽 건설 계획은 장기 프로젝트야. 단기적으로는 유치원 퇴거를 막아야 해. 그러니 우리가 인수해야지. 지금 갱단 전쟁을 일으켜봤자 실익이 없어. 일단 유치원 퇴거를 막아내면 그게 우리가 우위를 점했다는 신호야."

"하지만 누군가는 다르게 생각할걸."

"그게 바로 드라간의 의도야. 향후 모든 프로젝트를 중단하고 위험한 갱단 전쟁에만 완전히 집중하길 원하는 자, 그 사람을 나가떨어지게 해야지." 나는 사샤를 도전적으로 보았다. "유치원에서 제멋대로 구는 아이들은 어떻게 해?"

"어떨 때는 규칙을 그냥 무시하면 도움이 되기도 해."

"그것 보라고. 그러니까 드라간이 갱단 전쟁 말고 유치원 인수를 추진하면 누가 이 평온 가운데서 초조함을 느끼는지 금방 알 수 있어."

"하지만 드라간이 유치원으로 뭘 하려는 거지? 원래 하던 마약, 무기, 매춘업에 집중하는 편이 낫지 않을까?"

"물론이지. 하지만 그쪽엔 새로운 지시가 필요 없잖아. 모든 걸 지금까지처럼 진행하면 돼. 유치원과 유곽은 정치적인 문제야. 개인 목적으로 허가된 유치원을 운영하다보면 몇 년은 그냥 지나가. 우리가 이 부모 이니셔티브를 인수해서 적당한 때 조용히 폐쇄시키면 돼."

그 부분은 사실 나도 확신이 없었다. 내가 디딘 호수의 다리가 흔들리는 것이 느껴졌다.

"그래. 이제 유치원 인수가 우리의 가장 긴급한 문제고, 드라간이 신경 쓰는 유일한 문제라는 거군."

"드라간이 유일하게 서면으로 한 지시라는 거지. 유치원은 무지한 상태야… 생각해봐, 경쟁 조직도 무지한 상태에서 다가가면 완전히 깨뜨리지 않고도 흡수할 수 있잖아. 게다가 유치원 고객들은 결국 돈줄이 된다고."

유치원과 마약 조직을 한 비교 선상에 올려두자니 다리가 기울어 호수에 처박힐 판국이다.

"유치원 고객층이 어떻게 돈이 되는 거야?"

"그건 아주 간단해. 그러니까… 모든 아이에게는 보통 두 명의 부모가 있어. 세 명의 연락처를 가지게 되지. 아이, 아빠, 엄마는 좋은 유치원을 찾아다녀. 마치 마약 중독자들처럼. 유치원을 위해 뭐든지 할걸."

나는 안간힘을 써서 마지막으로 어필했다. 하지만 사샤는 도무지 알 수 없다는 표정이었다.

"좋아, 알았어." 그가 입을 뗐다. "그럼 유치원을 인수하지."

나는 사샤를 믿을 수 없다는 눈으로 바라보았다.

"내가 처리할게. 문제없어."

"뭐라고?" 그제야 나는 겨우 이어나가던 변명을 안 해도 된다는 걸 깨달았다. 다리는 다시 정상이 되었다.

"부모 이니셔티브에 대해 사람들과 얘기해볼게."

"드라간은 다음 주 초까지 인수를 원해. 그러니 관리자 미팅은 이번 주 안에 진행되어야 해."

난 가벼운 마음으로 일어나 사샤에게 '바닷물고기처럼' 로고와 주소, 전화번호가 적힌 종이를 건넸다.

사샤도 일어났다. "서두르는 이유는 모르겠지만 드라간은 원래 그렇지. 알았어, 일주일 내로 할게. 드라간한테 내 소원을 들어달라고 전해줘."

나는 의문이 가득하게 사샤를 보았다.

"이번에 우리 조직이 유치원을 인수하면 나는 그걸 맡고 싶어."

"뭘 하고 싶다고…?"

"교육 과정을 거친 보육교사가 여기서 나 말고 누가 있어?"

사샤는 생각보다 더 영리했다. 드라간 카르텔의 관리자가 될 것 같다. 토니와 차원이 다르다. 토니가 드라간을 덮칠 때는 생각지도 못했을 맹점이었다.

"그건 문제없어. 드라간도 원할 거라 생각해."

나는 사샤가 그 말에 자부심을 느끼는 모습을 봤다. 마침내 그의 자격이 인정받은 것이다.

"드라간은 이번 주까지 나를 포함한 모든 관리자가 만나서 새로운 사업 방향을 얘기하고, 나머지는 지금처럼 진행하길 바라고 있어."

"내가 처리할게. 원하는 날이 따로 있어?" 사샤가 물었다.

"늦어도 목요일까지. 토니에 대한 네 의견은 내가 드라간과 조용히 상의하고 결과를 알려줄게. 오늘이나 내일은 힘들어."

사샤는 금속 휴지통이 있는 벤치 옆에 섰다. 신문지에 불을 붙여 휴지통에 떨어뜨렸다. 그는 재를 햇빛 아래 날렸다. 무언가 그를 생각에 잠기게 했다.

"이 유치원이 나타샤에게 작은 위안이 될 수도 있어." 사샤가 말했다.

"나타샤가 누구야?"

"내가 아는 사람."

"그 사람이 유치원과 무슨 상관이 있는데?"

"아무 관련도 없어. 하지만 그 건물은 있지. 나타샤는 이제 만들지 않을 유곽에서 일하고 싶어 했어."

"그런데 왜 유치원 인수를 기뻐하지?"

"내가 유치원을 운영하면 나타샤가 낮에 어린아이 둘을 맡길 수 있어. 네가 말한 것처럼 유치원의 선택 기준은 대개 부모에게 달렸지, 애들이 아니라."

내가 고개를 끄덕였다. "지금까지는 누가 그 아이들을 돌봤지?"

사샤가 빙긋 웃었다. "내가." 그러면서 몸을 돌려 놀이터 쪽을 향해 말했다. "알렉산더, 라라." 그가 소리쳤다. "이리 와, 어서 가자."

알렉산더와 라라가 사샤와 함께 떠났다. 나의 새로운 마약에 중독된 최초의 아이들이다. 그 마약의 이름은 유치원이었다.

18

파렴치

드러내놓고 소통하는 사람도 있고 소극적으로 소통하는 사람도 있다. 소극적인 자는 개방적인 사람이 무례하다고 생각한다. 타인의 무례함에 대해 화내는 헛된 일을 하지 말고 소통 스타일의 모순점을 알아보자. 당신이 원하는 걸 말하길 주저하지 마라. 가식으로 포장한 무례함 앞에서는 단호해져라. 부당한 요구에 맞서는 가장 좋은 대답은 이러하다. 당신이 원하는 것을 표현해줘 고맙습니다. 아쉽지만 그 소원은 이뤄줄 수가 없군요.

요쉬카 브라이트너,
『추월 차선에서 감속하기 – 명상의 매력』

나는 생각을 정리하려고 유원지에 잠시 더 머물렀다. 보리스를 만나봐야 했다. 그리고 주차장에서 실제로 무슨 일이 일어났는지 정확히 알아야 했다.

(나를 빼고) 드라간을 휴게소 주차장에서 죽일 만한 이는 보리스와 토니, 이렇게 둘이다. 보리스는 경쟁자를 제거하고 토니는 드라간의 자리를 차지하려는 목적이 있다. 갱단 전쟁 아니면 반란이 임박했다. 어느 쪽이든 막 실패한 보스 살인미수 사건에 보리스와 토니 중 누가 관련되어 있는지 100퍼센트 확신하지 못하면 내가 곤경에 처한다. 섣불리 잘못된 결론을 내리면 최악의 결과가 나온다. 그렇다고 아무 조치도 취하지 않으면 더 나쁜 일만 일어날 것이다. 그래서 일단 둘이 서로를 물어뜯게 만드는 작전을 세웠다.

보리스는 한때 드라간의 단짝이었다. 토니는 드라간의 심복이었다. 그리고 드라간은 이제 세상에 없다. 현재 드라간은… 나다. 드라간 때문에 받은 내 스트레스를 없애는 데는 성공했지만 대신 드라간의 스트레스를 떠안았다. 그러나 이것 역시 해결할 예정이다.

유원지를 걸으며 포플러 가로수 길을 정처 없이 바라보고 있을 때 토니에게서 문자가 왔다. 역시 그답게 도전적이고 거침 없는 내용이었다. "드라간은 어디 있나?"

대체 어떤 사람이 이런 질문을 할까? 토니가 금요일 사건의 배후에 있을 수도 있다. 그렇다면 그의 건방짐은 타의 추종을 불허했다. 아니면 토니가 그 사건과 상관없을 수도 있다. 그렇다면 이 질문은 놀라울 정도로 우둔했다. 특히 경찰이 감시 중인 휴대전화에 암호화되지 않은 형태로 즉시 전송했기에 더더욱 그렇다. 감시당하는 휴대전화가 다른 휴대전화에 메시지를 보내는 상황에서도 마찬가지다. 두 경우 모두 의심스러웠다.

나는 감정적으로 반응해서 '말이 좀 되게 질문해주겠나?' 같은 답을 하기 전에 근처 벤치에 앉아 숨을 골랐다. 그리고 명상 책을 꺼내들었다. 건방지고 우둔한 인간을 상대할 때 도움이 되는 구절이 있었다. 지난주 드라간 때문에 분노할 때도 읽었던 부분이다.

드러내놓고 소통하는 사람도 있고 소극적으로 소통하는 사람도 있다. 소극적인 자는 개방적인 사람이 무례하다고 생각한다. 타인의 무례함에 대해 화내는 헛된 일을 하지 말고 소통 스타일의 모순점을 알아보자. 당신이 원하는 걸 말하길 주저하지 마라. 가식으로 포장한 무례함 앞에서는 단호하라. 부당한 요구에 맞서는 가장 좋은 대답은 이러하다. 당신이 원하는 것을 표현해줘 고맙습니다. 아쉽지만 그 소원은 이뤄줄 수가 없군요.

좋은 말이다. 토니의 문자를 감시하고 있을 경찰을 떠올렸다. 만약 내가 "드라간을 어디에 숨겼는지 알고 싶다니 고마운 일이군. 유감스럽게도 드라간은 자신이 어디 있는지 아무에게도 말하지 말라고 했어"라고 보낸다면? 그러면 토니의 건방진 태도도 분명 조심스럽게 바뀔 것이다. 이 내용을 같이 보고 있을 파렴치한 경찰들에게도 시사하는 바가 많을 것이다. 나는 중도를 택했다. 토니와 경찰에게 모든 걸 말해주면서도 어떤 실마리도 주지 않는 방식을 취했다. 토니에게 문자를 보냈다.

"이렇게 대놓고 물어봐주니 고맙네. 드라간은 헤르만 거리 41번지 2층 브레겐츠 부인의 집에 머무르고 있어. (초인종은 두 번만 눌러) 드라간은 자신의 소재를 여기저기 떠벌리지 않길 바라고 있어."

경찰과 토니는 나와 브레겐츠 부인을 위해서라도 이 정보의 가치를 파악해야 한다. 만약 이로 인해 브레겐츠 부인이 곤경에 처한다면…. 뭐 그거야말로 기쁜 일이 아닐까.

여전히 벤치에 앉은 채로 로펌에 전화를 걸어 수정된 계약 해지 서류가 내 책상 위에 놓여 있는지 물어봤다. 내가 요청한 그대로 된 것을 확인할 수 있었다.

서류에 사인하려고 로펌을 향해 발길을 옮겼다. 유원지에서 로펌은 도보로 30분 이내 거리였다. 과거의 습관을 버리고

자 건물 안에 들어서기 전에 맥도날드에 들러 차분히 커피 한 잔을 마셨다. 그리고 타블로이드 신문을 구입했다. 정확히 오후 3시, 토니에게 문자를 보낸 지 45분이 경과한 시점에 나는 사무실에 도착했다. 서류는 (나의 수정 사항을 반영하여) 정말 책상 위에 있었다. 이제 사인만 하면 되었다. 서명을 마친 후 드라간의 의견서도 서류철에 같이 끼워 넣었다. 내일부터 나는 드레스덴, 에르켈, 단비츠 씨의 부하 직원이 아니다. 이 서류철은 로펌에서의 마지막 업무였다. 그것은 내 인생 중 10년과 어쩌면 결혼 생활까지 바쳐 얻어낸 대가였다. 이제 업무용 차 키, 출입증과 함께 브레겐츠 부인에게 던져줄 것이다. 은은한 미소는 덤이다. 업무용 차량이 주차된 위치도 알려줄 것이다.

그러나 접수대에 있는 브레겐츠 부인은 평소와 달랐다. 그녀는 안색이 좋지 않았고 나를 외면하고 있었다. 하얗게 질린 얼굴을 하고 가쁜 호흡을 몰아쉬며 두 명의 구조 대원에게 둘러싸여 있었다. 주위에는 동료 직원들이 삼삼오오 몰려 있었다. 그중에는 클라라도 있었다.

"무슨 일인가요?" 내가 물었다.

"브레겐츠 부인이 쓰러졌어요." 클라라가 대답했다.

"클라라, 곧 있을 면접 시험을 위해서라도 복잡한 사실을 최소한의 단어로 설명할 줄 알아야 합니다. 브레겐츠 부인이 쓰러진 건 나도 봤어요. 왜 저렇게 됐는지 알고 있나요?"

"전화를 받은 뒤에 쓰러졌습니다."

"누구한테서 걸려온 전화였죠?"

"경찰이요."

"그걸 어떻게 알고 있어요?"

"제가 구급차를 부르려고 수화기를 들 때까지 경찰이 전화를 끊지 않은 상태였어요."

"경찰이 뭐라고 하던가요?"

"자신들이 직접 구급차를 불러주겠다더군요."

"그렇군요, 클라라. 그럼 브레겐츠 부인이 왜 저렇게 충격을 받았는지도 설명해줬겠지요?"

"네. 그러니까, 경찰이 말하길, 브레겐츠 부인의 집에 수류탄이 날아들어 폭발했답니다. 경찰 기동대가 집 안으로 들이닥치기 직전이었대요."

또 수류탄이군.

"고마워요, 클라라. 가서 일 봐요."

나는 호흡에 집중하며 바로 이 순간 의심할 여지없이 확실한 사실에 골몰했다. 심혈을 기울여 보낸 문자 메시지는 토니와 경찰 측 모두에게 전달된 것이 분명하다. 집에 있을지도 모를 브레겐츠 부인의 안위 따위는 상관없이 드라간을 공격하려던 시도는 멍청하고 성급했다. 보리스는 그런 인물이 아니지만 토니는 그럴 만하다. 즉, 보리스가 경찰에 심어둔 첩자가 없다면 토니가 이번 공격의 배후라는 의미다. 나는 명상하는 자의 소중한 가치인 '확신'을 얻었다. 이제 누가 모든 문제의 원인인지 알았다. 그렇다고 해서 문제가 꼭 가벼워졌다고 볼 수는 없었다.

브레겐츠 부인이 내 즐거움을 받아줄 만한 상황이 아니었기 때문에 나는 서류철과 자동차 열쇠를 사내 우편함에 넣어두었다. 그제야 비로소 로펌 소속 직원으로서 끝이라는 실감이 났다. 모두가 브레겐츠 부인 집에 일어난 수류탄 폭발 사건으로 깜짝 놀라 있는 동안 나는 즐겁고 활기에 찼다. 옛 회사 동료의 사생활이 나와 무슨 상관인가? 나는 드라간에게서 10만 유로의 현금을 확보했고, 계약상 거의 두 배의 퇴직금을 받기로 했다. 이제 오늘부터 얼마든지 스트레스받지 않고 아이와 시간을 보낼 수 있다. 내 집에 수류탄이 날아들지도 않았다. 물론 미래에도 그런 일이 생기지 않도록 토니와 보리스를 막아야 한다. 그렇게 될 것이다.

당시에는 이 파도가 단지 거대한 폭풍의 전조일 뿐이라는 것을 몰랐다. 나는 내가 떠나버리려던 배의 선장이 되어 폭풍 한가운데에서 익사하지 않으려고 필사적으로 나아가고 있었다.

시간의 압박

시간은 상대적이다. 우리가 시간의 경과를 느끼는 것은 자신이 처한 상황을 주관적으로 평가할 때다. 따라서 시간 압박은 긴장의 표출에 불과하다.

요쉬카 브라이트너,
『추월 차선에서 감속하기 – 명상의 매력』

로펌을 채 나서기도 전이었다. 토니에게서 문자가 도착했다. '0035247315.'

그것은 '드라간은 어디 있나?'라는 문자와 브레겐츠 부인의 집에 수류탄을 터뜨린 사건 이후 또 다른 무례함이었다. 이 인간은 대체 자신을 뭐라고 생각하는 걸까? 나는 절대 선

불 전화로 토니에게 전화를 걸지 않을 거다. 내가 아닌 토니
가 **나**에게 전화를 걸어야 한다. 이런 원칙은 중요하다. 나는 토
니를 좀 더 안절부절못하게 만들기로 작정했다. 그리고 나서
새로운 선불 전화의 코드를 보내 전화를 걸게 할 생각이었다.

바로 그때 내 개인 휴대전화가 울렸다. 페터 에그만이었
다. 그는 날 만나고 싶어 했다. 그것도 지금 바로. 우리는 맥
도날드에서 만나기로 했다. 내가 아직 로펌에서 그리 멀리 이
동하지 않았기 때문이다.

10분 후 페터가 불쑥 나타났다. 나는 맥카페 바 테이블에 앉
아 머핀을 우물거리며 상상 속의 호수를 떠올리고 있었다. 반
면 페터는 평소의 멋진 경찰이 아닌 다소 격앙된 모습이었다.

"비요른, 이게 무슨 빌어먹을 짓인가?"

"빌어먹을 짓이라니, 손님 많은 패스트푸드점에서 그게 무
슨 말인가."

페터가 자리에 앉았다. "난 지금 이 가게가 아니라 자네 로
펌의 브레겐츠 부인 상태에 대해 말하는 거야!"

내가 어깨를 으쓱였다. "기절한 모양이더라고."

페터가 안광을 번뜩이며 나를 봤다. "자기 집 거실 창문으
로 수류탄이 날아들어 터졌다는 소식을 듣고 말이지. 배후에
누가 있을 것 같나?"

"그걸 내가 어떻게 알아?"

"자네가 토니에게 문자를 보냈어. 드라간이 브레겐츠 부인 집에 머물고 있다며!"

"그래서? 그가 거기 있던가?"

"당연히 없었지."

"내 문자를 읽은 것에 대한 법적 문제는 일단 제쳐두고 말하지. 거기 쓴 내용을 정말 믿은 건가?"

"우리는 모든 단서를 확인해봐야 하니까."

"그렇다면 수류탄을 던진 놈을 취조해야 하지 않겠나."

"도망쳐버렸어."

"뭐라고? 문자 한 통 때문에 경찰 기동대를 출동시켜놓고 말인가? 경찰 기동대라는 말이 무색하게 범인도 못 잡는군."

"상황이 심각해, 비요른. 나흘 동안 세 명이 사망하고 수류탄이 두 번 폭발했어. 그리고 이 모든 사건이 드라간과 연관되어 있지."

"나하고는 상관없는 일이야."

"과연 그럴까? 자네가 아이를 데리고 호숫가 별장에서 하룻밤을 지낸 뒤에 드라간의 반지가 끼워진 손가락이 이웃집 테라스 테이블에 나타났어. 이게 무슨 의미인지 설명해주겠나?"

"그게 드라간 손가락이라는 건 확실한가?" 내가 반문했다.

"영상에서 본 드라간의 인장 반지가 분명해. 디자인이 저급한 만큼 독특하기도 해. 주문 제작 상품이라고."

"잠깐만." 내가 몸을 돌렸다. "드라간의 반지는 하나만 제작된 게 아니야. 그때 보리스도 똑같은 반지를 만들었어."

"보리스의 열 손가락이 멀쩡히 잘 붙어 있는 건 이미 확인했어."

"그리고 수년간 그 손가락에 반지를 끼지 않았지."

"무슨 뜻이야?"

"잘 생각해봐. 지금 발견한 반지가 누구 건지도 모르면서 그 반지가 끼워진 손가락의 주인은 어떻게 확신하나? 지금 이 순간 드라간이 멀쩡한 열 손가락 중 하나에 그 상스런 반지를 끼고 해변에서 일광욕을 하고 있다면? 증거물 봉투에 들어 있는 게 신원 불상자의 손가락에 보리스의 반지라면 어쩔 텐가?"

형사법 전문 변호사는 진실 수호가 아니라 의심의 씨앗을 뿌리는 역할을 한다. 그 분야에 있어 나는 탁월한 소질이 있다.

"좋아, 그 부분은 좀 더 확인이 필요하겠군. 하지만 DNA 감정을 하고 나면 분명 진척이 있을 거야. 다만 요즘 연구소에 의뢰된 케이스가 많아서 밀리고 있는 게 문제지. 그래도 이번 주말이면 결과가 나올 거야."

"DNA 감정을 하려면 드라간의 비교 샘플이 필요할걸. 전문가로서 조언 하나 하지. 타액 채취 키트를 가져가게. 법정에서 증거로 인정받을 수 있어. 물론… 드라간의 입 안에 면봉을 문지르면서 손가락 하나가 없는지 물어볼 수도 있겠군."

변호사의 입장에서 논거에 따라 상대방을 몰아붙이는 일은 항상 통했다. 당연히 이 그럴듯한 주장은 드라간의 혈액, 정액 및 타액이 손가락의 DNA와 일치하는 순간 완전히 무너질 것이다. 하지만 그 전에는 절대 그럴 염려가 없다. 지금 페터는 확실한 증거를 찾고 있는 게 분명했다.

"우리가 수색 중에 무엇을 발견했는지 궁금하진 않나?"

혹시 시체를 처리할 때 내가 무슨 흔적이라도 남긴 것일까? 등골이 서늘해졌다. 입이 바싹 마르고 목덜미가 뻣뻣해졌다. 나는 짐짓 아무렇지 않은 듯이 보이려 애썼다.

"아, 물론 궁금하지. 뭘 찾았나?"

"잠수부들이 보트하우스 앞에서 금시계와 벨트 버클을 찾았어! 그 물건들 역시 영상 속에서 보던 것과 같아."

무한한 안도감이 밀려왔다. 시계와 버클 같은 것은 공산품이다. 손가락 하나를 놓친 것 말고는 시신을 처리하는 데에 의식적으로 초점을 맞춘 덕에 더 이상의 실수는 하지 않은 것 같다.

"축하하네. 잠수부들이 수색을 계속한다면 고대의 꽃병이나 아틀란티스 유적도 발굴 가능하겠는걸. 그게 드라간과 무슨 상관인가?"

페터가 더 이상 변명은 통하지 않는다는 눈길로 나를 바라 보았다.

"비요른, 자네 의뢰인은 살인 사건의 주요 용의자야. 그리고 드라간 본인이 범죄의 희생양이 되었을 가능성도 배제되지 않고 있어. 그것도 자네가 깊이 연관된 시간과 장소에서 말이야. 이 모든 상황에 어떻게 이리도 냉담하게 반응할 수 있는지 모르겠군."

"명상의 힘이야."

"뭐라고?"

"호흡법, 시간의 섬, 의식적인 행동 같은 거야. 자네도 한번 해보라고."

"그럴 시간 없어."

"언젠가 자네에게도 명상이 필요한 때가 올 거야. 그럼 한 번 정리해보세. 손가락은 아직 확실한 증거가 되기엔 부족함. 드라간이 나타나면 금시계와 벨트 버클을 찾아준 것에 보상금을 지불할 수도 있음. 그리고 또 뭐가 있지? 수류탄 투척범에 관해서는 아무 단서도 없나?"

"금요일에 주차장에서 터진 수류탄과 같은 모델이라는 것만 알고 있어."

"페터, 자네 일에 왈가왈부할 입장은 아니지만 그 일을 벌인 자는 내가 토니에게 보낸 문자 내용을 알고 있었어. 그러니까 경찰 내에서 그걸 보리스에게 누설한 사람을 찾아내기만 하면 돼."

페터가 반박하려는 듯했지만 나는 말을 이어갔다. "만약 그게 아니라면 용의자는 토니밖에 없는 거잖아."

이 말을 끝으로 나는 자리에서 일어나 쟁반을 들었다. 페터는 계속 앉아 있었다. 그는 상당히 지치고 수척해 보였다.

"뭘 좀 먹도록 해." 내가 페터에게 말했다. "해피밀을 추천할게. 이번 주 장난감이 앵무새 인형이거든. 자네 아들이 좋아할 거야. 다만 음성 인식 칩이 불량일 때가 있어. 완벽한 건 없으니까."

페터가 투덜거리며 손을 내둘렀다. 내가 쟁반을 반납한 후 출구로 향했을 때 그는 사라지고 없었다. 로펌에서 퇴사했다는 사실은 말하지 않았다. 어쨌든 다음 주에는 공식적으로 발표될 것이다.

나는 집을 향해 발걸음을 옮겼다. 도심을 어슬렁대며 걷다가 저녁쯤 보리스를 만나기로 결심했다. 하지만 그 전에 먼저 토니와 얘기해야 했다. 지금까지 토니의 문자를 꽤 오랜 시간 무시해왔다. 토니에게 열한 자리 숫자가 적힌 문자를 보내자마자 선불 전화로 전화가 걸려왔다. 나는 포말이 떨어지는 70년대식 분수대 앞 소박한 벤치에 앉았다.

"비요른, 왜 연락을 안 한 거야?"

"엄마? 엄마예요?"

"헛소리 집어치워, 이 자식아. 지금 집이 불에 탔단 말이야. 드라간은 거기 없고 네가 드라간과 연락이 되는 유일한 사람이잖아. 우리는 당장 지시가 필요해, 무슨 말인지 알겠어? 지금 당장!"

"시간의 압박이 느껴지는군."

"시간의 압박? 웃기고 있네. 지금 드라간이 중요한 결정을 내리지 않으면 모든 게 허사가 된다고. 그것도 아주 제대로."

"목요일 관리자 미팅에서 드라간이 필요한 지시를 내릴 거야."

"목요일은 무슨 개소리야. 그때는 이미 또 한 놈이 죽은 뒤일 텐데. 시간이 없어! 나는 당장 드라간과 얘기해야 해, 알겠어? 지금 바로!"

나의 명상 선생은 시간 압박에 관해 간결하게 설명했다.

시간은 상대적이다. 우리가 시간의 경과를 느끼는 것은 자신이 처한 상황을 주관적으로 평가할 때다. 따라서 시간 압박은 긴장의 표출에 불과하다.

아니면 자기 보스 암살 시도를 두 번이나 허탕 친 자가 스스로에게 화가 났다는 신호일 수도 있다. 나는 그의 입장을 아주 잘 이해한다. 더불어 그가 망친 일이 무엇인지 단숨에 알아챘다. 난 어떤 압박감도 없이 물이 흐르는 분수대 앞에 앉아 비둘기, 흰 물결 그리고 그 위를 부유하는 감자튀김 조각을 응시했다.

"이봐, 토니, 혹시 긴장이라도 한 거야?"

"당연한 거 아니야!"

"왜 그러는데?"

"그건… 그건 말이지…. 우리 보스가 나흘 동안 두 번이나 폭발 사고를 당할 뻔했으니까…. 그리고… 나와 가장 가까운 동료가 머리에 총을 맞고 죽었잖아…. 보리스는 우리 조직 전체를 집어삼키려 하고 있다고…. 대답이 됐나?"

나는 감자튀김이 물결을 타고 분수대 주변을 떠다니는 모습을 지켜보았다.

"시간의 섬을 하나 만들어봐. 도움이 될 거야."

"지금 나랑 장난해?"

"나는 널 도와주려는 것뿐이라고."

"이봐, 날 도우려면 지금 당장 드라간에게 데려다줘."

토니 때문에 또 다른 부담을 떠안을 생각은 없었다. 비둘기가 분수에서 흐물흐물해진 감자튀김을 채가려는 동안 나는 토니에게 공세를 퍼부었다.

"어째서 내가 문자를 보내고 채 한 시간도 되기 전에 브레젠츠 부인 집이 폭발했는지 네가 말해줄 수 있을 것 같은데."

"그거야 당연히 말해줄 수 있지. 아무리 바보라도 그건 알 겠다. 우리가 주고받은 문자를 가로채간 거잖아."

"그럼 경찰이 수류탄을 던진 거라고?"

"안 봐도 뻔해. 보리스한테 짭새 앞잡이가 있는 거야. 그놈 이 보리스에게 귀띔을 해주고 보리스의 부하들이 빌어먹을 수 류탄 공격을 했어. 우리는 바로 보리스에게 선수를 쳐야 해."

자꾸 성급하게 재촉하는 걸 참아주는 것도 슬슬 한계에 다 다랐다.

"그 역시 드라간이 결정할 일이야. 빨라도 목요일에 말이 지."

"안 돼! 넌 그 전에 나를 드라간에게 데려가야 해!"

"그건 네가 정할 일이 아니야."

"변호사 나리, 넌 주말에 별장에서 아이와 함께 낚시질하 고, 수영하고, 빌어먹을 마시멜로를 구워 먹었지. 내가 여기 서 우리 조직을 지키려고 곤경에 처해 있는 동안 말이야. 경 고하는데 당장 드라간과 연락이 닿게 만들지 않으면, 네 딸은 다음 주말에 수면 아래 10센티미터 지점에서 첨벙대고 있을 거야. 무슨 뜻인지 알아들었지?"

분수대 주변 거품은 이제 내 입가에 갑자기 생겨난 것과 비교도 되지 않았다.

분명히 알아들었다. 토니는 방금 내 아이의 목숨을 위협했다. 지난 나흘간 이보다 못한 일로도 사람 여럿이 죽었다. 이외에도 토니는 경찰 내에 인맥이 있음을 명백히 인정했다. 그러지 않고서는 내가 주말에 무슨 일을 했는지 그렇게 자세히 알 수 없다. 그자가 내 휴대전화 데이터에 접근 가능하다면 무라트가 나를 만나려 했다는 사실도 알고 있었을 것이다. 그리고 별장 근처에서 드라간의 반지가 끼워진 손가락이 발견됐다는 소식을 경찰 내부자가 안다면 토니가 그걸 전달받는 것은 시간문제다. 토니가 손가락에 관해 일언반구도 없는 걸 보면 아직 소식을 듣지 못했거나 무슨 꿍꿍이가 있는 듯했다.

그사이 나는 숙지된 자동 명상 장치를 가동했다.

1. 나는 지금 스스로의 목적을 인지했다. 토니를 위협하기.
2. 호흡을 한 번 들이쉰 다음 내쉰다.
3. 나는 토니를 무력화하는 것에 초점을 맞추기 시작했다.

"이봐, 바텐더 양반, 나더러 똑똑히 알아들었냐고? 어디 한번 정리해주지. 나는 되도록 가만히 앉아 명령을 기다리라는 드라간의 지시가 개소리라고 전달해야 해. 드라간이 네게 당장 연락을 취하도록 만들어야 하고. 능력 있는 담당 변호사의 딸이 죽을 거라고 아이를 사랑하는 삼촌 드라간에게 전달해야 하지. 토니의 말을 들어주지 않는다면 말이야. 내가 제대로 이해한 게 맞다면 이 시점에서 법적 조언을 하나 해주겠어. 드라간이 가장 좋아하는 방식으로 네 꼬리라도 잘라줘. 그가 너를 집어삼키기 전에. 아니면 드라간이 직접 널 처리할 방식을 정할 거야. 내 말 알아들었나?"

나의 모습은 낯설어 보일 것이다. 지금까지는 토니가 내 아이를 위협한 적이 없었기 때문에 당연한 일이다.

긴 침묵이 이어졌다. 토니가 입을 뗐다. "나는… 그러니까… 이런 뜻이었어. 그러니까… 드라간에게 이곳 상황을 좀 더 고려해달라고 부탁하라는 거지. 나는 다만…."

"뭐라는 거야?"

"그렇게 하라는…."

"'하라는' 게 아니고 '해달라고' 해야지"

"그래, 알았어. 그러니까 드라간이 내가 할 일을 좀 말해줬 으면 좋겠어."

"잘했어. 이제 드라간의 지시를 기다리고 있어. 아니면 다음번 수류탄은 네 항문 속에 있을 거야."

"난…. 나는…."

"또 뭐가 더 있어?"

"내 말 좀 들어봐, 비요른. 드라간이 아직 살아서 연락이 닿는 상태라면 내가 진심으로 미안해하고 있다고 꼭 전해줘."

이런, 내 작전이 통했군. 멍청한 자식이 괴상한 목소리를 내다니. 아쉽게도 그 순간뿐이었다. 토니는 다시 평소 목소리로 말을 이어갔다. "하지만 드라간이 이미 산 사람이 아니거나 네가 드라간에게 연락할 수 없는 상황이라면, 넌 죽어. 내가 드라간을 만나는 건 이번 달 말까지 시간을 주겠어. 만약이 만남이 성사되지 않으면 5월 1일에 일어날 일은 빙산의 일각일 뿐이야."

내가 전화를 끊었다.

이제 두 번째 최후통첩을 받았다. 4월 30일까지 유치원 접수 문제도 해결해야 한다. 어쩐지 새롭게 자리 잡은 명상 생활 방식이 나를 시간의 압박 중심에 놓은 듯했다.

나를 끈질기게 붙잡고 늘어지는 문제를 최우선으로 해결하려면 토니는 반드시 없애야 한다.

그러나 지금은 때가 아니다. 그 전에 나는 무슨 일이 있어도 보리스와 만나야 했다.

20

음미하며 식사하기

명상이란 일상을 즐기는 예술이기도 하다. 예를 들어 식사가 그렇다. 먹는 것은 모든 감각을 자극하는 행위다. 매일 먹는 음식을 생애 최초로 맛보게 되었다고 상상해보자. 그 음식은 어떻게 보이는가? 느낌은 어떤가? 냄새는? 소리가 들리는 가? 그 음식이 내 신체의 일부가 된다고 생각하면 기분이 어떤가?

모든 감각을 동원하여 음식을 즐겨라. 그것을 자신만의 경험으로 만들어라. 이런 경험은 그 자체로 올바르다.

요쉬카 브라이트너,
『추월 차선에서 감속하기 ─ 명상의 매력』

보리스에게 연락하기는 상대적으로 쉬웠다. 그는 거의 매일 저녁 같은 시간에 자기 소유의 러시아 음식점에서 식사를 했다. 위층에는 보리스의 사무실이 있었다. 음식점 아래층은 클럽이었다. 음식점은 예약 손님 외에는 수색영장을 집행하는 검찰만 드나들었다. 아니면 보리스가 원할 때 문을 열기도 했다. 문 앞에 서 있던 경비가 내 몸을 수색해 무기가 없는지 확인하고 보리스에게 알렸다.

나는 그와 꽤 친한 편이었다. 그는 드라간과 달리 감정적인 사람이 아니었다. 그렇다고 해서 덜 잔인한 사람이라는 의미는 아니다. 오히려 그 반대였다. 보리스는 자신이 하는 일을 정확히 알고 있었다. 그는 절대 충동적으로 남에게 고통을 주지 않았다. 러시아계 독일인으로 드라간과 같은 지역에서 자랐다. 둘은 학교에서 아웃사이더로 지내면서 친구가 되었다. 서로 치고받으며 같은 여자아이를 좋아하기도 했다. 최초의 범죄도 같이 저질렀고 처음으로 마약을 팔 때와 매춘업을 시작할 때도 함께였다. 인장 반지를 만든 시기도 범죄로 처음 돈을 벌었을 때였다.

절교의 이유는 평범했다. 드라간이 보리스와 여자 친구 사이를 이간질했다. 평범하지 않았던 것은 보리스의 반응이었다. 여자 친구의 머리를 자르고 몸통을 드라간 집 현관 앞에 매달아두었다. 그 때문에 경찰은 드라간의 인생을 완전히 뒤

집어버렸다. 이후 둘은 각자의 길을 가기 시작했다. 보리스는 손가락에서 반지를 뺐고, 드라간은 그렇게 하고 싶었지만 실패했다. 그들은 서로 합의하에 구역을 분할했다. 보리스는 드라간이 언제든 구역 경계를 침범할 준비가 되어 있다는 걸 알고 있었다. 드라간은 보리스가 예상치 못한 방식으로 복수할 것을 예감했다. 그렇게 공포와 불신의 균형이 자리 잡았다.

이 균형을 유지하기 위해 6개월에 한 번씩 회합을 가졌다. 드라간의 변호사로 선임된 이후 나도 그 자리에 참석해왔다. 보리스는 내 일을 존중해주었다. 보리스가 사업을 합법화할 수 있도록 남몰래 조언을 몇 가지 해준 게 가장 큰 이유였다. 그것은 조직 간 평화의 기반이 되었다. 그러나 보리스는 나를 절대로 드라간에게서 빼내오지 않을 것이다. 남의 변호사를 스카우트하는 것은 애인을 가로채는 것만큼 금기시되는 일이기 때문이다. 그 사실은 나를 수년간 안심시켜주었다. 만약 드라간이 복수의 의미로 내 목을 잘라 보리스 집 현관 앞에 매달았다면 일하는 보람도 없었을 거다.

드라간이 나무 같은 남자라면, 보리스는 곰 같은 남자였다. 크고 털이 많고 우락부락했다. 살집도 있고 선량해 보였지만 몸 안은 근육으로 꽉 차 있었다. 둥그스름한 얼굴 뒤에 냉혹한 이성이 숨겨져 있었다.

보리스는 식탁에 앉아 식사 중이었다. 주변에 접시와 그릇이 어지럽게 놓여 있었다. 러시아 음식은 내 입에 전혀 맞지 않았다. 솔직히 말해 알지도 못하는 음식을 아주 맛있게 꾸역 꾸역 먹어대는 보리스의 모습에 구역질이 났다.

나는 음식과 관련된 브라이트너 선생의 훈련을 떠올렸다. 지금이 바로 음식을 통해 모든 감각을 느끼는 상황이다. 우리는 사과를 한 조각씩 먹으면서 어떤 감각이 예민해지는지 주의를 기울였다. 우스꽝스럽긴 했지만 편안한 기분이었다. 식사하는 보리스의 부정적인 관념을 긍정적으로 바꾸기 위해 그와 음식에 관한 생각을 연습했다.

매일 먹는 음식을 생애 최초로 맛보게 되었다고 상상해보자. 그 음식은 어떻게 보이는가?

나에게 러시아 음식이란 중국인이 이탈리아 음식을 먹고 난 뒤에 독일 전통 요리가 담긴 그릇에 토해놓은 상태와 같다. 곤죽이 된 재료와 채소 속에 감자와 고기의 형체가 살짝 보였다. 나는 냄비 요리를 좋아한 적이 한 번도 없다. 보리스는 그 반대였다.

느낌은 어떤가?

보리스가 지각 못 하는 사이에 그의 턱을 타고 흘러내리는 소스는 마치 제2의 피부처럼 느껴졌다. 따뜻하고, 부드럽고, 연했다.

냄새는?

일요일 오후 아파트 계단에서와 같은 냄새가 났다. 어울리지 않는 여러 가지 향이 뒤섞인 느낌이었다.

소리가 들리는가?

들린다. 적어도 보리스의 입에선 말이다. 누군가가 고급 가죽 슬리퍼를 신고 아주 묽은 쇠똥을 밟을 때 나는 소리 같았다. 귀를 기울여야 들을 수 있지만 꼭 그 소리와 같았다.

그 음식이 내 신체의 일부가 된다고 생각하면 기분이 어떤가?

그것이 내 몸의 일부가 되지 않은 데에 고마움이 밀려왔다.

모든 감각을 동원하여 음식을 즐겨라. 그것을 자신만의 경험으로 만들어라. 이런 경험은 그 자체로 올바르다.

짧게나마 명상 훈련을 한 덕에 보리스와 대화하기 전에 필요한 감각을 넓히고 환기할 수 있었다.

"비요른!" 보리스가 날 보고 인사했다. "당신이 직접 오다니 고마운걸." 나는 그가 진심인 걸 알았다. "뭘 좀 먹겠어?" 그러면서 식탁 위에 놓인 음식들을 가리켰다.

"고맙지만 사양하겠습니다. 저는….."

"이미 먹고 왔다고 하지는 말아줘."

"그건 아닙니다. 아직 식사 전이에요. 하지만 저는 러시아 음식을 혐오합니다."

보리스가 웃음을 터뜨렸다. "당신은 내가 비겁한 거짓보다 용감한 진실을 좋아한다는 걸 잘 알고 있지. 훌륭한 음식을 맛볼 기회를 아깝게 놓쳤다는 사실만 알아두라고."

나는 예의 바르게 미소 지었다.

보리스는 다시 진지한 모습으로 돌아갔다. "바로 본론으로 들어가지." 그가 말했다. "약해 빠진 개 같은 드라간은 왜 오지 않은 건가?"

"그는… 잠수를 탔습니다." 그건 거짓말이 아니었다. 온전한 상태가 아니라 조각 난 채로 가라앉은 것이 문제지만.

"그놈이 날 피해 숨은 거군."

"경찰에게서 도망친 겁니다."

"그리고 나를 피해서 숨은 거야."

"그리고 당신을 피해서 숨었죠. 하지만 오늘 제가 여기 왔지 않습니까."

나는 보리스에게 어제 날짜의 신문 한 장을 건넸다. 그 면에는 동그란 표시가 있고 줄이 그어져 있었다. 아래쪽 가장자리에는 'D'가 새겨진 지문이 찍혀 있었다. 보리스는 코웃음을 치며 그 신문을 받아 들었다.

"옛날 옛적 방식이로군."

보리스도 오른쪽 엄지손가락에 이니셜 'B'가 새겨진 낙인이 있었다. 그는 예전에 드라간과 함께 신문지를 통해 지령 내리는 방법을 고안해냈다.

"이게 드라간이 만든 낱말 맞추기라면 정답을 제 엉덩이에 문신이나 하면 되겠네. '지옥에 떨어지라'고."

그러면서도 보리스는 동그라미 친 글씨를 따라 문장 세 개를 읽어 내렸다.

"이고르의 죽음은 유감이다. 주차장에서의 일은 함정이었다. 협상의 전권은 변호사에게 있다."

보리스가 신문지를 식탁 위에 놓인 촛불에 대고 불을 붙여 들어 올렸다.

"내가 영상을 제대로 본 게 맞다면 이고르는 이 신문지보다 더 오랫동안 탔어." 보리스가 재를 와인 쿨러에 쏟아 넣었다. "그리고 불붙은 몸을 물로 끄지도 못하고 죽을 때까지 폭행당했어. 그게 바로 유감이지."

그가 포크로 음식을 집어 입 안 가득 넣었다. 한동안 씹느라 말이 없었다.

"좋아." 보리스가 나를 보며 말했다. "드라간이 주차장에서 있었던 일을 두고 함정에 빠졌다 주장했다고?"

내가 고개를 끄덕였다.

"그리고 이고르를 죽이려는 의도가 있었던 것이 아니라 부수적 피해였다는 말이지?"

내가 다시 고개를 끄덕였다.

"알았어." 보리스가 보란 듯 삐딱한 웃음을 지어 보였다. "그가 그렇게 확신한다면야…. 가만있어보자…. 그래, 그렇다면 드라간도 흠씬 두들겨 맞은 뒤 한 줌의 재가 되어버린 이고르에 대해 별수가 없었겠군. 그럼 이 문제는 해결되었네. 드라간에게 전해. 이제 그만 숨고 나와서 같이 블리니나 먹자고 말야."

"그건 러시아식 팬케이크 아닙니까?"

보리스의 안색이 다시 진지해졌다. "그 작은 팬케이크가 드라간이 먹게 될 마지막 음식이야. 내가 그놈 머리를 자르기 전에 말이야." 그러고는 다시 음식을 욱여넣었다.

"보리스, 우리 복수 이야기는 나중에 하죠. 드라간이 함정에 빠진 거라면 그것을 계획한 자가 이고르의 죽음에도 책임이 있습니다. 이자를 찾아낸다면 당신들은 함께 복수할 수 있을 겁니다."

보리스가 씹기를 멈추었다. 입 속에 있는 음식을 마저 삼키고 나자 포크를 옆으로 치우고 냅킨으로 입 주변을 가볍게 닦아냈다. 그제야 보리스가 흥미를 보였다. "어디 드라간과 내가 같은 관심사를 가지고 있다고 치자고. 그럼 당신은 그 주차장에서 무슨 일이 일어났다고 생각하나?"

나는 이 질문을 좋은 신호로 판단했다. 숨을 깊이 들이마셨다. "몇 주 전부터 드라간의 구역에서 마약이 반값에 거래된다는 소문이 있었습니다."

"나는 그것과 전혀 연관이 없어." 보리스가 딱 잘라 말했다. 그 말은 정당화도 아닌 사실 확인처럼 들렸다.

"샤샤가 무라트에게서 연락을 받았다고 했어요." 내가 말을 이었다.

"무라트가 누구야?" 보리스가 정말 모르겠다는 듯 멍하니 나를 바라보았다.

"토니 밑에서 일하는 자입니다. 당신에게 별로 중요한 인물은 아니에요. 어쨌든 무라트가 말하길, 고속도로 주차장에서 어떤 자가 드라간 구역에 뿌릴 마약을 이고르에게 넘기기로 했답니다. 샤샤와 드라간이 그곳으로 가서 이고르를 발견했죠. 신원 미상의 남자도 있었습니다."

241

"마약도 있었나?" 보리스가 궁금해했다.

"아니요, 하지만 수류탄 한 상자는 있었죠."

"그럼 그 무라트라는 자에게 왜 그런 헛소리를 지껄였는지 물어봐야겠군."

"드라간도 그렇게 하려고 했습니다. 그런데 무라트가 어제 아침 총에 맞아 죽은 채로 발견됐어요."

보리스가 양손에 냅킨을 쥐고 두 번 접었다. 그는 가만히 생각에 잠겼다. "토니는 뭐라고 하던가?"

"드라간보고 당신을 공격하라고 했습니다. 토니는 벌써 자신을 드라간과 만나게 해주지 않으면 제 아이를 죽이겠다고 위협했습니다."

"그럼 드라간의 생각은?"

"자신을 담당하는 변호사의 딸이 위협당한 걸 썩 달갑게 여기지는 않습니다. 그건 저도 마찬가지입니다."

"드라간과 대화하고 싶은 자는 당신을 죽이면 되겠군. 그럼 대변인이 없어진 드라간이 나설 수밖에 없을 테니까."

자꾸 내 생각과 다른 방향으로 대화가 흘러갔다. 난감한 상황이다. 하지만 아직 대변인은 나다. 말을 이어갔다.

"드라간에게는 당신이 우선순위입니다. 토니가 아니라요. 드라간은 보리스 당신과의 싸움을 원하지 않습니다. 일단 여러분 사이에 무슨 일이 일어난 건지 확실히 해두고 싶어

합니다."

보리스가 나를 쳐다봤다. 그는 나의 말에서 실마리를 찾은 듯했다. 드라간이 살아 있다. 드라간의 똥줄이 타고 있다. 드라간 조직 내부에 문제가 있다.

보리스는 우리가 마주 앉은 자리 앞에 놓인 접시들을 옆으로 치웠다.

"내게 솔직하게 말해줬으니 나도 당신에게 솔직하게 얘기하지, 변호사 양반. 이고르는 프랑스산 수류탄을 아주 저렴하게 넘긴다는 제안을 받았어. 보통은 거래하지 않는 품목이야. 싸움에서 유용하게 쓰긴 힘들거든. 하지만 마약 거래처를 확보할 때 경쟁 클럽에 투척하면 종종 요긴하게 쓰겠지. 이고르는 거래 품목이나 거래자도 전혀 몰랐어. 그게 첫 번째 접선이었어."

"이고르의 마지막 접선이기도 했죠."

그 말은 하지 않는 편이 나았다.

보리스의 이마가 험악하게 구겨졌다. "이고르는 내 심복 중 하나였어. 그리고 아직 드라간에게 날 속일 의도가 없었다는 증거도 없어."

나는 보리스를 진정시키려 양손을 들었다. "보리스, 드라간은 이고르와 똑같이 골탕 먹은 겁니다. 우리는 그날 저녁에 있었던 드라간, 사샤, 이고르의 말을 믿어야 합니다. 처리해야 할 사람은 수류탄을 들고 온 자였죠. 그런데 그때 아이들을 태운 버스가 등장했어요."

"대체 누가 이 빌어먹을 일을 책임져야 하는데? 나는 그놈의 이름을 원한다고!"

'그놈'이 누굴 가리키는지 우리 둘 다 알고 있었다. 바로 토니였다. 하지만 내가 그 이름을 입 밖으로 내는 것은 완전히 다른 문제였다. 보리스는 토니를 그 즉시 끌고 올 것이다. 그전에 토니가 없어져도 드라간의 관리자들이 내 안위를 위협하지 않도록 조치를 취해야 했다. 이를 위해 증거를 찾아야한다. 그러려면 시간이 필요했다.

"제게 여유를 조금만 주세요. 그럼 제가⋯." 보리스는 내 말을 끝까지 듣지도 않았다. "드라간에게 6일의 시간을 주겠어. 그때까지 내 관리자가 죽은 게 누구 때문인지 아주 분명히 말해야 해. 당신은 그 돼지 새끼를 나한테 데려와. 입에 사과를 물려서 말이야. 그럼 그놈을 매달아놓고 내가 친히 배속에 수류탄을 집어넣어주지. 그렇지 않으면⋯."

나는 온 신경을 집중해 들었다.

"그렇지 않으면 당신 목에 수류탄을 매달아주겠어. 그럼 자극이 좀 되겠군."

"6일 안에요?" 나는 생각할 시간이 필요한 척했다. 4월 30일까지 이미 최후통첩을 두 번이나 받은 적이 없는 것처럼 굴었다. "그날은 벌써… 월요일이군요."

"그래, 맞아. 다음 주 월요일 내게 그 배신자를 넘겨야 해. 안 그러면 당신은 죽은 목숨이야."

6일이라. 쉽지는 않겠지만 할 만했다. 나는 안도감을 느꼈다. "염려 마세요." 내가 말했다. "제가 그 인간을 데려오겠습니다. 또 뭐가 있죠?"

"그리고 나를 드라간에게 데려다줘."

안도감은 먼 옛날 얘기였다. "뭐라고요?"

"그 겁쟁이하고 얘기를 좀 해야겠어. 앞으로 이런 일이 다시 일어나지 않도록 만들어야지."

"그렇죠, 하지만… 생각해보세요. 드라간은 경찰의 추적을 받고 있습니다."

"그건 당신이 해결할 일이야. 내가 다음 주 월요일까지 드라간을 만나지 못하면 당신은 죽어."

지난 토요일에 내가 드라간의 손에 죽었다면 인생이 좀 더 순탄해지지 않았을까 생각했다. 하지만 이제 와 어쩌겠나. 일단 월요일까지 해결해야 할 다른 문제가 있었다.

"자, 이제 사업 얘기는 모두 끝난 것 같군." 보리스가 빙긋 웃으며 나를 쳐다보았다. "그럼 후식으로 페테르부르크식 케이크는 어떤가?"

21

패닉

다음의 명상 훈련은 공황 발작을 진정시킬 수 있다. 집이나 사무실에서 방해받지 않을 조용한 장소를 찾아내라. 정원이나 나무 한 그루를 응시하는 것이 가장 이상적이다. 명상을 시작하기 전에 꽉 끼는 옷, 벨트 및 신발은 벗어두어라. 당신을 둘러싼 외부 환경을 있는 그대로 받아들여라.

현재 가장 먼저 보이는 물체 다섯 가지를 세어보라. 그다음 들리는 소리 다섯 가지에 집중하라(예: 소음 또는 목소리).

가능하다면 움직이지 않는 한 지점에 눈을 고정시켜라. 이제 당신의 발이 바닥에 어떻게 서 있는지 감지하라. 두 다리가 발 위에서 어떻게 지탱되고 있는지 느껴라. 당신의 신체와 다리, 발이 지면 위에서 어떤 형태로 지지되고 있는가. 바닥에서 느껴지는 당신의 무게를 탐구하고 그것을 마음속에 구체화하여 어느 것도 당신을 무너뜨릴 수 없게 하라.

요쉬카 브라이트너,
『추월 차선에서 감속하기 – 명상의 매력』

다음 날 아침, 출근하지 않으니 원래 늦잠을 잘 수도 있었다. 그러나 곤란한 사태를 맞닥뜨렸다. 집 앞에서 폭탄이 터지는 바람에 8시 30분쯤 잠에서 깨고 만 것이다. 일관된 명상을 실행하기 위해 일단 침대에서 허리를 펴고 앉아 세 번에 걸쳐 깊이 호흡했다. 그다음 블라인드를 올려 밖을 내다보았다. 거기서 불타고 있는 건 내 업무용 차량이었다. 트렁크는 산산조각이 나 불길에 휩싸이고 까만 연기가 피어오르고 있었다. 차량의 다른 부분은 별다른 피해를 입지 않았지만 언제든 화재 희생자가 발생할 수 있었다. 활활 타는 차량 잔해 앞에 타이트한 정장을 입은 채 하얗게 질려 온몸이 마비된 사법연수생 클라라가 서 있었다. 아마도 리스 차량을 가져오라는 로펌의 지시를 받은 모양이었다. 이것은 5일 안에 일어난 세 번째 폭발 사건이다. 이전의 두 건은 드라간을 제거하기 위한 폭발이었다. 이번 폭발은 클라라가 아닌 나를 노린 것이었음을 인정해야만 했다. 토니는 어제 한 자신의 발언이 진짜임을 확실하게 보여주었다. 그의 의도는 적중했다. 내 심장은 미친 듯 두 근거렸고 온몸이 땀으로 흠뻑 젖었다. 그건 공포가 아니라 공황이었다.

재빨리 명상 책을 꺼내들고 공황에 대비하는 방법이 안내된 장을 펼쳤다. 그곳에는 이렇게 적혀 있었다.

집이나 사무실에서 방해받지 않을 조용한 장소를 찾아내라. 정원이나 나무 한 그루를 응시하는 것이 가장 이상적이다. 명상을 시작하기 전에 꽉 끼는 옷, 벨트 및 신발은 벗어두어라.

그건 쉬운 일이었다. 나는 고요한 침실 창가에 서서 (폭발 장소는 무시하고) 나무가 우거진 조용한 거리를 내다보았다. 차량 잔해가 널린 앞뜰을 응시했다. 길 건너편 나뭇가지에 불타는 타이어 뒷바퀴가 걸려 있는 모습이 보였다. 편한 고무줄 반바지에 티셔츠를 입었고 맨발이었다. 책을 계속 읽어 내려갔다.

당신을 둘러싼 외부 환경을 있는 그대로 받아들여라.

나는 조용한 집 안에서 쾌적하게 차가운 화강암 바닥을 딛고 있다. 내 방에는 최소한의 가구가 깔끔하게 정리된 채로 놓여 있다. 창문 밖에서 폭발이 일어난 것 같다. 폭탄이 터진 것이 원인인 것 같다.

　현재 가장 먼저 보이는 물체 다섯 가지를 세어보라.

나는 나무 위에서 불타는 타이어를 보았다. 불타는 차량 트렁크를 보았고, 구부러진 트렁크 뚜껑도 보았다. 핏기 없는 클라라의 얼굴과 차량 반경 20미터에 걸쳐 흩어진 유리 파편을 보았다.

　그다음 들리는 소리 다섯 가지에 집중하라(예: 소음 또는 목소리).

주변 차량에서 요란하게 울려대는 경보 장치 소리를 들었다. 그 소리는 폭발 때문에 쉴 새 없이 사방에서 울려댔다. 불꽃이 탁탁거리며 바스락거리는 소리를 들었다. 불길은 A8 모델의 뒷좌석을 집어삼키고 있었다. 이제 연료통이 폭발하는 소리가 들렸다. 나뭇가지에서 불타던 타이어가 길 쪽으로 쿵 하고 떨어졌다. 그러자 마지막으로 클라라의 히스테릭한 비명 소리가 들렸다.

　가능하다면 움직이지 않는 한 지점에 눈을 고정시켜라.

처음에는 클라라에게 시선을 고정하려 했다. 하지만 생각지 않게 이리저리 시선이 흔들렸다. 그래서 사고 차량 쪽으로 눈을 돌렸다. 그것도 쉽지 않았던 것이, 솟아오르는 까만 연기 탓에 형체가 자꾸 가려졌기 때문이다.

이제 당신의 발이 바닥에 어떻게 서 있는지 감지하라. 두 다리가 발 위에서 어떻게 지탱되고 있는지 느껴라. 당신의 신체와 다리, 발이 지면 위에서 어떤 형태로 지지되고 있는가.

나는 그 모든 감정을 오롯이 느꼈다. 기분이 아주 좋았다.

바닥에서 느껴지는 당신의 무게를 탐구하고 그것을 마음속에 구체화하여 어느 것도 당신을 무너뜨릴 수 없게 하라.

실제로 나를 무너뜨릴 수 있는 것은 아무것도 없다.

이제 당신의 주의를 호흡으로 돌려라. 조용히 일정하게 호흡하라.

2분간 차분히 일정한 간격으로 호흡했다. 그러자 공황 상태에서 회복되었다. 차량 경보 장치의 알람 소리가 점점 희미해졌다. 지나가던 행인이 클라라를 바닥에 앉혀두고 진정시키면서 말을 걸고 있었다. 단순한 명상 훈련으로 상황이 정리되었다. 실질적인 문제에 집중할 수 있게 됐다. 이제 무엇을 해야 할까?

그렇지 않아도 강력반 반장 페터 에그만에게 내가 회사를 그만뒀다는 소식을 전하려던 참이었다. 이 기회에 방금 내가 로펌 소유의 차량에 암살 시도 공격을 받았다는 사실도 함께 알리기로 했다. 신호가 두 번도 채 울리기 전에 페터가 전화를 받았다.

"무슨 일이야?"

"어제 오후에 중요한 소식을 깜박하고 안 전했어."

"말해봐."

"내가 로펌을 그만뒀거든. 어제부로 면직 상태고 5월 1일부터 공식적으로 로펌에서 해임될 거야."

"그리고 그걸 말해주려고 아침 9시도 되기 전에 나한테 전화를 걸었다고?"

"맞아, 이 소식이 자네의 일을 좀 쉽게 만들어줄 수 있을 것 같아서."

"얼마나 쉽게?"

"약 8분 전에 우리 집 앞에서 폭발한 차량의 잔해가 날아간 만큼은 되지 않을까."

"무슨 차를 말하는 거야."

"검은색 아우디 A8."

"자네 업무용 차량?"

"이제는 아니지. 차량 서류와 열쇠를 어제 오후 로펌에 반납했거든. 법적으로나 실제로나 나는 그 차량의 소유자도 사용자도 아니야. 혹시 또 물어볼까봐 말해두는데 난 오늘 아침 폭발 소리에 잠에서 깼어. 그러니 사건의 진상은 몰라."

"드라간이 배후에 있어?"

"그렇다면 내가 말할 수 있는 부분은 더 적어지겠군."

"그럼 이제부터 개인적으로 드라간의 프리랜서 변호인이 되는 건가?"

"누군가는 해야 할 일이니까."

"그래, 알았어…. 알려줘서 고마워."

"나중에 보자고."

내가 전화를 끊었다.

다음으로 사샤에게 연락해 방금 일어난 일을 설명했다. 나는 그에게 발터의 개인 경호팀을 붙여달라고 부탁했다. 물론 누가 날 감시했는지 알아내기 위해 자발적으로 나를 감시 대상으로 만든 것은 눈에 띄지 않도록 은밀히 진행해야 할 일이었다. 사샤는 30분 내로 경호팀을 준비하겠다고 약속해줬다. 이외에 사샤는 오늘 밤 부모 이니셔티브와의 미팅이 가능하다고 말해줬다. 나도 동의했다. 뭐든 빨리 진행될수록 좋다. 내일은 관리자 미팅이 예정되어 있다.

이후 나는 꽤 안정을 찾았다. 오늘은 10년 만에 처음으로 일에서 해방된 날이었다. 나는 고소득 정규직을 프리랜서 아빠의 자유와 바꿨다. 행복한 한스는 나를 자랑스럽게 여길 것이다. 그렇다, 나는 아직 공무집행방해죄의 공범으로 수사 대상에 올라 있다. 그리고 내 딸과 나에 대한 살해 협박, 권력 다툼에 휘말려 있고, 보리스를 포함해 최소한 두 명의 사이코패스를 상대 중이다. 게다가 집 앞에서 전 직장에서 사용하던 업무용 차량이 폭발했다. 하지만 행복한 한스도 말을 계속 소유하지 않고 다른 것과 바꿨다. 그 순간은 한스의 행복에 걸림돌이 되지 않았다. 나도 그래야 했다.

창가에서 호흡을 몇 번 더 연습한 뒤, 카타리나에게 오늘부터 달라지는 업무를 얘기하기로 했다. 내가 이런 변화를 택한 것은 우리들의 아이 때문이다. 나는 아내에게 전화를 걸어 에밀리를 데려와 놀이터에서 놀아도 되는지 물었다.

"수요일 오전에?"

"응, 맞아."

"무슨 일이야? 드라간이 당신을 쫓아낸 거야?"

나는 아내에게 변호사와 고용주 그리고 의뢰인의 민감한 삼각관계에 대해 말을 아꼈다. 대신 미래의 전처가 될 아내가 내게 좋은 의도로 질문했다고 생각했다. 온 우주가 나에게 친절한 것처럼. 지하철의 모든 승객이 나에게 그랬던 것처럼…. 그것으로 충분했다.

"잘 들어, 카타리나. 명상 훈련을 하면서 나는 지금까지처럼 일을 지속할 수 없다는 걸 깨달았어. 로펌 업무는 더 이상 감당이 불가능해. 그래서 드레스덴, 에르켈, 단비츠 씨와 합의하에 고용 계약을 해지하기로 했어."

"그건…." 카타리나는 할 말을 잃은 낌새가 역력했다.

"일단 경제적인 변화는 없을 거야. 퇴직금을 섭섭지 않게 받기로 했거든."

"그 말은 이제 그 범죄자들과 엮일 일이 없다는 뜻이야?"

"로펌에서는 그래. 하지만 다른 의뢰인은… 앞으로도 계속 돈을 벌어야 하잖아. 형사법은 내 전문 분야라고. 범죄자들을 완전히 배제하기는…."

완전히 거짓은 아니었다.

"드라간은?" 카타리나가 내 말을 끊었다.

"지금은 나도 그가 어디 있는지 몰라. 하지만 일을 수습하려면 아직 만날 일이 남았어."

우리 아이가 어제 그 수습 문제 때문에 살해 협박을 받았다는 것은 일단 말하지 않는 편이 나았다.

"중요한 건, 우리 주위를 내내 맴돌던 공포가 끝났다는 거네. 당신에게도 좋은 일이야."

"에밀리에게도 그래." 토니의 협박이 진심이 아닌 한 그랬다. "지금 에밀리를 데리러 가도 될까?"

"당연하지, 우리 집으로 와!"

해직한 덕분에 나는 업무용 차를 가지고 있지 않았고, 그 덕에 폭발 사건의 희생양이 되지도 않았으니 이동 수단이 사라졌다고 화낼 필요도 없었다. 나는 가벼운 마음으로 버스를 타고 카타리나의 집으로 갔다. 에밀리는 아빠와 또다시 소풍을 간다는 생각에 엄청나게 기뻐했다.

카타리나는 아주 홀가분한 모습이었고 내가 일을 때려치운 것에 재차 기쁨을 표시했다. "수평선에서 서광이 조금씩 비치는 거야?"

나는 아내에게 확답할 수 없었다. 수평선의 한 줄기 가느다란 빛이 수류탄 폭발에 가려져 일출의 빛이라고 오해하기도 힘들어졌기 때문이다. 그렇다고 해서 아내의 즐거움을 앗아갈 생각은 없었다. 누가 알겠나, 일출의 순간에 나만 빼고 주변의 모든 것이 폭발했을 수도 있다. 나는 낙관적으로 생각하기로 했다.

"그럴 가능성도 있지. 어떻게 되든지 나는 지금 이 순간을 즐길 거야. 게다가 지금은 유치원 문제를 해결하는 데 시간을 더 쓸 수 있어."

카타리나가 나를 껴안고 뺨에 입을 맞췄다. 그런 애정 표현은 몇 달 만에 처음이었다. 명상은 확실히 섹시하다.

불쾌

22

불쾌감은 장기간 지속된 실망의 표현이다. 실망의 원인은 외부에 있을 수 있다. 그것이 내 안에 얼마나 머무를지는 스스로 결정하는 것이다.

요쉬카 브라이트너,
『추월 차선에서 감속하기 – 명상의 매력』

카타리나와 화목한 시간을 충분히 즐긴 뒤 나는 에밀리를 데리고 집을 나섰다. 아내는 아이에게 가벼운 감기 기운이 있으니 두 시간에 한 번씩 어린이용 멘톨 연고를 가슴에 발라달라고 부탁했다. 나는 연고를 챙겨 에밀리와 전차를 타고 시립 공원의 놀이터로 향했다. 그곳의 시설은 마음에 들었다. 정글짐,

257

미끄럼틀, 그네가 잔뜩 있었다. 주변은 모두 모래 바닥이었다. 그리고 두유 팩이 수북이 쌓인 이동식 카페도 보였다. 분명 매일같이 먹는 라떼에 질린 엄마들을 위해 준비했을 것이다.

에밀리는 미끄럼틀을 타고 싶어 했다. 그것도 아빠의 도움 없이 혼자서. 자기가 얼마나 잘 타는지 내게 보여주길 원했다. 나는 놀이터 경계 바깥쪽에 앉아 에밀리를 지켜봤다. 다른 아이들이 눈에 들어왔다. 그리고 다른 어른들도.

누군가 모든 아이가 훌륭하다고 말한다면, 그것은 거짓이다. 내 아이가 세상에서 가장 훌륭한 아이다. 다른 말은 필요 없다. 그 밖에 다행히 호감이 가는 아이들이 있다. 그리고 완전히 골칫거리인 아이들이 있다. 이런 아이들은 불쾌하고 호감 가지 않는 부모를 보면 바로 알 수 있다. 골칫거리 아이는 외양으로만 정의되지 않는다. 그들은 공격적이고 지루하고 퉁명스러우며 사람을 몹시 피곤하게 만든다. 공원 놀이터에서도 이런 아이들은 울음소리로 아주 빨리 알아차릴 수 있다.

나와 젊은 커플 한 쌍 그리고 혼자 온 남자 외에는 모두 여자들만 놀이터에 있었다. 젊은 커플은 '아, 우리 정도면 행복한 커플이지' 하는 게 두드러지게 보이는 자들이었다. 멋진 옷을 차려입고, 건장하고 성공한 듯 보였다. 분명히 태어날 때부터 부모의 보살핌 속에 유복하게 자랐을 것이다. 그 부모는 이제 자신의 시간 중 70퍼센트를 손주 돌보는 데 쓸 것이다.

홀로 있는 남자는 약간 울적해 보이고 망연자실한 모습이었다. 여자들 사이에서 불편해하는 걸 보아 아마도 어린이 놀이터에 와본 적이 별로 없는 것 같았다. 어쩌면 이혼남일 수도 있다. 양육권을 빼앗긴 채 자신의 아이와 놀아주는 모습을 억지로 얼마간 연출해야 하는 아빠 말이다.

이런 사람들을 제하고 나니 두 가지 유형의 여자들이 눈에 들어왔다. 바로 엄마들과 보모들이다.

엄마들은 과도하게 억지웃음을 지으며 자신의 행복한 아이를 돌보고 있었다.

반면에 보모들은 자신의 행복에 집중한 모습이었다. 무신경하게 세 살 이하의 아이들을 대형 유모차에 태워 많게는 다섯 명까지 돌보고 있었다.

보모 한 명이 돌볼 수 있는 아이는 최대 다섯 명이다. 만약 다섯 명의 아이 중 골칫거리가 하나라도 있으면 다른 네 명의 아이는 사실상 방치된다. 다른 아이를 물고 때리거나 할퀴는 것을 막기 위해 온 신경을 써야 하기 때문이다. 아니면 그저 울며 떼쓰는 걸 말리느라 다른 아이를 돌아볼 겨를이 없다.

이렇게 놀이터를 관찰하며 생각에 잠기다가 갑자기 이런 생각이 들었다. 에밀리와 보내는 시간을 즐거워하기보다 주변의 엄마, 보모 그리고 아이들로 인해 불쾌해하고 있었다.

놀이터에 온 지 3분 만에 내 기분은 '아, 정말 좋다!'에서

'다들 멍청이군!'으로 돌변했다. 외부 환경은 어떤 것도 바뀌지 않았는데 말이다.

명상 책에는 불쾌감에 대한 구절도 있었다.

불쾌감은 장기간 지속된 실망의 표현이다. 실망의 원인은 외부에 있을 수 있다. 그것이 내 안에 얼마나 머무를지는 스스로 결정하는 것이다. 과거의 실망감이 당신의 삶의 질에 영향을 주지 못하게 하려면 다음 질문을 던져보라.

1. 실망감이 어떻게 생겨났나?
2. 그 실망의 근원으로 인해 현재까지 불쾌함을 느낄 만큼 신경을 쏟을 가치가 있는가?
3. 행복이 어떤 구체적인 것에 달려 있지 않다고 확신하면 어떤 느낌일까?

나는 어린이 놀이터에 앉아 무엇에 그리도 불쾌해하고 실망한 걸까? 답은 간단했다. 나는 그곳에 있는 모든 여성과 정반대의 입장이었다. 한낮에 아이를 데리고 놀이터에 놀러 나온 것 자체가 내겐 살면서 처음이었다.

나는 지난 2년 반 동안 내 아이를 돌보는 일에 관심을 두지 못했다. 그 기간에 피곤할 정도로 놀이터에서 시간을 보낸 적도 없었다. 단 한 사람을 위해 일하느라 평일이든 주말이든 가리지 않고 내가 하고 싶은 일을 미뤄두어야 했다. 아무것도 하지 않았던 나 자신에게 엄청나게 실망했을 뿐 아니라 무엇보다 화가 났다. 그 2년 반의 시간은 다시는 돌아오지 않을 것이다. 지금 놀이터에 있는 엄마나 아이들 중에 잘못한 사람은 아무도 없다. 오직 나에게만 책임이 있을 뿐이다. 나는 이런 불쾌감에 신경 쓸 생각이 없었다. 현재 내 인생은 완전히 변했다. 내 행복은 바로 이 순간 만들어가는 거다.

자리에서 일어나 에밀리에게 다가가 아이를 안았다가 공중에 띄웠다. 나의 행복이 다시 양손에 잡혔다.

불행해 보이는 아빠와 젊은 커플과 커피 한 잔이라도 마시고 싶었다. 그 순간 내 휴대전화가 울렸다.

사샤였다. 발터의 경호원이 날 미행하던 자를 방금 무장 해제시켰다고 알려왔다. 그자는 나를 집에서부터 따라붙어 카타리나의 거주지를 거쳐 놀이터까지 미행했다. 경호 인력은 젊은 커플로 위장하고 재빨리 그자를 저지했다. 그때 남자는 한 손에 라테 마키아토를 들고 통화를 하려고 나무 뒤에 숨은 참이었다. 게다가 그는 다른 손에 권총을 들고 주머니엔 프랑스제 수류탄 두 개를 소지한 상태였다. 그러나 지금은 결박된 채로 트렁크 속에 갇혔다.

주변을 둘러보았다. 행운의 젊은 커플과 우울한 남자는 사라지고 없었다. 나는 조용히 내가 인사 담당자가 아니라 변호사가 된 것을 기뻐했다. 나는 명백히 사람 보는 눈이 없었다. 어쩌면 보모 셋을 살인 청부업자 취급하며 겁을 집어먹었을지도 모른다. 그리고 젊은 커플이 부모의 등골이나 빼먹는 사람이 아닌 나의 수호천사였다는 것은 꿈에도 생각지 못했을 것이다.

사샤에게 그 남자를 현 상태로 좀 더 놔두길 부탁했다. 몇 시간 정도 트렁크에 갇혀 있다고 해가 되는 일은 없을 것이다. 나중에 사샤와 내가 함께 일을 처리하면 된다. 사샤가 문제없다고 확인해줬다. 더군다나 오늘 저녁 미팅 제안을 부모이니셔티브 운영 회의에서 승낙했다. 사샤는 이메일로 동의만 해주면 되었다. 그걸로 우리의 대화는 끝났고, 나는 남은 오전 시간 동안 행복하고도 안전하게 사랑스러운 아이를 돌보았다. 집으로 갈 때 손에는 라테 마키아토 대신 맥도날드의 코코아와 타블로이드지가 들려 있었다.

행동주의

> 풀을 더 빨리 자라게 하려고 위로 잡아서 들어 올릴 수는 있
> 다. 자라는 내내 풀 속에 머리를 처박고 있는 것도 가능하다.
> 그러나 이 중 어느 것도 풀의 성장에 영향을 주지 못한다. 단
> 하나의 선택지는 풀을 좀 더 나중에 깎고 그때까지 휴식을
> 취하는 것이다.
>
> 요쉬카 브라이트너,
> 『추월 차선에서 감속하기 – 명상의 매력』

부모 이니셔티브 '바닷물고기처럼'은 대화에 아주 큰 관심을
보였다. 명도 소송은 (아무리 근거가 없다 하더라도) 경제적 측
면에서 그들에게 불리했다. 1년 내에 유곽이 들어설 건물에

있는 유치원에 3년간 아이를 보낼 부모는 없다. 심지어 힙스터들조차 이런 곳은 회피한다. 사샤는 내 이름으로 히피들 운영회에게 미팅 제안 메일을 보냈고, 그들도 동의했다.

'바닷물고기처럼'의 모임 장소는 에밀리의 유치원 면접이 있던 곳과 같았다. 부모 이니셔티브는 정원이 있고 아주 멋지지만 꽤 낡은 시 소유의 별장을 임대했다. 위의 세 개 층엔 얼마 전까지 건축 사무소, 요가 스튜디오, 온라인 누들 수프 판매 스타트업이 입주해 있었다. 그들은 나의 연락을 받고 문제가 생기기 전에 빠르게 퇴거를 결정했다.

내가 카타리나와 나눴던 유치원 이야기 중에 특히 '바닷물고기처럼'의 인터뷰는 아주 비상식적이었다. 부모가 자기 아이를 돌봐줄 유치원을 찾는다면 상식적으로 이런 질문이 나와야 한다. '두 분이 모두 이 자리에 참석하셨다면 지금 아이는 누가 돌보나요?' 카타리나와 나는 에밀리와 동행하는 것으로 상식적인 답변을 준비했다. 유치원이 아니면 그 어떤 곳에 자신의 아이를 생각 없이 데려가겠는가?

유치원에 도착했을 때 아이를 차 안에 두고 오면 어떻겠냐는 권유에 우리는 매우 화가 났다. 그것은 '평가' 과정에 큰 방해 요인은 아니었다. 건물 앞 주차장은 유치원에서 아주 잘 보이는 곳에 있었다. 잘 갖춰진 주차장은 내가 유치원을 선택하는 데 고려한 대상이 전혀 아니었다.

우리 관점에서 면접은 아주 성공적으로 진행되었다. 대화 시작 30초 만에 에밀리를 이 유치원에 보내면 안 되겠다는 생각이 들었다. 그런데도 우리는 계속 머물렀다. 에밀리도 함께였다. 아이는 유치원에 입학할 권리가 있기 때문이었다. 그리고 뭐라고 허풍을 떨어대는지 잘 들어둘 필요가 있었다. 그리고 그럴 만한 가치도 있었다.

세 명의 힙스터 동업자들은 유치원 소개 시간을 '평가의 자리'로 만들었다. 네 쌍의 부모와 한 명의 엄마가 왔다. 세 집에선 아이를 조부모 집에 보냈다. 엄마만 참석한 집은 '자신보다 더 나은 반쪽'이 아이를 돌본다고 했다. 모두가 에밀리를 주시했다. 저녁 시간에 아이를 동반한 것을 사회적 방임의 징후처럼 여기는 듯했다.

먼저 '바닷물고기처럼'에 관해 알고 있는 사실을 적는 필기 시험을 거쳤다. 우리 양옆에 있는 부모들은 정신없이 써 내려가기 시작했다. 어떤 엄마의 종이를 보려고 하자 그는 황급히 등을 돌려 내가 훔쳐보는 것을 막았다. 카타리나와 내가 이 유치원을 택한 건 그저 집에서 차로 10분밖에 떨어져 있지 않아서였다. 우리는 시험지를 에밀리에게 주고 그림을 그리게 했다.

다음은 창의적 동기부여 대화 차례였다. 여기서는 모든 부모가 자신이 왜 아이를 동반하지 않았으며 (에밀리 외에 그 자

리에 있는 아이가 없었으므로) 아이가 왜 이 유치원에 입학해야
하는지 설명했다. 이 시점에서 카타리나와 나는 딱히 그 자리
에 있을 필요성을 느끼지 못했다. 그래서 우리는 왼편에 있던
부모들에게 에밀리는 특별한 능력이 있다고 말했다. 멍청한
사람을 알아보는 눈이 있다고 말이다. 유감스럽게도 우리는
그 때문에 빨리 귀가해야 했다. 에밀리의 능력에 과부하가 걸
리고 있었기 때문이다.

　그다음에 유치원과 접촉하게 된 것은 유치원이 있는 건물
을 드라간이 매입하고자 했을 때였다. 그래서 그 거만한 유치
원을 내쫓는 건 숙고할 가치도 없었다. 에밀리가 그 유치원에
자리를 배정받으리라고 생각하지도 않았다. 상황은 아주 빠
르게 변했다.

24

소통

> 자신의 소통 능력을 최적화하려면 감성 지능 쪽으로 가야 한
> 다. 이 지능은 의도적으로 명상 훈련을 할 때 단련된다. 상대
> 의 요구에 대한 통찰력을 가져라. 대화 상대를 보다 잘 이해
> 하고 평가하는 법을 배워라.
>
> 요쉬카 브라이트너,
> 『추월 차선에서 감속하기 – 명상의 매력』

힙스터들이 야단법석을 떨어댄 면접에서 내 직업 때문에 아
이가 유치원과 맞지 않는다는 판단이 섰다니. 나도 탐탁지 않
았다.

　나는 드라간과의 문제를 명상으로 해결했다. 그건 내게 좋

은 일이었다. 계속해서 이런 식으로 일을 처리하고 싶었다. 이 거만한 자들을 사샤와 함께 기꺼이 지독하게 괴롭힐 생각이었다. 에밀리, 나 그리고 당연히 카타리나를 위해서.

물론 실행하기 전에 마음을 준비해야 했다.

나의 명상 선생은 소통에 관한 정보를 흔쾌히 제공했다.

> 자신의 소통 능력을 최적화하려면 감성 지능의 길을 가게 된다. 이 지능은 의도적으로 명상 훈련을 할 때 단련된다. 상대의 요구에 대한 통찰력을 가져라. 대화 상대를 보다 잘 이해하고 평가하는 법을 배워라.

그래서 나의 감성 지능을 단련하며 상대방의 요구 사항에 관해 깊이 생각했다. 내가 알기로 그자들은 스스로를 좋은 사람이라고 믿었다. 그들은 거울 앞에서 단장하는 데에 많은 시간을 소비했다. 그리고 애플 기기, 소셜 미디어, 재생 타이어로 신발을 만드는 회사에 관해 그럴듯한 거짓을 꾸며대는 데도 시간을 썼다. 그들은 자신의 욕구를 채우는 게 최우선이었다. 모든 것이 평화롭고 근심 없는 세상에서 말이다.

이제 남은 것은 그들의 생각처럼 이상적인 유치원을 만드는 데 필요한 평화와 즐거움이었다.

힙스터 세 명 중 한 명은 경영학을 전공했고 자신을 금융의 천재로 여겼다. 법학을 전공한 다른 한 명은 자신을 변호사라고 생각했다. 세 번째 힙스터는 경영학 전공을 시작만 했고 법학 공부는 중도에 포기했으므로 스스로를 창의적인 사람으로 간주했다. 그들 중 어느 누구도 외부에서 인정받을 만한 부분은 없었다. 나는 그 반대다.

우리는 유치원 관리 사무소에서 만났다. 사샤와 나는 공증인으로 한 60대 남성을 데려갔다. 그는 눈에 띄지 않게 조용히 사무실 바깥의 아동용 의자에 자리 잡았다. 어떤 질문도 없었다. 사무실 안의 분위기는 냉랭했다. 범상치 않은 셋은 형식적으로나마 나눌 법한 악수조차 청하지 않았다. 대신에 우리는 5,000유로짜리 커피머신에서 뽑아낸 에스프레소를 대접받았다. 허세의 징표였다. 자기들이 5,000유로 커피 머신 정도는 굴릴 수 있다는 뜻이었다.

우리는 4인용 테이블에 다섯이 둘러앉았다. 사무실 내부는 온갖 허황된 문구로 가득했다. 마치 아동용품을 전문으로 만드는 회사의 홍보팀 같았다. 아이들에게 필요한 것을 제공하기 위해 설계된 공간 같지 않았다. 3번 힙스터가 근엄하게 전자 담배를 꺼내들고 'On' 버튼을 눌렀을 때 나는 입을 떼고 대화를 시작했다.

"오늘 우리의 대화 목적은 몇 가지 오해를 풀고자 함입니다. 저는 이미 알고 계실 테고 여기 이분을 소개하겠습니다."

내가 사샤를 가리켰다. "이분은 사샤, '바닷물고기처럼'의 새로운 대표님입니다."

황당하다는 표정이 힙스터들의 얼굴에 떠올랐다.

"아, 그런가요. 대체 언제부터죠?"

"이제 곧 그렇게 될 겁니다. 제 생각엔 한… 20분 정도 후일 듯 싶군요."

1번 힙스터가 대화에 끼어들었다.

"이 터무니없는 일이 대체 어떻게 된 영문인지 모르겠군."

나는 대화 상대의 요구를 이성적으로 이해하려 노력했다. 그리고 지금 일어나는 일을 단순한 문장으로 설명해봤다.

"앞으로 진행될 일은 이렇습니다. 우리는 여러분에게 '바닷물고기처럼' 공익 재단의 지분을 액면가의 1.5배로 제안할 겁니다. 그 지분은 '세르고비츠 유치원 및 낚시 유한회사'에 넘어갑니다. 유치원은 계속 운영하고 모든 아이가 입학 가능합니다. 여러분의 입장에서 수입은 줄어들겠지만 그만큼 여유 시간이 늘어납니다. 문 밖에 있는 공증인이 절차상의 문제를 처리합니다. 10분 내로 내 친구 사샤가 이곳의 대표가 되면 우리 모두 귀가하면 되겠습니다."

1번 힙스터가 자신이 알아들은 부분에 한해 물었다.

"20분 후에 모든 일이 완료될 거라고 말하지 않았습니까?"

"맞습니다. 추가 질문에 대비해서 계산한 시간입니다."

사샤가 끼어들었다. "질문이 더 이상 없으면 공증인이 들어와도 되겠습니까?"

그 공증인은 수년 전 사샤와 인연이 있었다. 그는 드라간의 유곽 지하실에서 입에 빨간 공이 물린 채 발가벗겨져 X자형 십자가에 거꾸로 매달려 있었다. 사샤는 모든 손님에게 갑작스러운 경찰의 일제 단속을 경고하던 참이었다. 매달린 걸로 모자라 경찰에게 다시 끌려가지 않은 것에 대해 그때부터 남자는 사샤에게 감사하는 마음을 품었다. 그리고 사샤에게 얼마간의 은혜를 갚아야 한다고 생각했다. 당시 지하실의 전후 상황을 사샤가 휴대전화로 기록했기 때문이기도 했다.

그러나 힙스터들은 신속한 결론에 전혀 동의하지 못했다. 2번 힙스터가 입을 열었다.

"대체 무슨 말을 하는 겁니까? 당신의 비열한 사장이 우리 유치원을 유곽으로 만들고 우리는 지분을 팔아야 한다는 겁니까?"

"아닙니다. 이미 설명했듯이 제 의뢰인은 유치원을 계속 운영할 겁니다. 여기서 문제는 이제 더 이상 아이들이 아니라 여러분의 이기심인 거죠. 그래서 방금 지분 제안을 드린 겁니다."

3번 힙스터가 말을 이어갔다.

"이봐요. 우리는 당신이 본인의 행동에 대해 사과하려고 이곳에 온 줄 알았습니다. 해고를 통보하고 아이들의 천국을 유곽으로 만드는 일은 용납할 수 없어요. 우리가 이곳 사회에 어떤 인맥을 가졌는지 잘 모르나보군요. 온라인상에서 엄청난 논란이 있을 겁니다. 그걸 잊지 마세요."

나는 정말로 호의적인 감정을 가지고 대화할 계획이었다. 그러나 이제는 마무리 지을 때가 되었다.

그 '엄청난 논란'이라는 것은 내게 있어 무시를 논할 만큼의 가치도 없는, 무의미한 것이었다. 그 어떤 측정 단위에서도 공허한 개념이다. 그러나 디지털 숭배자에게는 충분히 유효한 주장이다. "그러지 마라, 그렇지 않으면 엄청난 논란이 있을 거다!"라는 말은 자신의 아이에게 "그릇을 깨끗하게 비우지 않으면 그만큼의 음식도 못 먹는 아프리카 어린이가 죽을 거야"라고 말하는 부모와 같다. 아프리카에서 아이들은 매초 죽어간다. 그리고 멍청이들은 인터넷에서 매초 쓸데없는 소리를 지껄인다. 이런 현실은 인과관계를 무시하고 책임을 전가하며 타인을 위협한다고 개선되지 않는다.

그 엄청난 논란을 언급한 힙스터는 소동에 대한 욕구가 있는 게 확실했다. 나처럼 명상을 하면 그에게도 효과가 있을 것 같았다. 소동의 욕구가 채워지고 나면 그는 아마 조화에 대한 욕구도 생길 것이다.

용서

용서란 자유롭게 해주는 행위다. 그 자유는 특히 용서하는 사람에게 해당된다. 분노와 복수의 감정은 당신을 옴짝달싹할 수 없게 만든다. 만약 당신이 분노의 감정을 품은 대상을 용서한다면 스스로 가장 큰 자유를 누리게 될 것이다. 당신에게 극도로 분노하고 있는 자가 실은 그저 상처받은 영혼일 뿐이라는 사실을 깨닫는다면 용서가 더 쉬워진다.

요쉬카 브라이트너,
『추월 차선에서 감속하기 – 명상의 매력』

때로는 누군가에게 행복을 강요해야 할 때가 있다. 어찌 되었든 간에 나는 그들의 욕구를 더 이상 가로막을 생각이 없었다.

"지금 일어날 일에 대해서는 미안합니다." 내가 친절하게 말했다. 그러면서 사샤에게 곁눈질로 신호를 보냈다.

"왜, 무슨 그런⋯."

콰아아아앙.

사전 경고도 없이 사샤가 자신의 곁에 있던 2번 힙스터의 머리를 잡아 테이블에 박았다. 코에서 피가 쏟아져 나왔다. 테이블 주변은 경악에 찬 침묵만이 감돌았다.

"이 일에 대해 사과했으니 이제 사업 얘기를 하죠."

2번 힙스터가 정신을 차린 뒤 입을 열었다. "저놈이 내 코를 부러뜨렸어!" 그가 소리치며 자신의 동료들에게 말했다. "경찰을 불러."

"경찰은 당연히 불러야죠. 하지만 그 전에 당신들 하드디스크 파일을 삭제해야 할 겁니다."

"우리 하드디스크라니? 왜, 거기 무슨 문제가 있습니까?" 3번 힙스터가 물었다.

"유치원 하드디스크라기엔 나치의 아동용 선전물로 가득하죠." 내가 대꾸했다.

"무슨 터무니없는 소리예요. 우리 컴퓨터에 뭐가 있는지 당신이 어떻게 압니까?"

"내가 당신들 컴퓨터에서 콘치타(콘치타 부르스트, 드래그 퀸 가수, 무대에서 수염 난 얼굴에 화려한 화장을 하고 여성처럼 꾸

민 남성—옮긴이)같이 재미있는 자료들을 좀 봤거든." 사샤가 느긋하게 말했다. "당신 같은 히피들을 위한 일정 관리 프로그램을 확인하는 링크도 있었지."

1번 힙스터가 컴퓨터 앞으로 다가갔다. 그리고 모니터에 비치는 아이콘을 클릭했다. 바탕화면에는 아시아 해변 어딘가에서 찍은 남자 셋의 셀피가 띄워져 있었다. 오두막 세 채, 레이밴 선글라스 세 개, 공상적 박애주의자 세 명이 보였다.

"거기 '오직 승리뿐'이라는 폴더가 보입니까?" 사샤가 물었다. "그 안에 당신들의 삼류 작품을 넣어두었지. 만약 내게 묻는다면 아주 변변찮게 숨겼다고 답하겠어."

일정 프로그램 안에는 사샤가 트로이 목마를 심어두었다. 1번 힙스터가 믿기지 않는다는 듯 호기심 반 두려움 반으로 떨리는 손으로 클릭했다. 그는 exe 파일을 실행하고 무언가를 설치했다.

"이건 말도 안 돼." 혼란에 빠진 남자가 중얼거렸다. 그와 동시에 수백 개의 사진, 책, 영상 및 홍보물들이 유치원 네트워크에 뿌려졌다. 반유대주의 책자 『독버섯』, 프랑스인을 증오하는 참호지기 어린이 『한스와 피에르』부터 공산주의자로 낙인찍힌 『나치 청소년 크벡스』에 이르기까지 다양했다. 정치적 선전을 위해 지난 세기 동안 어린이를 대상으로 널리 사용된 자료의 집합체였다.

나는 사샤를 바라보았다. "정말 믿을 수가 없군. 저 멍청이가 진짜로 파일을 클릭했잖아."

"내가 말했지. 다른 컴퓨터에 침투하는 방법은 사용자가 당신에게 문을 열어주는 수밖에 없다고. 이후엔 누워서 떡 먹기야."

이번에도 가장 먼저 제정신을 차린 것은 3번 힙스터였다. "나치의 아동용 선전물이라고? 대체 우리한테 이런 쓰레기를 받게 만든 의도가 뭡니까?"

내가 기꺼이 설명해줬다.

"아주 단순합니다. 이 모임을 끝내려면 우리에겐 두 가지 선택지가 있습니다. 첫째, 코가 부러진 자가 경찰에 신고하는 것. 그리고 당신들은 유곽을 운영하는 사악한 건물주가 코뼈를 부러뜨린 얘기를 늘어놓겠죠. 그럼 우리가 당신들에게서 찾아낸 허무맹랑한 교육 방식에 대해 진술할 겁니다. 언론이 어느 쪽에 더 관심을 가질지 한번 두고 봅시다."

"그럼 두 번째 선택지는 뭡니까?"

"아직 첫 번째의 전개가 다 끝나지 않았습니다. 정치적 논란과 함께 타루크의 사례가 세상에 공개될 겁니다."

"타루크가 누굽니까?"

"이봐요, 타루크는 당신들의 동료입니다. 호흡기 질환을 앓고 있는 스리랑카의 7세 어린이죠. 아이는 2년 전부터 공장에서 보호 장구도 없이 본드로 히피들이 신는 젤리슈즈를 만들고 있습니다. 하루에 15센트를 일당으로 받으면서."

"그건 가짜 뉴스예요."

"그래서요? 우리 중 누가 공장의 환경을 그렇게 조성하도록 떠밀기라도 했나요? 그것이 진실이든 조작이든 타루크가 처한 현실은 변하지 않습니다. 경찰에 신고해 당신들의 유치원이나 신발 브랜드가 망한다고 해도 말입니다."

"그래. 당신들이 이곳 사회에 대단한 인맥이 있다고 하니 소문도 빨리 돌겠군, 엄청난 논란 씨." 사샤가 말했다.

"유치원은 등록 원아 수가 줄어들면서 결국 고급 유곽으로 바뀔 겁니다. 두뇌 회전이 좀 빠르다면 제3세계에서 재생 타이어를 원료로 친환경 콘돔을 생산해내는 히피만의 방식을 찾아낼지도 모르죠. 그렇다면 지속 가능한 사업 모델이 되겠군요." 내가 덧붙였다.

"당신들은 그런 일을 못 할 겁니다."

"할 수 있습니다. 반드시 그럴 필요는 없을 뿐이죠. 이제 두 번째 선택지가 남았습니다."

"그건 뭡니까?" 코에서 피를 흘리는 힙스터가 궁금해했다.

이제야 비로소 우리가 애초부터 말하려던 주제에 다다랐다. "여러분은 '바닷물고기처럼'의 지분을 '세르고비츠 유치원과 낚시 컴퍼니'에 넘깁니다. 유치원은 계속 운영합니다.

여러분은 액면가의 절반에 해당하는 금액을 배당받을 겁니다. 그리고 아동을 착취하여 그 정신 나간 신발을 계속 생산할 수도 있습니다."

"하지만 아까는 액면가의 1.5배라고…."

"그건 우리가 나치 선전물을 컴퓨터에서 발견하기 전의 일이었죠. 자, 이제 이해가 됐습니까?"

1번 힙스터는 그렇지 않았다. "만약 내가 그 폴더를 잘못보고 클릭하지 않았다면 당신들은 어떻게 하려고 했습니까? 그럼 자료들이 컴퓨터에 저장될 일도 없었을 거 아닙니까?"

내가 알려줬다. "첫째, 당신은 파일을 잘못 보고 클릭한 게아니라 멍청해서 그렇게 한 겁니다. 둘째, 사샤가 여러분 중한 사람의 코를 부러뜨리지 않았다면 모두가 다리 하나씩 부러졌겠죠. 당신들 중 누군가가 부러진 다리를 이끌고 컴퓨터파일을 클릭했을 겁니다."

3번 힙스터가 끼어들었다.

"그러면 일단 우리 셋이 의논을 해봐야겠습니다. 이건 정말이지 마피아들이나 하는 짓…."

콰아앙….

"으아아아악…."

사샤가 그의 머리를 잡고 그대로 테이블에 박았다. 유감스럽게도 하필이면 거기에 전자 담배가 놓여 있었다. 3번 힙스터의 코가 부러졌다. 전자 담배에 부딪혀 이도 부러졌다.

"충분히 논의가 되었습니까?"

"네, 네…. 그렇게 하도록 하겠습니다."

"여기 계신 분은 데르케스 박사입니다. 박사님, 여기 있는 분들이 '바닷물고기처럼' 재단의 지분을 '세르고비츠 유치원과 낚시 컴퍼니'에 양도한답니다. 액면가의 4분의 1 가격으로요."

1번 힙스터가 무언가 말하려다 멀쩡한 자신의 코를 정당한 대가로 지불받은 데에 만족한 듯했다.

계약 공증 문서에 서명하는 시간은 5분도 채 걸리지 않았다. 우리가 만난 지 20분도 지나지 않은 시점이었다.

우리 앞의 부모 이니셔티브 전 멤버들은 자존심에 아주 심하게 상처를 입었다. 그들은 자신의 아이들을 풍족한 환경에서 키우려고 제3세계 아이들의 노동력을 착취하여 부를 축적했다. 충분한 책임감을 가져야 하는 창립자의 자세를 저버린 것이다. 내 직업이 자기들 마음에 안 든다고 제멋대로 내 아이의 유치원 입소를 거절한 빌어먹을 놈들이다. 그들 중 둘의 코가 부러졌다. 공증인이 서류를 챙기고 사샤가 컴퓨터에서 자료를 출력할 때, 나는 깊이 상처 입은 셋의 영혼을 알아차렸다. 그리고 그 순간 명상 선생의 용서에 관한 이야기를 떠올렸다.

용서란 자유롭게 해주는 행위다. 그 자유는 특히 용서하는 사람에게 해당된다. 분노와 복수의 감정은 당신을 옴짝달싹 할 수 없게 만든다. 만약 당신이 분노의 감정을 품은 대상을 용서한다면 스스로 가장 큰 자유를 누리게 될 것이다. 당신 에게 극도로 분노하고 있는 자가 실은 그저 상처받은 영혼일 뿐이라는 사실을 깨닫는다면 용서가 더 쉬워진다.

분노가 순식간에 사라졌다. 나는 그들에게 더 이상 원한이 없 었지만 그들은 나와 내 아이를 평생 미워하게 될 것이다. 나는 편안하고 자유로웠다. 그들을 용서했기 때문이다.

그래서 나는 차분하게 작별을 건넬 수 있었다.

"아, 맞다." 문득 생각이 났다. "이제부터 여러분이 소유했 던 유치원의 현재 대표가 내릴 두 번째 공식 업무를 알려드리 겠습니다. 이것은 제 요구가 반영된 부분이죠."

아직 코가 멀쩡한 1번 힙스터가 어처구니없다는 듯 대꾸 했다. "두 번째로 할 일이 대체 뭐기에 그럽니까?"

"내 아이의 입소 거부 결정을 취소하고 등록을 허가할 겁 니다. 여러분은 내 아이의 이름이 뭔지 압니까?"

그들 중 아무도 딸의 이름을 아는 자가 없었다. 모두가 어 깨를 으쓱거리기만 했다. 이들에게 에밀리는 그저 '골칫덩이 변호사'의 이름 없는 아이일 뿐이었다.

"좋아요. 이제 공식 업무를 처리하겠습니다. 대표님, 진행하시죠."

사샤가 코가 성한 힙스터 앞에 선 채 다분히 의도적으로 책상을 내리치며 약간 누그러진 분위기를 반전시켰다.

"아이 이름은 에밀리야, 이 개자식아. 이제 여기에 사인하라고."

아무래도 사샤는 아직 용서와 거리가 먼 듯했다.

내면의 저항

> 내면의 저항에는 긍정적인 목적이 있다. 내면의 저항에 건설
> 적으로 접근하는 것은 중요하다. 내면의 저항이 가진 긍정적
> 의도를 인지하고 존중하게 만들기 때문이다.
>
> 요쉬카 브라이트너,
> 『추월 차선에서 감속하기 – 명상의 매력』

계약 협상을 성공적으로 마무리 지은 후 나는 목표점에 다다
른 마라토너 같은 상태였다. 지쳤으나 행복했고 엔도르핀이
넘쳐났다. 득의양양한 기분으로 사샤와 같이 발터의 보안 회
사로 이동했다. 오늘 오전에 붙잡은 감시자를 만나기 위해서
였다. 그는 젊은 커플로 위장했던 경호원의 폭스바겐 파사트

자동차 트렁크에 아직 갇혀 있었다. 차량은 아무런 특색 없는 건물의 지하 차고에 세워져 있었다.

나를 지켜주었던 수호천사가 입구에서 우리를 맞았다. 그들은 사랑하는 연인이 아니라 전문 경호 인력이었다. 지하 네온사인 불빛 아래서 본 그들은 여전히 날렵하고 멋있었다. 부유한 부모를 둔 응석받이 자식으론 보이지 않았다. 오히려 그들과 장난을 치려거든 대가를 치러야 할 것 같은 인상이었다.

나는 그들이 자신의 일을 훌륭하게 해준 것에 감사했다. 사샤가 트렁크를 열었다. 서른여섯 시간을 트렁크에 있었던 (그중 스물네 시간은 땡볕 아래) 자와 여덟 시간만 있었던 사람의 상태는 판이하게 달랐다. 그자는 드라간과 달리 사후경직도 없었고 부패가 시작되지도 않았다. 그렇다고 해서 우리와 이야기를 나눌 상황도 아니었다. 한마디도 하지 않겠다는 듯 완고한 태도를 보였다. 트렁크에 갇히기 전 누른 번호가 아직 그의 휴대전화에 남아 있었다. 끝의 네 자리가 빠져서 완전하진 않았다. 그러나 일곱 개의 숫자가 토니와 마지막으로 연락한 선불 전화 번호와 일치했다.

발터의 보안 회사 지하에는 회의실이 있었다. 고의적으로 오해를 일으키도록 명명된 장소다. 그곳에는 분위기를 환기시키고 대화를 원활하게 만들어줄 간식거리가 담긴 접시 같은 건 없었다. 대신 특별히 제작된 손가락 클램프가 달린 상용 전기 발전기가 있었다. 그 밖에 오늘 같은 은밀한 심문 과정을 필요에 따라 외부에서 실시간으로 볼 수 있도록 최신 촬영 장비가 갖춰져 있었다. 이런 시설을 사용하여 심문의 놀라운 결과물을 기록할 수 있었다.

나는 트렁크에 감금된 자에게 물어볼 말이 많았다. 예를 들어 배후 조종자는 누구인지, 무슨 속셈을 숨긴 건지, 그자가 무라트의 죽음이나 고속도로 휴게소 사건과 연관되었는지, 또는 내 업무용 차량 폭발 사건을 꾸몄는지 등이었다.

다른 한편으로는 생면부지의 사람을 전기 고문하는 행위에 대해 내면의 저항감이 심했다.

힙스터들을 마주할 때는 내가 한계에 다다르기 전에 명상으로 다스릴 수 있었다. 그들의 소요는 사샤가 코를 부러뜨림으로써 해결되었다. 그렇게 상처 입은 영혼을 알아가는 시간이 있었기에 그들을 용서하는 것이 가능했다.

반면에 지금 마주한 남자에 관해 나는 정보가 전혀 없었다. 그를 통해 알고자 하는 사실들이 향후 그 사람에 대한 호감 여부를 결정할 것이다.

사샤와 경호원 커플이 숙련된 움직임으로 남자에게 수갑을 채우고 굵은 쇠사슬로 금속 의자에 고정시키는 과정을 바라보았다. 살짝 거북한 기분이었다. 인체에 전기를 더 잘 전달할 목적으로 놓인 양동이의 물을 봤을 때는 이마에 식은땀

이 맺혔다. 그 물은 젊은 남자의 옷을 적실 예정이었다. 나는 이곳에서 보는 모든 것에 대해 저항하고 있었다.

나는 재빨리 화장실로 가서 명상 선생이 알려준 '내면의 저항 이겨내기'를 참고하려고 책을 펼쳤다. 그곳에는 다음과 같이 적혀 있었다.

> 내면의 저항에는 긍정적인 목적이 있다. 내면의 저항에 건설적으로 접근하는 것은 중요하다. 내면의 저항이 가진 긍정적 의도를 인지하고 존중하게 만들기 때문이다. 내면의 저항을 건설적으로 다루려면 여섯 단계를 거쳐야 한다.

나는 책에 적힌 조언을 되뇌면서 신속하게 회의실로 돌아갔다. 사샤와 경호원들이 전극을 발전기에 연결하기까지는 조금 더 시간이 필요했다. 그동안 나는 의식적으로 명상 훈련을 하며 방금 학습한 단계를 마음속으로 밟아나갔다.

> 1단계: 일어나는 일을 주의 깊게 받아들여라.
>   당신이 처한 상황을 솔직하게 묘사하라.

지금 알지도 못하는 사람의 손가락에 발전기 클램프를 연결하고 있다. 나는 그 행위가 힘겹다.

2단계: 내면의 경계를 확실히 하라.

당신의 몸 안엔 내면의 저항 혼자 있는 것이 아니다. 그것은 내면의 동력에 맞서고 있다. 당신을 움직이게 만드는 힘은 무엇인가? 저항이 완강하게 거부하고 있는 것은 무엇인가?

나의 원동력은 평온하게 살아가는 것이다. 마피아의 권력 다툼이 내 인생을 결정하도록 내버려두고 싶지 않았다. 쉬어야 할 주말에 적외선 온도계로 내 의뢰인의 생사를 확인하고 싶지도 않았다. 지키지 못한 약속 시간에 상대가 총 맞아 죽는 일은 바라지 않았다. 농담 삼아 보낸 문자 때문에 싫어하는 비서의 집이 폭파되는 건 원하는 바가 아니었다. 자동차 폭발 소리로 잠에서 깨고 싶지도 않았다. 그리고 어떤 개자식이 내 아이를 협박하고 위태롭게 하는 것, 아니 그저 지켜보는 것조차 절대 원하지 않았다. 이 모든 사태를 책임질 자가 누구인지 알아내는 게 지금 눈앞의 남자에게 바라는 것이었다.

스스로 알아낸 내면의 저항은 다른 사람에게 고통을 주지 말아야 한다고 배우고 마음에 새긴 가치관이다. 최소한 자신이 전혀 모르는 자에게는 그랬다. 따라서 이름도 모르는 사람의 젖은 몸에 높은 전류를 흘려보내는 일은 용납할 수 없었다. 난 고문을 하고 싶지 않았다.

3단계: 내면의 저항이 가진 긍정적 의도를 학습하고 이해하라.

내면의 저항이 현재 원치 않는 일을 인지했다면 이제 내면의 저항이 하고자 하는 바를 알아내도록 하자. 저항감이 가진 긍정적 의도는 무엇인가? 내면의 저항과 대화를 나눠보자. 먼저 방해 요소를 물어봐야 한다. 이후 그 대신에 무엇을 원하는지 질문하라.

어디 보자…. '친애하는 내면의 저항이여, 당신이 이 남자의 몸에 전기를 사용하면서까지 정보를 얻어내고 싶지는 않은 이유가 무엇인가?' 놀랍게도 나의 내면의 저항은 길게 생각하지도 않고 지체 없이 답했다.

'안녕.' 저항이 말했다. '음, 나는 전극과 맞닿는 피부의 냄새가 지독할 거라고 생각해. 그 냄새는 한번 맡으면 영원히 기억에서 지워지지 않아. 네가 고문자라는 사실 또한 그럴 거야. 심한 양심의 가책도 동반되겠지.'

모든 게 분명해졌다. 마음에 잘 새겨두었다. 이제 두 번째 질문을 던질 차례였다.

'친애하는 내면의 저항이여, 그럼 그 대신 당신이 원하는 것은 무엇인가?'

'그 남자에게 그냥 간식거리를 건네주고 부탁하면 전기 고문 없이도 대답할 수 있지 않을까? 그러면 너는 양심의 가책

을 느낄 필요도 없고 원하는 답도 찾을 거야.'

나는 자연스럽게 내면의 저항이 가진 긍정적 의도를 찾아
냈다. 양심의 가책에서 완전히 벗어나는 것이다.

4단계: 내면의 저항에 다른 이름 붙이기.

당신의 내면의 저항에 긍정적인 의도에 걸맞은 긍정적인
이름을 붙여라. 이를 통해 당신은 그것을 가치 있게 여기기
수월해진다. 더불어 그것이 가진 긍정적 의도 또한 다음 단
계로 넘어가기 쉽다.

내면의 저항은 내가 양심의 가책을 느끼지 않게 보호하려 한
다. 그래서 이를 양심의 보증인이라 부르기로 했다.

5단계: 내면의 저항과 함께 일하라.

당신의 동력은 긍정적인 동기를 부여한다. 방금 깨달았듯
이 내면의 저항에도 긍정적인 면은 있다. 서로 다른 두 개가
긍정적인 경우, 근본적으로 이들은 다르지 않다. 그들은 꼭
상반된 개념이 아닐 수 있다. 서로를 보완해주는 존재가 될
수 있다. 당신이 가진 내면의 동력과 내면의 저항이 통할 만
한 지점이 있는지 찾아보자.

이제야 확실히 알았다. 양심의 가책은 낯선 자를 마주보고 그의 신체에 전기 고문을 가하는 행위에 문제의식을 불러일으킨다. 하지만 단지 전극과 맞닿는 피부 냄새를 견딜 수 없다고 이 남자가 내 아이 또는 나 자신 내지는 내 주변 사람에게 해를 입히도록 방관한다면 이에 대한 양심의 가책은 더욱 클 것이다. 가까운 사람을 지켜냈다는 지각이 모르는 자에게 해를 가했다는 양심의 가책보다 중요하다. 후자의 가치가 너무 침해되지 않도록 동력과 저항을 서로 연결하는 두 가지 방법이 있다. 남자에게 쿠키 몇 개를 주고 나의 질문에 답할 준비가 되었는지 물어볼 수 있다. 그럴 생각이 없다면, 나는 어떤 양심의 가책도 느끼지 않고 전기 충격의 도움을 받을 것이다. 피부가 타는 냄새 정도는 깜박 잊고 돌려주지 못한 딸의 멘톨 연고로 지울 수 있다.

　6단계: 그 길을 꾸준히 가라.

　만약 두 개가 서로 통하는 길을 찾아냈다면 일관되게 그 길을 가라. 가는 도중에 당신의 동력이나 저항이 길에서 벗어나도록 만들 가능성이 있다. 그러면 동력이나 저항과 짧게 대화하고 그들의 욕구를 진지하게 받아들여라. 하지만 경로는 시종일관 유지해야 한다.

사샤와 경호원들이 행동을 취하기 전에 의자를 가지고 단호한 태도로 남자에게 다가갔다. 그에게 친절한 미소를 지어 보이며 쿠키를 권했다. 남자는 먹으려 하지 않았다. 좋아. 그가 내 질문에 대답할 용의가 있는지 물었다. 그건 없었다. 이만하면 됐다. 나는 윗입술에 아동용 멘톨 연고를 발랐다. 경호원들과 사샤도 기꺼이 손가락으로 듬뿍 퍼 발랐다.

나는 내면의 저항을 향해 쿠키를 거부한 자에게 전극을 연결해도 괜찮은지 물었다. 내면의 저항은 용인하는 것에 그치지 않고, 전도율을 높이려면 상반신을 물에 적시는 편이 낫다고 조언해줬다.

남자의 몸이 어느 정도 물에 젖고 난 후에 사샤가 전극 클램프를 손가락에 연결했다. 마이너스 전극 다섯 개는 오른손에, 플러스 전극 다섯 개는 왼손에 연결되었다. 내 관심은 발전기의 전류 조정 장치에 쏠렸다.

그러는 동안 경호원들은 방 한구석에 앉아 휴대전화로 퀴즈 게임을 했다.

10분 후 우리는 깨달았다. 남자의 입을 여는 건 두 번의 전기 충격으로 충분했다. 그의 이름은 말테, 켐니츠 출신이었다. 일단 말문이 트이자 그다음 대답들은 아주 쉽게 나왔다. 말테는 토니의 조카로, 외국 부대 소속 병사였고 지금까지 드라간의 조직에는 가담하지 않았다. 토니는 조카를 고용해 눈엣가시를 '제거'하려 했다. 말테의 표현에 따르면 그랬다. 이게 무슨 뜻일까? 말테는 진술을 거부했다. 전기 충격을 한 번 주고 나니 다시 말하기 시작했다.

토니는 드라간을 고속도로 휴게소로 유인하려고 무라트를 미끼로 썼다. 수류탄을 가지고 있던 놈 역시 켐니츠 출신의 이름 없는 잡범이었다. 이고르에게 토니 이름을 대고 수류탄을 거래하기로 했던 것이다. 수류탄 거래범의 목적은 드라간, 사샤 그리고 이고르까지 날려버리는 것이었다. 그 혐의를 보리스에게 뒤집어씌울 작정이었다. 토니가 드라간의 자리를 차지하고 무라트는 관리자 직급이 되었을 것이다. 그리고 이어질 갱단 전쟁을 이용해 새로운 조직 체계를 공고히 하려는 생각이었다. 그런데 갑자기 등장한 버스가 계획을 망친 것이다.

"잠깐 실례해도 될까?" 사샤가 물었다. 당연하지. 사샤는 전류 조정 장치를 한 번에 최대치로 돌려놓았다. 말테가 새된 비명을 질렀다. 사샤가 다시 스위치를 껐다. 사샤는 질문을 전혀 하지 않은 건가? 그렇다. 그저 이 멍청이가 고통스러운 소리를 지르는 걸 듣고자 했을 뿐이다. 나는 질문을 계속했다.

월요일에 만날 예정이던 무라트와 나를 숲에서 총살하도록 사주받은 걸 자백하는 데는 전기 충격이 한 번 더 필요했다. 아깝게도 나는 그 자리에 없었다. 으아아악…. 왜 전기를 켰을까? 그가 질문에 대답했는데?

"이 자식이 '아깝게도'라고 말했잖아."

사샤가 질문을 했다. 토니는 무라트가 나와 만날 예정이라는 정보를 어디에서 들었나? 휴대전화의 음성 사서함이 그 출처였다. 내 휴대전화는 도청당하고 있던 게 확실했다.

누가 알려줬지? 전혀 모른다고 한다. 아아악…. 전기 충격 추가. 이제 생각이 난 듯하다. 경찰이 정보를 제공했다. 토니는 경찰에 정보원을 심어두었다. 그게 누구지?

"몰라아아악…. 묄러. 정보원 이름은 묄러…. 강력반 소속이다."

"그렇군. 그럼 브레겐츠 부인 집에 수류탄을 던진 건?"

"누구네 집?" 말테가 정말 놀란 표정으로 나를 쳐다봤다.

"로펌의 접수대 직원."

"접수 직원? 몰라아아악…. 나는 그게 누구인지 몰라. 정말로 몰라… 아아악."

좋아, 그 부분은 믿어주지. 별로 중요한 것도 아니었다. 나는 질문을 바꿨다. "화요일에 어떤 여자 집 안에 수류탄을 던진 게 당신인가?"

"그래."

"오늘 아침 내 자동차를 폭파한 것도 너야?"

"그래."

"이유는?"

"토니를 협박하지 말라는 따끔한 교훈을 보여주려고."

"그렇군. 내 질문은 이제 끝났어. 혹시 여러분 중 아직 물어볼 것이 남은 사람 있나?"

"청량음료 바이오네이드의 생물 공학적 체계는 뭐지?" 여성 경호원이 물었다. 질문이 드라간이나 토니와 관련이 없는 것이라 말테는 바로 알아듣지 못했다. 그건 경호원들이 풀고 있던 퀴즈 게임의 질문이었다. 사샤와 나는 이를 알아차리고 약한 전기 충격으로 말테의 답변을 도와줬다.

"뭐? 대체 무슨 헛소리야? 그걸 어떻게 알아아악…. 발효. 답은 발효야."

"흐흠, 발효 작용이 정답이지만 라틴어로 하면 똑같네. 발효도 맞는 걸로 인정해주겠어."

"그래, 고맙군…." 말테가 말했지만 거기에 귀 기울이는 사람은 없었다.

"너는 '야외의 잔디'에 머물고 싶어, 아니면 '먹고 마시고' 싶어?" 이번에는 남성 경호원이 물었다.

"나는 지금 이 의자에서 제발 내려갔으면 좋겠… 아아아악. '야외의 잔디'. 난 '야외의 잔디'를 택하겠어."

"향신료 샤프란은 무슨 꽃에서 추출하지?"

"히비스커스? … 아아악…. 크로커스, 그건 크로커스야!"

사샤와 나는 경호원들에게 전자 스위치를 건네주었다. 말테는 당분간 회의실에 두기로 했다. 며칠간은 추가로 할 질문이 없을 듯했다. 그때까지 내 동의 없이는 회의실에서 나온 말이 바깥으로 새지 않을 것이다.

사샤와 나는 분명히 알았다. 토니는 배신자, 말테는 살인자, 뮐러는 첩자였다. 우리는 이들 셋을 손봐줄 근거가 충분히 있었다. 사샤의 경우는 토니가 자신과 자신의 보스를 죽이려 했기 때문이다. 나는 사샤의 보스를 죽였고 토니는 나 역시 처리하려 한다.

사샤와 나는 각자의 이유로 토니를 제거하는 데 합의했다. 그러나 결정은 우리가 내리는 것이 아니다. 오직 드라간만이 결정할 수 있는 문제다.

27

브레인스토밍

좋은 해답의 첫걸음은 일단 문제가 발생하는 것이다. 온갖 훌륭한 해결 방안이 있어도 문제와 상응하는 안이 없다면 그것은 정답이 아니다. 다음 두 번째 단계는 문제당 하나의 답만을 찾지 않는 일이다. 각 문제에는 수많은 답이 있기 때문이다. 정답은 바로 **당신**이 찾아내야 한다.

다음과 같은 연습을 하라. 산책을 나가야 한다. 몸만 나가는 것이 아니라 정신도 함께 거닐어야 한다. 문제를 불러서 동행하라. 문제가 사라지기 위해 필요한 것을 설명할 때까지 기다려주어야 한다. 제안을 평가하지 마라. 모든 제안에는 답이 있기 마련이다. 모든 답을 수용하고 아주 조금씩이라도 앞으로 나아가라. 여러 방안이 잘못된 길로 가는 듯해도 상념 속에서는 모두 동등하다. 이렇게 자신에게 적합한 해결책을 찾는 과정을 브레인스토밍이라 한다.

산책을 끝내고 나면 셋이 되어 돌아올 것이다. 그것은 당신, 당신의 문제 그리고 거기에 맞는 정답이다.

요쉬카 브라이트너,
『추월 차선에서 감속하기 - 명상의 매력』

목요일 아침 나는 푹 자고 일어났다. 카타리나의 최후통첩에 대해선 좋은 대책을 가지고 있었다. 어제저녁 이후 보리스의 최후통첩은 토니를 월요일 저녁까지 데리고만 가면 완수된다는 것을 깨달았다. 이와 동시에 토니의 최후통첩도 한번에 해결된다.

그러려면 사샤와 내가 오늘 저녁 모든 관리자를 모아놓고 토니를 제거하도록 반드시 설득시켜야 한다. 드라간이 직접 명령을 내릴 처지가 아니었기 때문에 우리 둘은 그 어느 때보다도 확신에 차 있어야 한다.

토니를 심판대에 올리고 나면 부패 경찰 묄러, 동독 청년 말테 또한 당연히 처리해야 한다.

그리고 토니가 드라간이 있는 범죄자 지옥으로 보내지기 전, 그러니까 최후통첩 데드라인 전에 다른 일을 저지르지 않도록 명상을 통해 확실히 해야 한다.

그래서 나는 오늘 저녁까지 토니, 뮐러 그리고 말테의 문제를 해결할 방안을 마련해야 한다. 또한 드라간을 만나려는 보리스의 요구와 반지가 끼워진 손가락의 출처를 묻는 페터 에그만의 질문에도 응답해야 한다. 토니, 뮐러 그리고 말테에 대한 해결책은 드라간의 관리자들이 충분히 납득 가능한 수준으로 제시해야 한다.

명상이 없었다면 복통, 두통 그리고 뻣뻣한 목의 통증도 나아지지 않았을 것이다. 우선 한 가지는 확실히 깨달았다. 지금 이 자리에서 나의 답을 필요로 하는 건 바로 나 자신이다. 그렇다면 답을 명확히 표현하는 것도 내게 달려 있다.

그래서 일단 다음과 같이 정리해보았다.

오늘 저녁 나는 관리자들과 내 문제의 해결책을 논의할 좋은 기회가 있다. 그때까지 돌파구가 생긴다는 전제하에서다.

지금은 그것만으로도 좋다. 자, 이제 다음 단계다. 어떤 해결 방안들이 있는가? 이와 관련된 주제를 요쉬카 브라이트너가 정리한 장이 있다. 그곳에는 다음과 같이 적혀 있다.

좋은 해답의 첫걸음은 일단 문제가 발생하는 것이다. 온갖 훌륭한 해결 방안이 있어도 문제와 상응하는 안이 없다면 그 것은 정답이 아니다.

다음 두 번째 단계는 문제당 하나의 답만을 찾지 않는 일이다. 각 문제에는 수많은 답이 있기 때문이다. 정답은 바로 당신이 찾아내야 한다.

이때 다음과 같은 연습을 하라.

산책을 나가야 한다. 몸만 나가는 것이 아니라 정신도 함께 거닐어야 한다. 문제를 불러서 동행하라. 문제가 사라지기 위해 필요한 것을 설명할 때까지 기다려주어야 한다. 제안을 평가하지 마라. 모든 제안에는 답이 있기 마련이다. 모든 답을 수용하고 아주 조금씩이라도 앞으로 나아가라.

여러 방안이 잘못된 길로 가는 듯해도 상념 속에서는 모두 동등하다. 이렇게 자신에게 적합한 해결책을 찾는 과정을 브레인스토밍이라 한다.

산책을 끝내고 나면 셋이 되어 돌아올 것이다. 그것은 당신, 당신의 문제 그리고 거기에 맞는 정답이다.

그것 봐라. 이미 정답을 향한 첫 발걸음을 성공적으로 떼었다. 나는 문제가 무엇인지 알고 있다. 관리자 미팅은 오늘 저녁에 예정되어 있으므로 내겐 그 전에 종일 산책할 여유가 있다. 나는 편한 청바지를 입고 트레킹화를 신었다. 그리고 어제 내 업무용 차량이 폭발한 주차 구역을 지나 정류장에서 버스를 타고 10여 년 전 마지막으로 갔던 교외의 휴양지에 다다랐다.

커플로 위장한 경호원 두 명과 나는 숲속 한가운데 있는 버스 종점에서 내린 마지막 승객이었다. 목요일 아침 9시에 산책을 나올 사람은 우리 말고는 아무도 없었다. 주차장에는 차량 몇 대가 버스가 도착하기 전부터 세워져 있었다. 경호원들에게 정류장에서 기다려달라고 부탁했다. 나는 휴대전화를 가져오지 않았다. 나를 미행하는 자는 없었다. 지금 이 시간에 내가 여기 있으리라 예상한 사람은 아무도 없었다.

난 두 시간 동안 걸을 수 있는 순환로를 걷기로 했다. 표지판이 알아보기 쉽게 세워져 있는 길이었다. 발걸음을 옮기기가 무섭게 페터 에그만, 토니, 보리스, 뮐러 그리고 말테에 관한 문제가 몰려와 주변을 맴돌았다. 나는 그 다섯에게 환영 인사를 건넨 뒤 가장 먼저 페터 에그만 관련 문제에 몰두하기 시작했다. 다른 네 개의 문제와 달리 여기에는 특징이 있다. 이 문제가 얼마나 심각한지 내가 모른다는 점이다. 반면에 다른 문제들은 명확하다. 토니가 나를 죽이려 했고, 보리스도 나를 죽이려 했다. 말테는 나를 죽이려다 미수에 그쳤다. 그리고 뮐러는 나를 죽이는 데 필요한 정보를 말테에게 넘겨주었다. 페터 에그만과 그가 발견한 손가락의 경우, 그것이 내게 미칠 영향을 아직 모른다. 손가락은 최악의 경우 나의 살인죄를 입증하는 스모킹건이 될 수 있다. 잘하면 쓸 만한 드라간의 DNA 비교 샘플을 확보 못 한 채 그대로 종결될 가능성도 있다. 보리스와 토니가 손가락에 관해 듣고 내가 장담한 것과 달리 드라간이 죽었다는 사실을 알게 되면 경찰 조사는 가장 사소한 문제가 된다. 어쩌면 보리스와 토니가 이 소식을 알게 되는 시점을 내가 조정할 수 있을 것이다. 어쩌면…. 잘 하면…. 최악의 경우…. 간단히 말하자면, 난 이 문제에 대해 정확히 알지 못했다. 그렇다면 해결책을 모색하는 게 소용이 없다. 그래서 페터 에그만과의 문제는 일단 이걸로 좋게 마무리 짓고, 구체적 사실이 드러난 문제를 살펴보기로 했다.

토니의 문제에게 사라지려면 무엇이 필요한지 설명해주길 부탁했다. 답변은 마치 단추 하나만 누르면 튀어나오는 것처럼 등장했다. 그것은 '나를 드라간에게 데려다줘'라든가 '날 보스로 만들어줘' 내지는 '날 그냥 죽여' 같은 말이었다.

그건 토니의 문제를 해소하기 위한 세 가지 해결책이었다. 그동안 출발 지점에서 약 500미터 정도를 걸어왔다.

'나를 드라간에게 데려다줘'라는 말은 '날 그냥 죽여'달라 는 말과 같았다. '날 보스로 만들어줘'라는 말은 나중에 내가 죽을 것을 염두에 둔 방안이었다. 그러므로 '날 그냥 죽여' 선 택지가 가장 편안하게 주변을 부유했다.

보리스 문제는 좀 더 단순했다. 여기서는 '나를 드라간에 게 데려다줘' 또는 '나를 드라간에게 데려다주지 않으면 내 가 너를 죽일 거야'라는 단 두 가지의 해결책이 존재했다. 그렇지만 여기서의 죽음이 토니의 문제보다 약간 복잡했다. 토니의 경우, 내가 일 처리만 잘하면 한 사람의 문제로 끝난다. 하지만 보리스의 뒤에는 거대한 조직이 있다. 그래도 일단 나는 이 시점에서 선택지를 평가하지 않을 것이다. 해결책이 신속하게 도출된 것이 오히려 좋았다.

말테의 문제도 비슷했다. '날 취직시켜줘' '돈을 내놔' '내가 다시는 나쁜 일을 하지 않도록 흠씬 때려줘'와 같은 해결 방안이 있었다. 하지만 그중에서도 가장 확실한 방법은 '날 그냥 죽여'달라는 것이었다.

약간 다른 것은 뮐러의 문제였다. 말테를 심문한 후로 어떻게 하면 클라우스 뮐러가 경찰에서 첩자 행세를 못 하게 할지 생각하느라 골머리를 앓았다. 얼핏 보면 전혀 필요치 않은 조치라고 생각할 수도 있다. 뮐러는 직접적인 위험 요인이 아니기 때문이다. 그자는 도청된 내 휴대전화의 통신 내용과 페터 에그만의 수사 과정을 염탐했을 뿐이다. 그리고 이 정보를 토니에게 전달했다. 내가 개인 휴대전화를 사용하지 않는 걸로 이 문제를 제쳐둘 수도 있다. 페터에게는 사소한 정보를 흘리면서 틈을 보이는 듯 연기하면 된다. 하지만 나는 갈등이 생길 때 피해가자고 열두 번이나 명상 상담을 받은 게 아니다. 나는 이 상황을 적극적으로 해결하고 싶었다. 사실 뮐러 같은 멍청이와 생긴 문제는 그가 아이스크림 범벅이 된 딸아이를 내가 범죄자를 도운 증거로 삼았다는 것이다. 하필이면 그것이 사실이라 뮐러를 두고 마냥 멍청이 취급을 하지도 못한다. 그러나 이자는 에밀리와 지내던 호숫가 별장을 감시하고 결과를 토니에게 전달했다. 무라트가 나와 숲에서 만날 예정임을 알려주었으므로 무라트의 죽음에 책임이 있다. 내가 거기에 갔더라면 그는 나의 죽음에도 책임을 져야 했을 것이다. 이런 인간에게 내 휴대전화를 이용해 어떤 이득을 얻도록 허용할 생각은 추호도 없다. 바꿔 말하면 뮐러는 정말 문젯거리다.

이 문제는 다음과 같은 해결 방안을 제시했다. '나를 경찰에 신고해' '나를 경찰에 신고하겠다고 협박해' 그리고 '날 그냥 죽여'.

뮐러를 경찰에 신고하면 일이 번거로워진다. 무엇보다 내 통화 기록과 문자 메시지를 낱낱이 조사할 것이기 때문이다. 그렇게 되면 뮐러와 똑같이 내게도 수사의 초점이 맞춰질 것이다. 마지막 해결책('날 그냥 죽여')이 여기서도 가장 마음에 들었다.

숲길을 걷기 시작한 지 15분이 채 되지 않은 시점에 이미 네 가지 문제 모두에 대해 여러 해결책을 찾아냈다. 이렇게 다양한 선택지 중에 가장 최적의 방안이 내 의견과 일치했다. 최고의 선택지만 남겨두고 나머지는 저절로 사라졌다.

한동안 계속 걸었다. 완전히 혼자라고(해결 방안들을 제외하고는) 생각했는데 문득 관찰당하고 있다는 느낌이 들었다. 게다가 위에서 조용히 윙윙거리는 기계 소리가 났다. 위를 올려다보니 작은 드론이 눈에 들어왔다. 현대 사회의 해악이 공중을 낮게 부유하고 있었다. 약 3미터 정도 떨어진 상공이었다. 내가 왼쪽으로 가면 드론도 왼쪽으로 이동했다. 내가 뒤로 물러서면 드론 역시 나를 따라왔다. 드론을 이용해서까지 날 관찰하려는 자가 누구인지 알 길이 없었다.

경호원들을 바깥에 대기시켜두었으므로 내가 이 방해꾼을 직접 처리해야 했다. 바닥에서 큰 막대기를 집어 들어 되는대로 던졌다.

제대로 명중했다. 공중에 떠 있던 드론은 바닥에 떨어져 부서지며 수십 조각이 났다. 잔해에서 확인한 바로 드론 직경은 약 50센티미터였고 네 개의 날개와 소형 고화질 카메라가 달려 있었다.

누가 나를 관찰하려고 이렇게까지 번거로움을 감수했는지 고민하는 중에 잔뜩 화가 난 남자가 나무 뒤에서 뛰쳐나왔다.

"당신이 내 드론을 망가뜨렸어요." 남자가 버럭 화내며 소리쳤다.

"당신은 날 괴롭혔습니다." 내가 반박했다. "어떻게 자연보

호구역에서 이런 거슬리는 물건으로 사람을 관찰하겠단 정신 나간 생각을 할 수 있죠?"

"그건 내 아들에게 줄 선물이었습니다. 여기 말고 대체 어디서 비행 연습을 합니까? 보행자 전용 구역에서 할까요? 게다가 당신은 드론이 지면에 가까워지고 나서야 알아챘어요. 10미터 상공에 있을 때는 전혀 몰랐다고요." 남자가 울먹거리며 바닥에 흩어진 잔해를 모았다.

"잠깐," 내가 말했다. "이게 장난감이라고요? 카메라도 모자라 온갖 것이 달려 있는데? 날 얼마나 지켜본 겁니까?"

"한 5분 정도 됩니다."

"나는 왜 당신을 못 본 거죠?"

"카메라가 모니터로 화면을 전송해줍니다. 나는 당신을 볼 수 있지만 당신은 날 볼 수 없어요."

"장난감 가격은 얼마나 됩니까?"

"부품에만 400유로가 넘게 들었습니다. 내게 배상하세요." 남자가 일어나 분노에 찬 얼굴로 나를 봤다. "아니면 경찰에 신고하겠어요."

그를 진정시키려고 현금으로 500유로를 주면서 앞으로 모르는 사람 머리 위에서 드론 비행 연습을 하지 말라고 충고했다. 남자가 사라진 뒤 나는 다시 숲에 홀로 남았다. 그러나 머릿속에선 드론이 사라지지 않고 생각의 실마리를 남겼다.

계속 길을 걸어갔다. 모든 문제를 한 방에 해결하는 '날 그냥 죽여' 방안이 재차 떠올랐다.

명백한 사실은 누군가 살아 있음으로써 문제가 발생한다면 그 사람의 죽음이 해결책이라는 것이다. 하지만 이런 분명한 해결책이 있는 상황은 흔하지 않다. 단순히 문제 자체를 죽이면 완전한 자유를 얻을 수 있다는 건 일주일 전 드라간을 처리하면서 경험했다. 이미 나는 행동을 제한하는 도덕적 규범을 넘어선 바 있다. 그리고 나까지 죽을 뻔한 무라트 살해 사건에서 토니, 말테와 뮐러는 내게 윤리적 책임감을 주장할 자격을 박탈당했다. 세 놈을 없애버리는 게 옳은 일 같았다. 그리고 보리스가 숲속의 살인과 일단 관련이 없다고 해서 그를 죽이지 않을 이유는 없다. 그자 역시 내 목숨을 노리고 있기 때문이다.

이제 제거 계획을 세부적으로 세우는 일이 중요해졌다. 최소한 토니를 포함해 남자 넷은 반드시 죽어야 한다. 가장 좋은 방법은 그들이 한 사람에 의해 죽었다는 공통점을 남기지 않는 것이다. 네 명의 관계를 이용해 나의 수고를 덜어줄 만한 일종의 시너지 효과를 생각했다. 당연히 토니는 보리스가 처리하게 만들 생각이다. 그런데 혹시 그 전에 토니가 말테나 뮐러를 처리해줄 수는 없을까? 내가 무슨 일을 하면 될까?

브레인스토밍을 계속하면서 숲길을 걸었다. 네 사람의 배경, 기호, 강점과 약점에 관해 생각했다. 만약 문제와 답에 발이 달렸다면 수백 개의 발자국이 숲길을 어지럽혔을 것이다. 하지만 길의 끝에서 발자국은 점점 줄어들었다. 숲을 빠져나와 버스 정류장으로 다시 돌아갈 때는 토니, 보리스, 말테와 뮐러의 문제를 해결할 단 네 개의 해결책만 갖고 있었다.

나는 경호원들과 시내로 돌아갔다. 그리고 요즘 단골이 된 레스토랑에서 커피를 마시자는 초대를 거절하고 가판대에서 최신 타블로이드 신문을 구매했다.

집에 돌아와 해결책을 행동에 옮기기 시작했다. 드라간의 엄지손가락이 내 설명에 따라 움직였다.

28

주고받기

우리는 줄 수 있고 받을 수도 있다. 이것은 순환이다. 주는 것과 받는 것이 균형을 유지한다면 우리는 괜찮다. 주기만 하고 받을 줄 모르는 사람은 이러한 순환 과정에서 지칠 것이다. 그리고 받기만 하고 줄 줄 모르는 사람은 불쾌한 기분을 느낄 것이다.

요쉬카 브라이트너,
『추월 차선에서 감속하기 – 명상의 매력』

나는 그날 오후 숲길에서 찾은 해결책을 드라간의 이름으로 저녁 관리자 미팅에서 전달할 수 있도록 작업에 착수했다. 계획을 시행하는 일은… 정말이지 협잡꾼의 사업적 언변 같았다. 집 안을 둘러보며 제시된 해결책에 신빙성을 부여하기 위해 필요한 것을 탐색했다. 그리고 그것은 드라간의 엄지손가락과 신문 몇 면이었다.

일을 마무리한 후 관리자 미팅까지 남은 시간은 내 일의 진로를 설계하는 데 썼다.

사법연수원을 거쳐 국가고시까지 합격한 법률가의 미래는 밝다. 이는 최소한 법학과 1학년생이라면 모두가 상상하는 앞날이다. 하지만 이런 법률가에게 부유한 부모가 있다는 전제하에서만 밝은 미래가 보장되는 게 현실이다. 그들은 기술 직종이나 선로 점검원처럼 다양한 인턴십에 참가하여 자신의 능력을 입증할 필요 없이 **모든 일을** 할 수 있다. 법학과 1학년 강의에서 양친이 부유한 학생 비율은 기술 및 철도 관련 직종에 종사하는 부모를 둔 학생에 비해 월등히 높다.

나의 부모님은 형편이 넉넉지 못했다. 그저 '변호사'가 되는 것만이 가능했다. 그중에서도 그나마 가장 가능성이 높은 분야가 '형법'과 '경제'였다. 지난 10년간 로펌 소속 변호사로 일하는 것이 적성에 맞는지 충분히 알아봤으므로 (맞지 않았음) 이제는 프리랜서로 한번 활동해보고 싶었다. 내가 4월 30일까지 살아 있다면 5월 1일에는 멋진 사무실을 임차할 것이다. 나의 집, 내 아이가 머무는 집 그리고 아이가 다닐 유치원과 가까운 곳을 구하는 것이 목표다.

'바닷물고기처럼' 건물의 입지는 이런 조건만을 충족하는 것이 아니었다. 그 건물은 내 사전 작업 덕에 유치원을 제외하곤 전체가 비어 있는 상태였다. 그래서 나는 위층 공간을 더 자세히 살펴보기로 하고 버스로 이동했다.

높은 천장, 조각 장식, 슬라이딩 도어, 고급 원목 바닥이 깔린 사무실 건물은 직접 보니 아주 멋있었다. 고급 유곽은 범접도 하지 못할 위용이었다. 드라간은 그런 환상에 잠시나마 손을 담갔던 적이 있다. 그리고 그 손의 엄지손가락은 석고 모형으로 내 집에 남아서 자기 부동산의 미래를 결정할 것이다. 에밀리의 유치원 위에 법률 사무실 말고 더 멋진 시설이 뭐가 있을까?

비어 있는 세 개 층을 돌아다니며 머릿속으로 사무실, 회의실, 에밀리의 놀이방을 구상했다. TV 룸에 리클라이너 소파를 막 들여놓았을 즈음 휴대전화가 울렸다. 강력반 반장, 페터였다. 전화의 용건이 손가락에 관한 게 아니라 그냥 수류탄 얘기이길 간절히 바랐다.

"안녕, 페터. 어쩐 일인가?"

"자네 업무용 차량 관련해서 최신 정보를 좀 주려고."

"난 업무용 차량이 없는데."

"그래, 알았어. 전 업무용 차량 말이야. 폭발은 수류탄 하나 때문에 발생했어."

나는 안도했다. 하지만 사건 자체는 놀라웠다. 내가 곤란했던 건 그 정보를 이미 전날에 전기 고문으로 알아냈기 때문이다.

"수류탄 한 개? 그게 어떻게 가능한가?"

"단순하지만 효과적인 점화 장치야. 수류탄은 테이프로 뒤쪽 타이어 흙받이에 붙어 있었어. 안전핀은 뇌관과 플러그에 연결되어 있지. 타이어가 아주 조금만 움직여도 안전핀은 수류탄에서 빠져나오고 그다음은… 펑."

"기술적으로는 간단한데 감정적으로는 복잡하게 들리는군."

"세 가지 사실을 말해주겠어. 첫째, 그 수류탄은 화요일에 브레겐츠 부인의 집을 폭파시키고 금요일에 고속도로 휴게소에서 터진 것과 같은 모델이야."

그럼 이제 페터도 날 공격한 배후가 토니라는 걸 예측할 수 있다. 하지만 증거가 없다.

"둘째, 수류탄은 운전자를 죽일 의도로 설치된 것이 아니야. 누군가 자네를 죽이려 했다면 수류탄을 앞쪽 타이어 흙받이에 부착했어야지."

"그리고 세 번째는 뭔가?"

"그건 직접 보면서 말하겠어."

"얼마든지. 어디서 볼까?"

"지금 어디 있나? 내가 가도록 하지."

"난 지금 드라간의 부동산을 둘러보는 중이야. 헤르더 거리 42번지. 여기 근처에 카페가 어디 있는지 잘 모르겠는데…."

"몇 층인가?"

"뭐, 몇 층이냐고? 3층에 있는데, 왜 그러나?"

"10초 후에 도착할 거야."

나는 의아한 눈으로 휴대전화를 쳐다봤다. 그 순간 나무 계단을 올라오는 발소리가 들렸다. 5초가 지나 페터가 노크를 하고 안으로 들어왔다.

"대체 여기서 뭘 하는 거야?" 내가 어안이 벙벙해 물었다.

"같은 질문을 해야 할 것 같은데."

"내 의뢰인의 부동산을 살펴보고 있다고 말하지 않았나."

"그리고 나는 자네 의뢰인 때문에 생긴 피해자를 보고 있지."

"내가 수류탄 공격의 피해자일지는 몰라도 내 의뢰인의 피해자는 아닐 텐데."

"이 도시에서는 수류탄과 관련 없는 다른 범죄도 일어나고 있어."

"아, 그런가?"

"예를 들어 상해, 공갈, 명예훼손, 인터넷 사기…."

1층의 힙스터들이 신고할 줄은 미처 생각지 못했다. 그들에게는 짐을 챙기고 학부모들에게 유치원 인수 문제를 설명할 시간이 주말까지 분명 있었다. 그렇지 않았다면 이들은 하루아침에 실업자 신세가 되었을 것이다.

내가 고개를 끄덕였다. "아, 그래서 자네가 지금 유치원을 조사하고 있는 거군?"

"글쎄, 그게 허위 신고더라고. 운영자 중 한 명의 부인이 오늘 아침 경찰서를 찾아와 드라간 세르고비츠의 담당 수사관과 얘기하고 싶다고 했어. 그리고 그게 바로 나였지."

"그 여자가 뭐라던가?"

"자신의 남편이 어제 저녁 세르고비츠 씨의 동료 두 명에게서 심각한 위협을 느끼고 폭행을 당했다고 했어. 남편의 코가 부러지고 이가 빠졌대. 그 밖에도 유치원 지분을 세르고비츠에게 넘기지 않으면 다리를 골절시키거나 사업체의 명예를 훼손하겠다고 했다더군."

코가 부러지고 이가 빠졌다면… 전자 담배를 가지고 있던 힙스터다. 그 쓸모없는 놈이 자기 부인에게 가서 징징댄 것은 놀랄 일도 아니었다.

"하지만 그건 모두 일방적인 주장에 지나지 않아. 목격자가 있나?"

"거기부터 일이 좀 이상하게 돌아가. 이 건물 1층에서 사무실을 정리하던 남자와 일단 얘기를 나눠봤거든. 그 일에 대해선 전혀 기억조차 하지 못하고 있었어."

"코가 부러지지도 않았고?"

"당연히 부러졌지. 거기다 이도 빠졌어. 하지만 건물 지하실 계단에서 넘어졌다고 단호하게 주장하더군."

"증인은?"

"있어. 다른 동료 두 명이 증언해줬어. 그 둘 역시 코가 부러져 있었지."

"그 사람들도 지하실 계단에서 미끄러졌대?"

"그 사람들도 지하실 계단에서 미끄러졌대."

"그럼 지하실 계단 상태에 관해 내 의뢰인과 얘기를 좀 해봐야겠군."

"그래, 그거 참 좋은 생각이야. 그리고 말이지⋯."

"걱정하지 말게. 내 의뢰인과 그 동료들이 그 부인을 명예 훼손 혐의로 고발하거나 하지는 않을 테니까."

"그래, 잘됐군."

페터가 뭔가 더 할 말이 남은 듯이 나를 바라보았다. 결국 그가 말을 꺼냈다. "아래층에 보니 벽면에 아이들과 부모님들 사진이 있더군. 재밌는 우연은 거기에 파울과 메리도 있었다는 거야."

"파울이랑 메리가 누군데?"

"국토부 주무관 카를 브로이어의 아이들. 카를과는 주기적으로 스쿼시를 치고 있어. 그는 언제나 '바닷물고기처럼' 유치원에 칭찬을 아끼지 않았지."

오호라, 이것 보게. 국토부 주무관이라니. 예전에 드라간이 일을 좀 빨리 처리하려고만 하면 브로이어가 기후변화 문제를 걸고넘어지거나 동물 보호를 주장하며 제동을 걸었다. 그래서 유곽을 만들려는 드라간의 계획을 물거품으로 만들곤 했다. 그 고상하신 브로이어가 이 유치원에 아이들을 보내고 있다고? 아주 좋은 정보였다.

"그럴 수도 있지. 난 그 사람 몰라. 내 유치원도 아닌걸."

"그런데 전 운영진들은 하나같이 자신의 전 지분을 드라간의 자회사에 넘겼다고 말하더군. 뭐 좀 아는 거 있나?"

"당연하지. 내가 그 거래를 구상했으니까. 그렇지만 알다시피 난 일개 변호사일 뿐이야. 교육자가 아니라고. 물론 사샤는 전문 교육을 받은 보육 교사지만."

"그럼 사샤가 유치원의 새로운 대표인가?"

"그래, 그게 왜?"

"음…. 내 말을 오해하지 말고 들어줘…." 페터가 갑자기 아주 처량한 인상을 풍겼다. 그러더니 결심한 듯 말했다. "혹시 유치원에 남는 자리가 있을까?"

믿을 수가 없었다. 내가 사샤를 한번 설득해보려고 즉석에서 생각해낸 이론이 실제로 효과를 보이고 있었다. 유치원 문제는 부모를 꾀어내는 좋은 미끼였다. 이것은 그들을 의존적으로 만들었다. 내가 묻지도 않은 차량 폭파 사건의 조사 결과를 페터가 먼저 이야기했다는 점에서 이미 놀란 상태였다. 이유는 단순하다. 인생이란 주는 게 있으면 받는 것도 있어야 한다. 페터는 내게 원하는 것이 있었다. 바로 자기 아이의 유치원 입소였다.

힙스터들이 아직 건물을 떠나지도 않았는데 이미 사샤, 국토부 주무관, 강력반 반장이 나의 새로운 마약에 중독된 자들이 되었다. 이게 좋은 시작이 아니고 무엇일까.

명상 때문에라도 자신의 아들을 유치원에 입소시켜달라는 페터의 부탁을 거절할 수 없었다. 나의 명상 선생은 명확하게 다음과 같이 말했다.

> 우리는 줄 수 있고 받을 수도 있다. 이것은 순환이다. 주는 것
> 과 받는 것이 균형을 유지한다면 우리는 괜찮다. 주기만 하고
> 받을 줄 모르는 사람은 이러한 순환 과정에서 지칠 것이다. 그
> 리고 받기만 하고 줄 줄 모르는 사람은 불쾌한 기분을 느낄 것
> 이다.

나는 페터가 지치길 바라지도 않았고, 내가 불쾌해지기도 싫었다. 물론 그의 아이에게 입소를 허락할 것이다. 그러나 페터가 내게 드라간의 손가락을 넘겨줘야만 나도 그의 아들을

내 비호 아래 둘 수 있다.

"그냥 한번 물어보는 건가? 아니면 자네 아들 루카스를 콕 집어서 말하는 건가?"

"그래, 루카스 말이야. 유치원 입소하기가 얼마나 힘든지 상상도 못 할 거야. 그 정신 나간 등록 시스템이란….."

"KOTZ 말이지. 나도 알아."

"우린 지원서를 스물여덟 개나 썼어."

"우리는 서른한 개였는데."

"단 한 곳에서도 연락을 받지 못했지."

"우리도 그래."

"그래서 생각해봤어. 혹시 이 유치원에 자리가 남는지 자네한테 물어보기로 말이야."

나는 페터를 찬찬히 살폈다. "그러니까, 내가 정확히 이해했는지 모르겠네. 자네의 세 살 난 아들이 반나절 동안 드라간 구속 수사를 진행하는 사무실에서 그림 그리기 놀이를 더 이상 하지 않길 바라는 거지. 그 대신 루카스를 드라간의 유치원에 입소시키겠다고?"

"혹시나 해서 물어보는 거라니까. 아이는 아이고, 일은 일이야. 게다가 여긴 드라간 유치원도 아니잖아. 그저 공익 재단 운영진이 드라간의 자회사에 속한 것일 뿐. 내가 경찰이지만 드라간과 맥주 한잔을 할 수도 있지. 내 술값은 직접 낸다는 전제하에 말이야."

"그럼 자네 아들이 에밀리와 같은 반이 되는 것도 감수하겠나? 그 애 아빠가 유치원 운영자가 가진 반지랑 비슷한 것이 끼워진 손가락 하나를 빼돌렸다는 의혹을 받고 있는데도?"

"대체 누가 그런 말을 하나?" 페터가 버럭 화를 냈다. "세상에는 인구보다 손가락 개수가 열 배는 많아. 그중에 착오가 좀 있을 수도 있지."

"그 '착오'라는 말을 좀 정의해주게…."

페터가 헛기침을 했다. "조서를 한 번 더 자세히 살펴봤어. 그 손가락은 분명 이웃집에서 발견되었네. 그러니 자네는 그것과 아무런 관련이 없어. 아쉽게도 비교 샘플로 쓸 만한 드라간의 DNA도 확보하지 못했어. 그리고 연구소는 언제나처럼 일이 잔뜩 밀려 있지. 그래서 나는 손가락이 우리 사건과는 연관이 없다고 생각해…."

훨씬 더 듣기 좋은 말이었다. 나는 여유롭게 재킷 주머니에 손을 넣었다.

"그래, 그런 것 같군. 니모 아니면 플리퍼(호주에서 방송된 만화의 주인공 돌고래 이름, 한국에서는 2000년에 방영되었다—옮긴이)?"

"뭐라고?"

"루카스를 니모반이랑 플리퍼반 중에 어디에 넣고 싶어?

유치원 반은 모두 물고기 이름이야."

"돌고래는 물고기가 아닌데."

"이 도시에서 가장 힙한 힙스터 유치원에 아이를 보내려면 시야를 좀 넓힐 필요가 있어. '바닷물고기처럼'에 온 걸 환영하네!"

나는 페터에게 손을 내밀다가 그만 실수로 앵무새 인형을 바닥에 떨어뜨렸다. 인형은 바닥에 부딪치며 터무니없는 말을 내뱉었다.

"나는 내 의뢰인을 토막 내고 자유를 찾았어."

대단하군, 이 빌어먹을 물건이 다시 제 기능을 하다니. 그저 한심한 건 왜 하필 지금 이 상황이냔 말이다. 페터와 나 사이에 난처한 침묵이 흘렀다.

"방금 뭐였지?" 페터가 궁금해했다.

"방금 뭐였지?" 앵무새가 그대로 따라 말했다.

"내가 일전에 말했던 음성 인식 칩이 고장 난 앵무새 인형이야. 그럼 니모랑 플리퍼 중에 어느 반으로 하겠어?" 나는 인형을 집어 다시 주머니에 넣었다.

페터는 잠시 망설였다. 그러고는 확신에 차서 말했다. "플리퍼. 루카스는 플리퍼반으로 가는 게 좋겠어."

"좋은 결정이야. 후회하지 않을 걸세."

"…후회하지 않을 걸세." 주머니에서 소리가 흘러나왔다.

29

증명하기

다른 사람에게 당신의 생각을 설득시키고 싶다면 아주 단순한 교훈이 있다. 자신에게 만족하는 사람은 새로운 것에 대해 개방적인 태도를 가진다. 자신에게 불만족스러운 사람은 외부와의 접촉을 저절로 차단한다. 스스로 만족스러운 분위기를 조성하라. 그 감정과 개방성을 상대방에게 전달하라. 긍정적으로 생각하라. 상대가 호기심을 갖도록 만들어라. 당신의 제안이 어떤 결과를 가져올지 논하라. 그러면 당신 주장에 대한 증명은 이제 더 이상 필수 조건이 아니다. 이미 예전에 완료되었기 때문이다.

요쉬카 브라이트너,
『추월 차선에서 감속하기 – 명상의 매력』

미팅은 저녁 7시에 예정되어 있었다. 모든 관리자가 참석하기로 했다. 드라간의 불법 사업은 네 개의 독립적 영역을 가지고 있다. 바로 마약 매매, 매춘, 무기 거래 그리고 온갖 형태의 밀수업이다.

마약 사업은 토니의 소관으로, 술집과 나이트클럽 운영 업체 대표로 위장했다.

매춘업은 칼라의 관할이었다. 그녀는 드라간 밑에서 일했던 전 매춘부이자 드라간의 전 여자 친구이기도 했다. 공식적으로는 캐스팅 에이전시의 CEO로 활동했다. 칼라는 토니를 죽도록 증오했다. 토니가 자신을 창녀 출신 이상으로 취급하지 않았기 때문이다.

무기 거래업 관리자는 발터였다. 독일-프랑스 여단의 직업 군인 출신으로, 표면적으로는 보안 회사의 대표였다.

물건과 사람을 포함한 모든 밀수업은 스타니슬라브가 관장했다. 위장 신분은 운송 회사 대표였다.

각 회사 사이에는 엄청난 시너지 효과가 발생했다. 스타니슬라브가 토니의 마약을 운반했고 발터의 보안 회사 인력은 칼라의 사업에 문제가 되는 사람을 상대했다. 토니의 나이트클럽에는 칼라의 스카우트 담당자들이 들락거렸다. 모든 관리자는 발터의 무기고에서 필요한 것들을 원가로 구매가 가능했다. 한 업장의 수익 자금은 다른 업장에서 세탁할 수 있었다.

그리고 마약, 무기, 매춘 및 인신매매와 더불어 드라간이 잠적한 이후 보육 담당 관리자로 사샤가 등장했다.

관리자 미팅에서는 네 가지 사항을 명확하게 해야 한다.

관리자들에게 드라간이 무기한 잠적할 것이며 이후로도 흔들림 없이 원격으로 자신의 사업을 지휘할 예정임을 알려야 한다. 이 일의 선제 조건은 모두가 드라간의 생존 사실을 확신하고 있어야만 한다.

토니를 제외하고 이에 의심을 품는 자는 없어 보인다.

두 번째는 첫 번째와 맥락을 같이한다. 지금까지 그래온 것처럼 드라간의 뜻이 모두에게 최선임을 설득시켜야 한다. 이 말은 곧 갱단 전쟁이 일어나선 안 된다는 의미다.

이 역시 토니를 빼면 누구도 관심을 가지지 않을 것이다.

세 번째, 매춘부, 전 직업 군인, 밀수업자이자 인신매매꾼에게 우리의 당면한 과제가 유치원 인수라는 것을 납득시켜야 한다. 사샤를 정당하게 운전기사에서 관리자로 만들기 위한 과제였다.

내가 토니를 설득하지 못할 것은 이미 자명했다. 그건 나의 목표도 아니다.

아, 맞다. 그리고 네 번째는 (토니를 제외한) 모든 관리자가 토니는 보리스에게 살해당할 수도 있음을 인정해야 한다.

목표 설정에 관해 요쉬카 브라이트너는 내게 아주 지혜로운 길을 알려주었다.

명상은 부분적 성과를 인식하는 것이다. 100퍼센트를 추구하는 사람은 90퍼센트까지 달성해도 자신의 기대에 미치지 못했다고 생각하고 결과적으로 실패한다. 80퍼센트를 추구하는 사람이 90퍼센트를 달성하면 100퍼센트로 성공할 수 있다.

그러니 나는 모두를 설득하려고 골치 썩을 필요가 없다. 칼라, 발터, 스타니슬라브를 어떻게 설득할지 생각하면 된다. 사샤는 이미 납득했기 때문이다.

토니까지 설득하려 에너지를 낭비하지 않아도 된다. 오히려 그 반대다. 계획대로 일이 흘러간다면 토니만 홀로 다른 의견을 가지는 쪽이 유리하다.

그래서 더더욱 나머지 관리자들이 토니와 반대편에 서도록 만들어야 한다. 토니 스스로가 일을 그렇게 만들었다는 인상을 주는 편이 좋다. '토니' 문제는 그 안에 이미 해답이 있었다.

따라서 이제는 내가 얼마나 설득력 있게 행동할 것인지가 문제였다. 나의 명상 선생은 '증명하기'라는 제목 아래 다음의 글을 남겼다.

다른 사람에게 당신의 생각을 설득시키고 싶다면 아주 단순한 교훈이 있다. 자신에게 만족하는 사람은 새로운 것에 대해 개방적인 태도를 가진다. 자신에게 불만족스러운 사람은 외부와의 접촉을 저절로 차단한다. 스스로 만족스러운 분위기를 조성하라. 그 감정과 개방성을 상대방에게 전달하라. 긍정적으로 생각하라. 상대가 호기심을 갖도록 만들어라. 당신의 제안이 어떤 결과를 가져올지 논하라. 그러면 당신 주장에 대한 증명은 이제 더 이상 필수 조건이 아니다. 이미 예전에 완료되었기 때문이다.

드라간의 관리자 미팅은 대개 값비싸고 삭막한 고급 레스토랑에서 열렸다. 시작부터 공포 분위기가 조성되고 끝나기만을 한없이 고대하게 되는 모임이었다. 모든 관리자는 아무것도 아니었던 그들을 자신이 발탁해주었다는 드라간의 전제하에 그가 칭찬을 하다 갑자기 화를 내고 고함치는 것을 감내해야 했다. 이런 미팅의 최고 장점은 지금까지 그리 자주 모일 일이 없었다는 점이었다.

　나는 그것을 바꾸고 싶었다. 모두에게 익숙하던 분위기를 편안하게 변화시키는 것이 불가능한 일만은 아니었다. 분노와 고함 소리가 난무하지 않는 것만으로도 여러 단계를 한 번에 뛰어넘는 효력이 있을 것이다. 나머지는 사샤와 내가 '깜짝 효과'로 마무리했다. 우리는 헤르더 거리 42번지의 유치원 '모비딕'반에 미팅 준비를 했다. 미술용 테이블을 벽 쪽으로 밀어놓고 의자 여섯 개를 교실 가운데에 둥글게 배치했다. 의자에는 종이로 만든 물고기 모양의 이름표가 붙어 있었다. 사샤는 하루 종일 유치원 자료를 파악하고 케이터링 서비스 업체에 6인분의 저녁 식사를 주문했다. 교실의 분위기로만 따지면 고급 레스토랑 못지않을 것이다.

저녁 7시 12분, 합법적 중범죄자 다섯 명이 변호사 한 명과 함께 여섯 살짜리가 앉는 알록달록한 나무 의자에 앉아 놀란 눈길로 주위를 둘러보았다.

모두가 갱단 전쟁에 관한 일정과 작전 지시, 폭행과 배신 같이 불편한 주제를 예상하고 있었다. '모비딕'반의 어떤 것도 그런 일을 암시하지 않았다. 칼라, 발터, 스타니슬라브의 머리 위에 커다란 물음표가 떠다녔다. 토니의 머리 위에는 암흑 같은 먹구름이 드리워져 있었다.

영문을 모르는 동료들을 철저히 교란시키는 확실한 속임수가 있다. 아무 이유 없이 감사를 표하는 것이다. 그래서 나는 이렇게 말문을 열었다.

"여러분이 이 자리에 몸소 와주신 것에 드라간의 이름으로 진심을 다해 감사드립니다."

이런 인사말은 놀랄 만한 것이었다. 그것도 긍정적인 방향으로 말이다. 지금까지 드라간이 자신의 관리자들에게 보인 최고의 감사 표현은 고함치지 않은 게 전부였기 때문이다.

"아시다시피 드라간은 당분간 함께 자리할 수 없습니다. 분명 여기에 오고 싶었을 겁니다. 여러분이 이 우스꽝스러운 의자에 앉은 모습을 보기 위해서라도 말이죠."

첫 발걸음을 떼기 위한 위태로운 평온이었다.

"여러분에게 전할 드라간의 메시지를 가지고 왔습니다. 일단 첫 번째부터 시작해볼까요?"

나는 옆에 있는 보온 상자를 열어 각 관리자 앞에 뚜껑 덮인 플라스틱 접시를 놓았다. 놀라 속닥이는 소리가 주위를 맴돌았다.

그다음 역시 상자에 있던 어제 날짜의 타블로이드 신문을 펼쳤다. 지면에 드라간의 엄지손가락 지문이 찍혀 있었다. 오로지 두 단어만 표시되어 있었으며 서로 연결되어 있었다.

평온은 사라졌다. 관리자들은 자신의 접시 위에 보리스의 귀 한쪽이 올려져 있을 거라고 여기며 공포에 떨었다. 나는 신문의 메시지를 읽고 내 접시의 덮개를 열었다. "맛있게 드십시오."

모두의 접시에는 완두콩, 당근, 푸실리 파스타와 생선 튀김 요리가 유기농 사과 주스 팩과 함께 놓여 있었다.

칼라, 발터 그리고 스타니슬라브는 눈에 띄게 안도했다.

오직 토니만이 기대한 시체 토막과 다른 정체에 실망했다.

"이게 대체 뭐야?" 토니가 구역질이 난다는 표정을 하고 물었다.

내가 대답하려고 하자 스타니슬라브가 끼어들었다.

"뭐긴 뭐야, 생선 튀김이지. 내가 얼마 만에 생선 튀김을 먹어보는 줄 알아? 아마… 15년은 넘었을걸!"

"그리고 푸실리 파스타는 군대 훈련소에서 마지막으로 먹었어. 추억이 새록새록 떠오르는군!" 발터가 맞장구를 쳤다.

위장을 통과하는 것은 사랑만이 아니라 평온함도 될 수 있다. 고급 레스토랑은 부를 과시하려는 자에겐 아주 좋은 수단이다. 한 가지 충족하지 못하는 것은 바로 포만감이다. 육체뿐 아니라 정신적인 허기도 마찬가지다. 생선 튀김과 푸실리 파스타는 그런 면에서 보다 개방적 분위기를 조성했다.

"혹시 카프리썬도 있어?" 칼라가 유기농 사과 주스 팩에 빨대를 꽂으며 물었다. "어렸을 때부터 좋아한 음료수거든."

사샤와 나는 어린이 의자, 이름표 그리고 생선 튀김으로 의심에 찬 중범죄자 네 명 가운데 셋에게서 동심을 이끌어냈다. 그리고 잔뜩 짜증 난 중범죄자 한 명도 가려냈다.

"이 빌어먹을 상황을 더 이상 견딜 수가 없군. 이제 본론으로 들어가지 그래?" 토니가 다른 사람들의 추억 여행을 방해하기 시작했다.

한 사람을 제외한 모두가 평온을 누리는 아주 단순한 방법이 있었다. 그것은 따돌리기다. 명상의 시점에서 따돌림은 아주 유쾌한 수단이 된다. 최소한 따돌리는 주동자에겐 그렇다. 주동자는 타인을 비웃고 싶으면 그럴 수 있는 자유가 있다. 그는 따돌리는 데 만족감을 느끼고, 자신이 그 대상이 되지 않은 것에 행복해한다.

미팅을 주선한 사람으로서 그 따돌리기를 시작해야겠다는 일종의 책임감을 느꼈다.

"그래요, 토니. 당신이 배고프지 않다면 나머지 지시 사항이 들어 있는 내 서류가방을 좀 가져다줄 수 있겠네요." 다른 사람들이 식사를 계속하는 동안 출입문 쪽을 가리키며 말했다.

삐친 아이 취급을 받고 싶지 않다면 토니는 좋든 싫든 간에 자리에서 일어나 가방을 가져와야 했다. 혹시 아동용 의자에 앉은 어른이 체면을 구기지 않고 일어날 수 있다고 생각하는가? 그런 일은 없다. 가능할 리가 없기 때문이다. 토니가 몸집에 비해 훨씬 작은 의자에서 일어나려 할 때였다. 운동으로 다져진 그의 단단한 몸이 우스꽝스럽게도 이리저리 갈피를 잡지 못했다. 토니는 완전히 실패했다. 다리를 움직일 만한 여유가 전혀 없어 세 번의 시도 끝에 사샤와 칼라의 어깨를 짚고서야 일어날 수 있었다. 그렇게 일어나자마자 균형을 잃고 기우뚱했다. 다른 사람들은 웃음을 참지 못했다. 그들의 평온은 토니의 그것이 가라앉는 동안 점점 상승하고 있었다. 잔뜩 화난 발걸음으로 문 쪽에 다가간 토니가 서류가방을 들어 내 발치에 집어 던진 후 다시 자리에 앉았다.

"고마워요, 토니. 그런데 이 가방이 아닌데요. 제가 말한 가방은 정원 쪽 문에 있습니다."

토니가 넋이 빠진 얼굴로 쳐다봤다. 모두가 고소하다는 듯 비웃었다.

"농담입니다. 앉아 있어요. 이 가방이 맞습니다."

나는 입가를 닦고 접시를 옆으로 치운 다음 가방에서 신문지 여러 장을 꺼냈다.

"모두 아시다시피 지난 금요일 이후 문제없이 돌아가던 우리 사업에 방해물이 등장했습니다."

다들 인지하고 있었으나 나는 모두를 위해 간단히 요약하여 설명했다. 드라간과 사샤가 함정에 빠진 일을 시작으로, 드라간이 잠적하고 무라트가 살해되었다. 그리고 브레겐츠 부인의 집과 내 전 업무용 차량이 수류탄 공격을 받았다.

"모든 사건의 배후에는 보리스가 있어." 토니가 내 말을 끊었다.

"혹시 회색늑대를 아십니까?" 내가 관리자들에게 물었다. 아동용 의자, 생선 튀김 그리고 칼라의 소원대로 놓인 카프리썬을 매개로 어린 시절의 추억이 소환되는 중이었다.

사샤와 칼라가 즉시 손으로 수신호를 만들어 토니에게 보여주었다.

"그게 무슨 뜻이야?" 발터가 궁금해했다.

"회색늑대의 수신호를 받은 사람은 입을 닥치고 있으라는 의미야." 스타니슬라브가 손가락을 이용해 보여주었다. 검지와 새끼손가락을 위로 뻗어 귀처럼 보이게 하고, 중지와 약지를 엄지에 대고 누르는 모양새였다.

그러자 회색늑대 네 마리가 토니를 향했다.

토니는 할 말을 잃은 듯 보였다. 그는 논쟁에 있어 무기와 완력만이 익숙한 자였다. 회색늑대에 도통 어떻게 반응해야 할지 알 도리가 없었다. 나는 글을 계속해서 읽어 내렸다.

"드라간은 예전과 같이 일이 진행되길 바라고 있습니다. 갱단 전쟁은 그 원인이나 배후가 누구인지 밝혀지기 전까지 일어나선 안 됩니다."

회색늑대의 수신호가 사라지고, 사람들은 안도의 뜻으로 고개를 끄덕였다.

"그럼 드라간은 왜 직접 와서 말하지 않는 거지?" 토니가 물었다.

그러자 회색늑대 네 마리가 다시 등장하여 책망하듯 고개를 흔들었다. 나는 토니의 질문에 직접적으로 답하지 않았다.

"보리스와 이견이 있었다고 드라간이 전했습니다. 그건 드라간에 한정된 문제입니다. 자신에 대한, 오로지 자신에게만 관련된 일이죠. 아시겠습니까?"

회색늑대 네 마리가 고개를 끄덕였다. 토니는 침묵했다.

"좋아요, 이제 드라간의 개인별 지시 사항이 있습니다. 첫 번째는 여러분 모두에게 해당됩니다. 그다음 각자에게 지령을 전달하겠습니다. 먼저 모든 관리자에게 해당되는 부분을 읽겠습니다."

모두가 긴장한 듯 몸을 앞으로 숙였다.

"나는 잘 지내고 있다. 인생에 대해 생각할 시간을 충분히 가지는 중이다. 아무도 갱단 전쟁에 날 끌어들일 생각 하지 마라. 사실 관계가 확인될 때까지 모든 것은 정상 궤도를 유지한다. 그런 의미에서 지금 너희가 있는 유치원은 어제부로 내 지시에 따라 인수되었다. 이에 관한 질문은 비요른에게 해라."

나는 모두에게 드라간의 엄지손가락이 찍힌 어제 날짜의 신문을 보여주었다. 그 위에는 여러 개의 동그라미와 선이 표시되어 있었다.

다음으로 사샤를 포함한 다섯 명의 관리자에게 전날 신문 지면을 하나씩 나누어주었다. 내 앞으로도 한 장이 있었다.

모두가 바쁘게 종이에 표시하느라 정신없는 동안 나는 드라간이라는 이름이 나에게 가진 작은 완화 효과에 대해 생각했다.

"드라간은 이제 여러분이 받은 지시 사항을 오른편에 앉은 사람에게 넘기라고 말했습니다. 받은 사람은 그것을 크게 소리 내어 읽습니다. 그럼 우리 모두가 각자에게 전달된 메시지를 알 수 있을 겁니다."

신문지 여섯 장이 신속히 옆쪽으로 전달되었다. 나는 의도적으로 토니가 사샤의 메시지를 읽도록 자리를 배치했다. 칼라는 토니의 메시지를, 사샤는 내가 받은 메시지를 읽는다.

"토니, 먼저 시작하는 게 좋겠군요."

부루퉁한 얼굴의 토니는 심각한 난독증 탓에 아주 느린 속도로 드라간이 사샤에게 내린 지시를 해독해나갔다.

"사샤는… 이제부터… 관리자가… 된다. 수년간… 충실하게… 일한 결과로… 바닷물고기…처럼의… 대표가 된다." 토니가 올려다봤다. "이게 무슨 개소리야?"

"토니, 추가 질문에 답하기 전에 일단 모두의 메시지를 끝까지 들어보도록 하지요." 이제 막 관리자가 된 사샤가 토니에게 눈을 맞추며 말했다.

칼라가 토니의 메시지를 읽었다. "토니에게는 세 가지 지시가 있다. 첫째, 입 닥치고 가만히 있을 것. 둘째, 다음에 또 협박을 한다면 그것이 네 마지막 협박이 될 것이다. 셋째, 이 모든 사건의 배후를 찾아낸다면 네가 심문할 것."

칼라는 신이 난 천사 같은 목소리로 노래를 부르듯 읽었다. 두목 사이코패스가 부하 사이코패스에게 한 방을 먹이면서 그럴듯한 말로 포장했다. 그동안 토니의 낯빛은 분노로 붉어졌다. 그러나 메시지에 관해 감히 왈가왈부할 용기는 없어 보였다.

스타니슬라브가 칼라의 메시지를 읽었다.

"칼라, 유곽은 만들 거다. 하지만 유치원이 있는 이 건물에는 안 돼. 대체할 만한 곳을 찾고 있어."

발터는 스타니슬라브의 메시지를 읽었다. "조만간 특수 화물 몇 개를 보낼 일이 생길 거다. 비요른의 지시를 기다려라."

내가 발터의 메시지를 읽었다. "네 보안 회사는 이제부터 보리스를 감시하고 각 관리자에게 개인 경호원을 붙여라. 의심스러운 자는 토니에게 데려가라."

사샤가 마지막으로 내 메시지를 읽었다.

"너는 나의 대변인으로서 앞으로 모든 일을 처리한다. 내게 원하는 게 있는 자는 너에게 갈 것이다. 네가 누군가에게 전하는 말은 곧 나의 말이다."

관리자 다섯 중 네 명은 안도했다. 그리고 드라간이 살아 있다는 것을 확신했다. 또한 전쟁을 원하지 않는다는 사실과 드라간의 잠적을 좋은 일로 인지했다. 나는 그의 잠적을 성공시킨 훌륭한 조력자이자 전적인 신뢰를 받는 사람이었다. 드라간이 없는 미팅의 분위기는 그가 있을 때보다 더 편안했다. 내가 꼽은 처음 두 가지 설득 사항은 참석자 다수의 지지로 만족스럽게 해결되었다.

오직 토니만 인정하지 않았다. "보리스는 어떻게 하고? 언제쯤 반격하는데?"

"보리스에게 뭘 한다는 겁니까?" 내가 놀라서 물었다.

"내 부하였던 무라트 말이야. 그가 보리스 쪽에서 내 구역을 넘본다는 사실을 알아냈어. 드라간은 사라졌고, 무라트는 죽었지. 보리스에게 총을 맞고 살해된 거야."

"그에 관한 어떤 증거라도 있습니까?" 내가 반문했다.

"없어. 그러니 지금 물어보는 거잖아."

"칼라, 토니가 받은 메시지에 뭐라고 쓰여 있었습니까?" 재빨리 칼라에게 말했다.

칼라가 기꺼이 토니의 메시지를 반복해주었다. "입 닥치고 가만히 있을 것."

내가 주위를 둘러보았다. "질문이 더 있나요?"

칼라가 손을 들었다. 나는 고개를 끄덕여 신호를 보냈다.

"그럼 이제 고급 유곽은 어떻게 되는 거야? 원래 이 건물에 들어오기로 했던 거 아니었어?"

"맞습니다. 유곽은 세울 예정입니다. 하지만 여기는 아닙니다."

"이유를 물어봐도 될까?"

오전에 들은 페터의 정보 덕분에 대답이 술술 나왔다.

"국토부 주무관이 자신의 아이 둘을 이 유치원에 보내고 있습니다. 이곳을 폐쇄해버리면 우리는 리모델링 허가를 받지 못할 겁니다. 우리가 유치원을 존치시킨다면 다른 곳에서 벌이는 우리 사업 제안에 보다 개방된 태도를 보일 겁니다."

"그건 미처 몰랐네." 사샤가 내 귀에 속삭였다.

"앞으로는 알아두세요." 내가 조용히 말했다. "이곳의 관리자는 결국 당신입니다."

"아, 그 고상하신 브로이어 씨?" 칼라가 쾌활한 목소리로 끼어들었다. "지금까지 그 남자를 설득하는 건 우리 애들로 충분했는데….."

"다음은 유치원 관련 주요 사항입니다." 내가 계속했다. "자신의 아이가 연관되면 더 효율적으로 설득할 수 있습니다. 일례로 오늘 아침 다른 사람도 아닌 강력반 반장의 아들이 유치원에 등록했습니다. 바로 이것이 드라간의 목적입니다. 그는 향후 사람의 마음을 얻는 일이 매춘부나 헤로인만으로는 불가능하다고 봅니다. 그래서 사정을 잘 아는 관리자가 이 유치원을 운영하는 것이 중요한 겁니다. 적임자는 사샤고요."

자리에는 없지만 보스의 예리함에 세 명이 놀란 듯 고개를 끄덕였다. 그렇게 설득 리스트의 세 번째 안건이 해결되었다.

"그럼 아직 유치원에 자리가 있는 건가?" 발터가 질문했다. 발터는 두 명의 부인에게서 아이 셋을 두고 있었다. 그중 둘은 성인으로 전 부인과 프랑스에 살고 있었다. 사생아인 딸은 열다섯 살로 이곳에 살았다.

"물론이죠. 혹시 어린아이가 있나요?"

"나는 아니고, 내 여동생에게 있어. 자넨 아마 모를걸, 도심에서 좋은 유치원에 입소하기가 얼마나 힘든지…."

"그놈의 kotz.de는 정말 낯짝도 두껍지." 스타니슬라브가 맞장구쳤다.

나는 깜짝 놀라 스타니슬라브를 쳐다봤다. "kotz.de를 어떻게 아십니까?"

"이번에 새로 사귄 여자 친구의 딸이 유치원에 입소하거든…."

"나타샤도 라라와 알렉산더가 다닐 곳을 찾고 있지 않아?" 칼라가 사샤에게 물었다.

"이미 명단에 있어." 사샤가 대답했다.

편안한 분위기는 유효했다. 나는 (토니를 제외하고) 모든 문제를 설득하는 데 성공한 것이다.

유치원을 인수한 지 하루 만에 사샤와 나는 그냥 아이들 다섯을 입소시킨 것이 아니었다. 강력 반장, 국토부 주무관 또 무기 거래업, 매춘업, 인신매매 관리자들이 우리 편에 서 있게 되었다. 그리고 나는 사적 감정을 내보이지 않고 토니와 다른 관리자들 사이를 이간질했다.

"좋습니다. 모든 질문에 답이 되었다면 이제 편하게 얘기할 수 있겠군요." 나는 미팅을 마무리 지었다. 모임이 종료되었다. 그러나 토니의 입장에서는 아니었다. 오늘 저녁에 체면이 구겨진 정도가 그에게 약간 과했던 듯싶다.

토니의 분노가 폭발했다. 그러나 목소리만은 차가웠다. "모두 앉아. 내가 너희에게 말할 정보가 있어. 경찰이 월요일에 드라간의 반지가 끼워진 손가락을 호수에서 발견했다더군. 이 변호사 양반이 우리를 바보로 아나."

진실이 드러난 순간이었다. 토니는 뮐러에게서 이미 손가락에 대해 들은 것이다. 이미 궁지에 몰린 그는 마지막 카드를 꺼내 들었다. 경찰이 손가락을 더 이상 문제 삼지 않자, 토니는 이것을 조직의 문제로 만들고자 했다.

싸늘한 침묵이 공간을 감쌌다. 관리자들은 이제 나를 보고 있었다. 공격이 최선의 방어이기에 나는 그 즉시 토니를 겨냥했다.

"그 중요한 정보를 왜 이제야 말하는 거야?" 내가 호통쳤다.

"여기서 네가 무슨 우스꽝스런 연극을 꾸며 우리를 골탕 먹일지 지켜보려고 했으니까. 드라간은 죽었어. 그의 반지가 끼워진 손가락이 경찰 증거물 봉투에 들어 있다고. 그리고 엄지손가락이 썩어 문드러지기 전에 그걸로 온갖 일을 할 수 있지. 네가 드라간을 죽였어."

발터가 제일 먼저 입을 열었다. "비요른, 손가락 얘기가 사실이야?"

"물론 손가락에 관한 얘기는 맞아." 내가 대답했다. 모든 관리자가 경악하여 나를 쳐다봤다. "드라간의 반지가 끼워진 손가락을 경찰이 찾아냈다는 것은 맞는 말이야. 다만 드라간의 손가락이 아닐 뿐이지."

"우릴 멍청이 취급할 생각은 집어치우고 진실을 털어놔." 토니가 고함쳤다.

나는 평정을 유지했다. "진실? 진실은 너와 달리 나는 여기서 내 일을 하고 있다는 점이야. 드라간은 잠적하길 원했어. 시야에서 사라지길 바랐지. 유감스럽게도 그의 생명을 노린 게 명백한 살인미수 사건이 일어났어. 이 사태를 해결하려면 단 세 가지 방법이 있지. 첫째, 처벌. 하지만 드라간이 원하지 않아. 둘째, 조정. 이건 영상 증거물 때문에 상상할 수 없어. 그리고 셋째, 피의자를 죽이는 것. 경찰이 드라간의 반지가 끼워진 손가락을 발견한 건 드라간이 바로 그걸 노렸기 때문이야. 자신이 죽었다고 경찰이 믿게 하기 위해서지. 그리고 너를 달래줄 만한 사실은 말이야, 이 개자식아, 반지는 드라간 소유가 맞아. 손가락은 아니야."

적어도 칼라, 발터, 사샤, 스타니슬라브가 토니의 편으로 넘어가는 건 막았다. 그들에게는 내 주장이 먹혔다. 나는 살인자 겸 배신자거나, 천재적인 영웅이었다. 하지만 어느 쪽인지 그들은 아직 확신하지 못했다.

토니는 포기하지 않았다. "웃기는군, 그렇다면 드라간이 그 뚱뚱한 손가락에서 반지를 어떻게 빼낸 거지?"

"네가 수년 전부터 드라간에게 알랑댄 것과 같은 방식을 썼지. 바셀린을 한 통 퍼붓고 젖 먹던 힘까지 짜낸 거야."

토니가 의자를 박차고 일어나자 발터와 스타니슬라브가 그를 진정시켜야 했다. 안 그러면 내 목을 움켜쥘 기세였기 때문이다.

"개소리 작작해, 이 자식아. 네가 드라간의 손가락을 잘라 내 신문으로 장난질하지 않았다는 증거가 없어."

내 주장의 타당성에도 불구하고 토니의 말은 틀리지 않았다. 드라간이 실제로 살아 있다는 사실을 증명해줄 사람은 아무도 없다. 나는 뭐라고 대꾸해야 좋을지 생각이 나지 않아 그저 침묵했다. 다른 이들은 나와 토니를 번갈아 보기 시작했다. 분명히 납득할 만한 설명을 기대하는 것이다. 결정적 증거를 원했다. 그것도 나에게 없는 것을 말이다.

이제 끝났어. 나는 이렇게 생각하며 상황을 평가하지 않고 관찰했다. 나는 보스를 죽이는 데 성공했고 토요일부터 목요일까지 그 사실을 들키지 않았다. 이쯤에서 그것도 끝이 났다. 거짓말할 필요도 없다. 더 이상의 스트레스도 없다. 모든 것이 끝나버렸다. 나는 편안해졌다.

바로 그때였다. 명상을 통한 온갖 노력도 모두 부질없음을 절감하던 순간, 누군가의 목소리가 반박하고 나섰다.

"증거가 왜 없어." 사샤의 목소리였다. 모두의 눈이 그를 향했다. "드라간은 오늘 아침까지도 나랑 통화했어. 그러니 이 개자식아…." 그가 토니를 가리켰다. "당장 꺼지는 게 좋을 거야."

토니가 나를 죽이고 싶다는 눈으로 보며 중얼거렸다. "월요일이야, 이 자식아. 내가 월요일까지 드라간의 얼굴을 보지 못하면 너나 이 유치원도 다 끝장이야." 그가 몸을 돌려 자리를 떴다.

토니가 떠나고 모두가 안도의 숨을 내쉬었다.

나는 대담하게 미소 지으며 다른 사람들도 나가주길 바랐다. 하지만 칼라, 발터, 스타니슬라브는 유치원 시설을 더 둘러보고 싶어 했다.

30

위임

주관적으로 모든 게 너무 과도하다는 느낌이 들면, 객관적으로는 아주 단순한 이유 때문일 수 있다. 실제로 혼자서 감당하기엔 좀 무리인 것이다. 주관적으로만 놓지 말고 객관적으로도 과제를 수행하라. '놓아주는 것'은 좋다! '놓아주는 것'이 '포기해버리는 것'은 아니다. '손을 놓는다는 것'이 '상실'을 뜻하지는 않는다. 마법의 단어는 바로 '위임'이다. 과제 중 일부분을 당신만큼 신경 써서 처리해줄 사람에게 넘겨라. 그러면 당신이 부담하는 시간은 절반이 되고 최종적으로 두 배의 결과를 돌려받을 것이다.

요쉬카 브라이트너,
『추월 차선에서 감속하기 – 명상의 매력』

"마지막에 그 멍청이가 뭐라고 했더라?" 20분 뒤 유치원 테라스에서 사샤가 물었다. 그는 자신이 직접 만 담배를 피웠고, 나는 토니가 집어 던지고 간 유기농 사과 주스를 마셨다. 칼라는 화장실에 갔다. 발터와 스타니슬라브는 사무실에서 여동생과 여자 친구에게 줄 유치원 홍보물을 챙기고 있었다.

"생각했던 대로야. 토니는 월요일까지 드라간을 직접 만나길 원하고, 안 그러면 내가 죽는 거지."

"비열한 놈. 그래도 나머지는 잘 먹혔어."

사샤가 그렇게 말해준 것이 기뻤다. 나는 사샤가 드라간과 통화하지 않았다는 사실을 안다. 그러나 내가 모르는 것은, 사샤가 내가 아는 걸 역시 알고 있는지의 여부다. 그는 왜 거짓말을 했을까? 그저 토니를 골탕 먹이려고? 아니면 진실을 알고 있는 걸까?

사실을 캐내려는 호기심이 커져갔다.

"오늘 아침에 드라간과 통화를 했다고." 내가 무감한 목소리로 말했다.

순간 사샤가 나를 꿰뚫는 시선을 던졌다. 그리고 입을 열었다. "비요른, 난 지금 무슨 일이 벌어지고 있는지 몰라. 내가 아는 건 단지 네 장단에 맞추는 게 토니를 따르는 것보다 모두에게 가져올 이득이 더 많다는 거야. 그러니 그런 질문은 하지 마. 그럼 나도 아무것도 묻지 않을 테니까."

"알겠습니다, 관리자님. 공식적으로 승진한 걸 다시 한번 축하할게."

"고마워, 변호사 양반. 그리고 손가락을 이용해 드라간이 죽었다고 경찰 쪽에서 믿게 만든 건 정말 묘수였어. 나뿐 아니라 모두에게 넌 손가락 영웅이 된 거야."

그건 좋은 일이다. 나는 모든 이의 지지가 필요했다. 지원받아야 할 일들이 한가득 쌓여 있기 때문이다. 토니는 축출되어야 한다. 보리스를 진정시켜야 한다. 경찰 속 첩자 뮐러를 찍소리 못 하게 만들어둬야 한다. 그리고 동독 출신 암살자, 말테를 제거해야 한다. 이 모든 일을 월요일까지 마쳐야 했다. 혼자 처리하기엔 너무 많은 일이다. 사샤와 내가 함께 처리해도 과중하다. 온갖 명상 훈련을 거쳤지만 다른 관리자들의 도움 없이는 해결할 도리가 없었다.

다행히 명상이란 내가 원하고 할 수 있는 것만을 해내는게 아니다. 명상은 다른 사람이 더 잘 처리할 수 있는 일을 나누는 것이기도 하다. 그런 일은 안심하고 신뢰할 만한 자에게 맡기면 된다.

나는 일을 어떻게 나눠서 할지 사샤와 이미 이야기를 끝낸 상태였다. 사샤에게는 이 모든 것이 드라간과 협의를 마친 사안이라고 말했다. 드라간은 마치 기적처럼, 정말로 놀랍게도, 분담된 일을 승인했다. 더불어 몇 가지 개선안도 제시했다.

"언제쯤 다른 사람들에게 말할까?" 사샤가 타일 바닥에 연기 나는 담배를 비벼 끄면서 말했다. 남은 꽁초는 손에 들고 있었다.

우리는 토니가 없는 동안 칼라, 발터, 스타니슬라브에게 말테의 심문 영상을 보여주기로 결정했다. 이들 셋 역시 현 상황에 대한 모든 책임을 보리스에게 돌리기에는 토니가 너무 깊이 연관되어 있음을 잘 알았다. 그러므로 이제는 토니를 완전히 몰아내는 데 그리 큰 수고가 필요하지 않았다. 특히 그가 마지막으로 보인 성질머리를 보면 더 그랬다.

사샤와 나는 힙스터가 운영해온 유치원의 아이들이 가을에 트위스트 채식빵을 막대에 꽂아 구워 먹은 화덕 근처에 있었다. 나는 속으로 다음 가을에 튀링거 로스트브라트부르스트(튀링겐 지방에서 유래한, 돼지 뱃살로 만든 긴 소시지—옮긴이)를 주문하겠다고 생각했다. 칼라, 발터, 스타니슬라브가 합류하자 사샤가 화덕에 드라간의 지문이 잔뜩 찍힌 신문지를 넣고 불태웠다.

"아쉽네, 이걸 매번 불태워야 하다니." 칼라가 말했다. "몇 년 지나면 다 역사적 기록물이 될 텐데."

"이게 경찰의 기록물 보관소에 가면 역사에 남을 만큼 오랫동안 감옥살이를 할 수 있을걸." 나는 비꼬지 않을 수 없었다. "하지만 오늘의 역사적인 문서는 아직 읽지도 않았어."

내가 신문지를 흔들어 보였다.

"그럼 토니는 어떡하지?" 칼라가 물었다. "흥을 깨는 놈이더라도 형식상 여기 있어야 하는 거 아냐?"

"바로 그놈에 관한 일이야. 잠자코 들어봐."

내가 드라간의 엄지손가락이 찍힌 신문을 펼쳤다. 오늘 날짜의 신문이었다. 즉, 조금 전 교실 안에서 모두가 전달받은 메시지보다 나중에 도착한 최신 버전이라는 의미였다. 그런 만큼 신문지는 읽기가 거의 불가능할 정도로 원과 선이 난무했다.

내가 소리 내어 읽었다. "만약 토니가 예상대로 먼저 자리를 뜬다면 비요른이 오늘 오전에 보낸 영상을 보도록 해라."

관리자 셋은 불안한 눈빛을 교환했다. 나는 아이폰으로 녹화한 말테의 심문 영상을 보여주었다.

영상의 내용은 격앙된 반응을 이끌어냈다. 고문 때문이 아니었다. 전기 고문으로 알게 된 사실 때문이었다. 토니가 바로 배신자였다. 토니가 (말테의 도움을 받아) 드라간과 사샤, 무라트 그리고 나까지 제거하려고 했다. 무라트는 성공했지만 나는 살아남았다. 하지만 토니는 불과 30분 전에 있었던 모임에서 무라트를 죽게 만든 자가 누군지 단언했다. 그리고 그 탓을 보리스에게 돌렸다. 토니는 여전히 갱단 전쟁을 일으킬 생각이다.

그는 우리 모두를 기만했다.

"수류탄은 내가 예상치 못한 일이군." 발터가 나를 슬프게 바라보았다. "나는 그놈이 무슨 계획을 가졌는지 전혀 몰랐어."

"당장 그 자식 집으로 쳐들어가 그 자리에서 처리하자."

"말테라는 놈에게 썼던 전기 클램프를 쓰자." 칼라가 말했다.

내가 손을 들어 진정시켰다. "일단 드라간이 이 일에 관해 뭐라고 하는지 들어보자고." 그리고 다음 지면을 펼쳤다.

거기에는 최종적으로 완벽한 결과물을 얻기 위해 여러 업무를 모든 관리자에게 위임하는 내용이 적혀 있었다. 방식도 명확하게 지시하는 장문의 메시지였다.

우리는 이후 30분간 드라간의 계획을 실행할 세부 사항을 논의했다. 모두가 월요일까지 할 일을 파악한 후 사샤가 신문을 태웠다. 우리의 모임도 종료되었다.

31

고마움

아주 빠르게 생겨나고 온갖 부정적 생각을 덮는 감정이 있
다. 바로 고마움이다. 당신을 짓누르는 부담감 속에서 고마
운 세 가지를 생각해보라. 그것은 눈뜨자마자 밖에서 비치는
햇살, 최근 인상된 급여 또는 기분 좋은 대화일 수도 있다.
고마운 마음을 구체적으로 느껴보라. 고마운 동시에 좌절감
을 느낄 수는 없다.

요쉬카 브라이트너,
『추월 차선에서 감속하기 - 명상의 매력』

다음 날, 나는 불안한 밤을 보냈다. 협박, 배신, 고문, 폭력 같
은 꿈을 꿨다. 잠에서 깬 뒤 그 이유를 알았다. 내가 다음 월

요일에도 목숨을 부지하려면 꿈에서 나온 일들을 실제로 해야 하기 때문이었다. 그런데 왜 나의 정신은 계속해서 부정적인 방향으로 흘러가는 것일까? 아마 명상에도 일정한 훈련이 필요하기 때문일 것이다. 정확히 일주일 전에 요쉬카 브라이트너와 마지막 명상 상담을 가졌다. 어젯밤은 몇 달 만에 처음으로 명상 훈련 없이 보낸 목요일이었다.

그러나 요쉬카 브라이트너는 자신의 책에서 혼자서도 연습할 수 있는 명상 훈련법을 알려주었다. 나는 그 부분을 읽어 내려갔다.

아주 빠르게 생겨나고 온갖 부정적 생각을 덮는 감정이 있다. 바로 고마움이다. 당신을 짓누르는 부담감 속에서 고마운 세 가지를 생각해보라. 그것은 눈뜨자마자 밖에서 비치는 햇살, 최근 인상된 급여 또는 기분 좋은 대화일 수도 있다. 고마운 마음을 구체적으로 느껴보라. 고마운 동시에 좌절감을 느낄 수는 없다.

침대에 앉아 눈을 감고 의식적으로 고마운 세 가지를 떠올렸다.

내 딸 에밀리가 있어 고마웠고 나의 건강에 고마웠다. 냉장고에 먹을거리가 가득 차 있는 것도, 이제 곧 마실 에스프레소가 있어서도 고마웠다. 프리랜서 변호사가 되고, 요쉬카 브라이트너의 책이 있으며 사샤, 칼라, 발터, 스타니슬라브가 도와주는 것도 고마웠다. 에밀리가 유치원에 입소하고 카타리나와의 유대가 깨지지 않아서 고마웠다. 멋진 사무실에서 일하게 될 변호사로서의 미래도, 카타리나의 최후통첩을 완수하게 된 것도 고맙다. 그리고 보리스 역시….

맙소사! 이미 세 가지는 거뜬히 넘었다. 내가 처음으로 명상 상담에 갔을 때는 스트레스받는 일을 다섯 개로 제한해야 할 정도였다. 마지막 상담이 끝나고 일주일 후, 내면에서 긍정적인 것이 그냥 솟아나왔다.

이제는 긍정의 목록에서 고마움을 육체로 느끼고자 노력했다. 그 노력은 유효했다. 나는 신체적으로도 고마운 감정을 느꼈다. 그것은 촘촘히 짜인 따스한 햇볕처럼 내 안의 차가운 걱정을 녹여주었다. 이런 온기로 하루를 보내고 싶었다. 내 고마운 마음을 나누고 싶었다. 바로 카타리나, 에밀리와 함께.

극적 효과를 위해서 카타리나의 요구가 성사된 사실을 그녀가 최후통첩일로 정한 4월 30일에 말해도 될 것이다. 그러나 이런 연출은 명상에 따른 경험에 비추어 볼 때 별 의미가 없다. 어느 특정한 시점에 더 기쁘도록 좋은 소식을 미뤄두는 것은 무의미한 짓이다.

예를 들어보자. 줄담배를 피우는 할아버지의 여든다섯 번째 생일이 3일 남았다. 일주일 전부터 할아버지는 기침할 때마다 피를 토하고 있다. 그래서 그는 3일 전에 종양학 전문의에게 진찰을 받았다. 오늘이 결과가 나오는 날이다. 할아버지는 폐렴에 걸렸다. 좀 불편하긴 해도 사형 선고는 아니다. 물론 당신은 3일을 기다렸다가 정확히 할아버지의 생일에 병명을 공개하고 심각한 병이 아닌 것을 축하할 수도 있다. 그것 때문에 3일간 할아버지가 받을 실제 선물은 죽음의 공포다. 그런 효과가 가치 있다고 생각한다면 얼마든지 하라.

극적 효과는 명상의 반대 개념이다.

오늘 내가 느낀 고마움을 카타리나에게도 나누어주고 싶었다. 원하던 유치원에 에밀리가 입소하게 되었다는 소식을 바로 전하려 했다.

아내에게 전화를 걸었다. 카타리나는 우리가 사는 지역 근처의 한 카페에서 만나자고 했다.

그 카페는 '아동 친화적인' 장소였다. 연령대와 체중에 따라 의자 두 개 중 하나를 고를 수 있다. 의자에 아이를 앉힌 뒤에는 수유용 브래지어를 젖히고 수유가 가능하다. 엄마들에겐 락토프리 우유로 만든 디카페인 라테 마키아토가 제공된다. 유모차는 카페 앞 자전거 도로를 마음껏 점유해도 된다. 여자 화장실에는 널따란 기저귀 교환대가 설치되어 있다. 그덕에 남자 화장실의 크기는 희생되어 칸이 단 한 개뿐이다.

엄마들은 비건 크로와상을 3유로 90센트에 사 먹을 수 있다. 그러면서 자기 아이에게 유명 브랜드 옷을 마음껏 입히지 못하는 비슷한 처지의 엄마들과 빠듯한 재정에 대해 한탄한다.

그들이 '바닷물고기처럼'에 아이를 보내는 고객층이었다.

에밀리는 이 카페를 좋아했다. 사방의 벽에 분필로 낙서한 다음 손가락을 천 소파에 문질러도 괜찮았기 때문이다. 그래도 모든 시설이 잘 관리되고 있었다. 비싼 메뉴를 파는 이유 중 하나는 자주 소비하는 리모델링 비용 탓일 것이다.

"언제부터 이런 카페에 다녔어?" 카타리나에게 물었다. 우리는 에밀리가 그림 그리는 모습이 잘 보이는 곳에 자리 잡았다.

"내 남편이 집을 떠난 후에."

"내가 이사한 게 이곳과 무슨 상관이야? 원래 이런 분위기 전혀 안 좋아했잖아."

"가끔씩 내가 어떤 상황에 있더라도 절대 처지를 바꾸고 싶지 않은 사람이 있다는 확신이 필요해. 그들의 인생이 마피아 보스들이나 고급 유곽과는 상관없어도 말이야. 그런 이유로 잭 울프스킨 재킷에 30도로 데워진 두유 얼룩이 튀어도 괜찮아. 사치스런 엄마를 둔 이곳 여자애들의 문제에 비하면 우리 결혼 생활은 솔직히 칭찬받을 만해."

사람들이 카페에 가는 이유는 그곳에 오는 사람을 좋아하기 때문이다. 카타리나는 그들을 싫어하기 때문에 간다. 아내는 원래 이런 성격이었다.

"편지 두 장을 가져왔어." 나는 아내의 말에 별 대꾸를 하지 않고 말했다.

카타리나에게 먼저 '바닷물고기처럼'의 힙스터 이름으로 작성된 편지를 건넸다.

디멜 부인께,

저희는 당신께 진심을 다해 사과의 말씀을 전하고 싶습니다. 저희는 지난주 따님의 유치원 입소를 거절하는 공문을 보낸 바 있습니다. 그건 잘못된 일이었습니다. 부인의 따님은 세상에서 가장 훌륭한 아이이며 부인은 세상에서 가장 위대한 여성입니다. 부군 또한 세상에서 가장 대단한 남자이며, 세상에서 가장 멋진 직업을 가졌습니다. 저희는 이 모든 것을 너무 늦게 깨달았습니다. 새로운 도약을 위해 저희는 자발적으로 '바닷물고기처럼' 부모 이니셔티브의 경영권을 다음 달 1일부로 포기함을 알려드립니다. 새로운 대표가 부인께 연락을 취할 것이며, 따님의 유치원 입소를 허가할 것입니다.

에밀리에게도 안부를 전하며

카타리나가 의심스런 눈으로 쳐다보았다.

"이거 혹시 피야?"

"어디?"

"여기, '가장 대단한 남자'랑 '세상에서 가장 멋진 직업' 글자 사이에 있는 얼룩."

나는 편지를 자세히 살폈다. 힙스터들이 편지에 서명하기 직전까지 막 부러진 코에 휴지를 쑤셔 넣으며 대성통곡을 하고 있었으니 피가 튄 것도 무리는 아니다.

"잘 모르겠는데. 원하면 깨끗하게 하나 더 인쇄해달라고 할게."

"그럴 필요 없어. 편지 내용은 마음에 드네. 그런데 이 내용을 어떻게 쓰도록 했는지 알고 싶은걸?"

"명상의 힘이지."

"그러니까 어떻게?"

"나는 그들의 요구 사항을 면밀히 검토하고, 또 그들을 용서했어. 그 사람들도 실수를 인정하고 되돌릴 준비가 되어 있었어."

"그럼 이건 에밀리에 관한 거야?"

내가 카타리나에게 '바닷물고기처럼'의 두 번째 편지를 전달했다.

친애하는 디멜 부인과 디멜 씨,

올해 8월 1일부로 여러분의 아이, 에밀리의 유치원 입소를 허가하게 되어 기쁩니다. 에밀리는 틀림없이 '바닷물고기처럼' 유치원을 더욱 풍성하게 만들 것입니다. 부디 빠른 시일 내에 입소 원서에 서명할 일정을 잡아주십시오.

사샤 이바노프 올림

카타리나가 다시금 의심하는 시선을 보내왔다.

"잠깐, 사샤 이바노프…. 이 사람 드라간의 운전기사 아니야?"

입맛이 썼다. 나는 숨을 깊이 들이쉬었다. "맞아."

"그 사람이 지금 유치원을 운영한다고?"

"드라간이 내게 빚을 좀 졌잖아."

카타리나가 내 얼굴과 편지를 번갈아 보았다. 아내가 불시에 따귀를 때릴까 싶어 겁이 났다. 그러나 예상을 깨고 그녀가 눈물을 글썽이며 나를 안았다.

"당신은 이미 더 나쁜 일도 했는걸. 고마워."

명상은 사람을 죽이고 코를 부러뜨릴 수 있다. 그리고 빙산도 녹일 수 있다.

32

질투

인류 역사 가운데 가장 오래되고 강렬한 감정 중 하나는 질투심이다. 이 감정은 분노, 증오, 두려움, 무력감과 연관된다. 질투는 대개 명료하고 합리적인 사고를 방해한다. 그리고 다른 사람에게 책임을 전가하는 사고방식이 기저에 깔려 있다.

질투심에 대처하려면 그 감정을 의식적으로 받아들여야 한다. 현재 느끼는 고통을 받아들여라. 그것은 오로지 나만의 고통이다. 당신 외에 이 고통을 책임질 사람은 아무도 없다. 당신 말고는 고통을 없애줄 사람도 없다.

요쉬카 브라이트너,
『추월 차선에서 감속하기 – 명상의 매력』

카타리나와 내가 카페에 앉아 에밀리가 여름부터 다닐 유치원의 생활에 대해 이야기하고 있을 때였다. 도청되지 않는 내선불 전화에 칼라의 문자를 받았다.

'도미노 호텔. 지금 당장 와.'

카타리나의 분위기가 돌변했다.

"그 휴대전화 좀 그만 볼 수 없어?"

카타리나는 내가 가족을 위해 명상 상담을 받았고 에밀리와 함께 시간을 보내고 있으며, 직장을 그만둔 채 유치원 입소 문제를 해결하려고 노력했다는 사실을 안다.

아내는 내가 드라간을 죽이고, 로펌의 상사들을 협박하고, 유치원 운영자들을 위협했다는 것은 모른다. 이 모든 일 때문에 내 목숨이 위험해졌다는 것도 잘 모르고 있다.

하지만 방금 자신의 말이 그때까지 좋았던 나의 기분을 상하게 만들었다는 건 알아채야 한다.

그런데도 아내는 의미 없이 무심한 말을 내뱉음으로써 평화를 망쳐버렸다. "그 휴대전화 좀 그만 볼 수 없어?"

그 순간 나는 아내가 자신의 인생을 변화시키지 않는 한 내 삶을 바꾸는 게 불가능함을 확실히 깨달았다. 그러므로 나는 아내를 위해 변하지 않을 것이다. 나와 에밀리를 위해 변하겠다. 그리고 그건 이미 좋은 일 이상의 것이었다.

카타리나의 말에 대한 반응으로 나는 문득 시계를 봤다.

11시. 그리고 카페 안을 둘러보았다. 나는 부인과 딸을 동반하고 카페에 온 유일한 남자였다. 그래서 이렇게 말했다.

"나도 말 좀 하자. 오전 11시에 자기 부인과 딸을 데리고 키즈 카페에 와서 터무니없이 비싼 에스프레소를 마시는 사람이 지금의 나야. 하지만 사실은 휴대전화를 붙잡고 있는 게 원래 업무와 더 가깝다고. 지금 이 시간이면 모든 남자들이 사무실에서 전화기를 붙들고 있을 때야. 바로 거기서 자기 아이의 유치원 뒤치다꺼리를 하고 있지."

카페의 분위기는 카타리나에게 좋은 가르침이 되었다. 아내는 다른 엄마들을 바라보았다. 그리고 두 통의 편지를 내려다봤다. 그러고는 나를 쳐다봤다. 그다음 나온 말들은 수년간 한 번도 내뱉지 않던 것들이었다. "미안해. 당신 말이 맞아. 당신이 무슨 일을 했든 고맙게 생각하고 있어."

이것 보게, 잘 먹히는걸.

"답장을 보내야 하는 일이면 난 신경 쓰지 말고 해."

친절하기도 하셔라. 그래도 여전히 염치는 없군. 카타리나가 허락한다는 건 자신이 금지할 권리가 있다고 여기는 거나 마찬가지다. 하지만 아내는 그럴 입장이 아니었다.

이 시점에서는 아무래도 상관없었다. 정말로 더 중요한 일을 처리해야 했다. 어제 아침 숲속에서 떠오른 생각의 일부와 어제저녁 세운 계획이 칼라의 문자로 첫걸음을 떼었다.

칼라는 경찰에 숨겨진 토니의 첩자, 클라우스 뮐러의 동거인을 오후 5시 도미노 호텔로 불러냈다. 아주 신중하고 주의 깊게 생각한 결과였다.

나는 어제 숲속에서 브레인스토밍을 하는 동안 뮐러를 어떻게 이용할지 생각했다. 그래야 토니를 원하는 방향으로 조종할 수 있다. 나는 뮐러를 간단하고 효과적으로 우리 편으로 만들어 활용하고 싶었다.

하지만 어떻게 명상을 매개로 해서 부패한 경찰이 내 말을 듣도록 만들까? 이 경우 그자의 처지가 되어 어떤 감정을 느끼고 있는지 한번 알아보는 것이 중요하다.

경찰은 공무원이다. 기본적으로 공무원은 합리적으로 생각하며 감정에 휘둘리지 않는다. 합리적인 인간은 비합리적인 자보다 조종하기 어렵다. 먼저 뮐러의 합리성을 무너뜨려야 한다.

명상은 물론 애초에 그 반대의 개념을 갖고 있다. 명상으로 비이성적인 감정을 극복해야 한다. 명상의 미학은, 그것이 가장 격렬하고 폭발적인 감정의 분출도 완화시킬 수 있는 평화로운 길이라는 사실에 있다. 그러나 다행히 이 길은 일방통행이 아니다.

감정은 폭탄처럼 제거가 가능하다. 명상 실천과 폭탄 제거의 근본적 차이는 폭탄을 제거하는 사람이 작업 중에 사망할 수 있다는 점이다. 명상에서는 일어날 수 없는 일이다. 오늘 시도한 명상이 문제 해결에 실패하면, 내일은 성공한다.

폭탄을 해체하는 사람이 오늘 운이 없으면, 그에게 내일은 오지 않는다.

그러나 중요한 것은 폭탄을 해체하는 사람이 폭탄의 구조를 잘 알고 있다는 사실이다. 이 말은 곧 그가 해체시킨 폭탄을 다시 작동하게 만들 수 있다는 의미이다.

그것은 명상에도 적용된다. 명상으로 마음의 평화를 형성할 수 있는 것처럼 이성적인 사람을 비합리적이고 신경질적인 사람으로 만들 수 있다. 상대를 일부러 감정적인 상태로 몰아넣어 이성을 잃게 만드는 것이다.

그래서 사람 좋고 합리적인 뮐러 씨의 판단력을 흐리게 만들어 내가 원하는 대로 행동하게 만들 방법을 탐색했다. 사샤, 칼라, 발터, 스타니슬라브와 드라간의 이름으로 멋진 계획을 세웠다.

뮐러에게는 혼인신고를 하지 않고 사실혼 관계에 있는 동거녀, 바샤가 있었다. 그녀는 눈에 띄게 매력적인 외모를 지녔으며 뮐러보다 열 살 아래였다. 폴란드 출신으로, 연금 청구권이 있는 공무원의 특권을 신분의 상징으로 여기는 사람이었다. 바샤의 매력적인 외모는 뮐러에게 신분의 상징만은 아니었다. 내가 아는 바에 따르면 둘의 관계는 매우 행복하다. 비록 그들의 외양이 서로 어울리지 않는 듯해도 말이다. 바샤는 치근대는 이성의 접근을 될 수 있는 한 기피했다.

그렇다고 해서 칭찬받는 걸 싫어한다는 의미는 아니었다. 또 여자들이 말 거는 것까지 피한다는 뜻도 아니었다.

그래서 우리는 칼라가 바샤를 길에서 우연히 만난 것처럼 판을 짰다. 모델 에이전시의 대표가 신인을 발굴한다는 설정이었다. 칼라는 바샤와 (칼라의 고급 콜걸들이 출입하는 러브호텔이라고는 상상도 못 할) 도미노 호텔에서 커피를 마시며 얘기를 나눌 것이다. 그곳에서 둘은 광고 사진을 찍으면서 주부로 돈을 버는 일에 관해 의논할 예정이다.

칼라를 통해 바샤가 미끼를 문 것을 확인했을 때 (그리고 답장해도 된다는 카타리나의 허락이 떨어졌을 때) 사샤와 나는 미리 계획한 시나리오대로 문자를 주고받았다. 뮐러가 도청 중인 휴대전화를 사용했다.

나: 혹시 토니 어디 있는지 알아? 연락이 안 되는군.

사샤: 분명히 또 그 짭새 마누라랑 놀아나는 중이겠지.

나: 누구 말이야?

사샤: 왜 그 언급할 수 없는 강력반 멍청이의 젊은 금발 부인 있잖아.

나: 뮐러의 마누라?

사샤: 그래 정확히 맞혔군.

나: 그 여자가 토니랑 관계되어 있다고?

사샤: 착한 뮐러가 일하러 갈 때마다 그랬어. 도미노 호텔 스위트

룸 812호.

나: 알려줘서 고마워.

나는 일과 삶의 균형에 대해 확실한 경험적 지식을 가지고 있었기에 이 문자 작업이 끝난 후 다시 가족을 돌아보았다. 위임이라는 관념을 생각으로만 받아들인 게 아니었다. 오히려 그것을 내재화시켜 다른 일이 진행되는 모습을 실제로 관망할 수 있게 되었다. 나는 만족스럽게 휴대전화를 집어넣었다.

카타리나는 토요일에 에밀리를 데리고 자신의 부모님을 보러 갈 예정이라고 말했다. 우리 둘 다 나도 동행할 수 있음을 알고 있었다. 그리고 우리 둘 다 내가 그렇게 하지 않을 것을 알고 있었다. 우리는 일요일에 가족 소풍을 가기로 했다. 내가 에밀리의 유치원을 보러 가자고 제안했다. 유치원 면접에 가서 보기는 했지만 그때는 아이의 아빠가 권한이 없을 때였다.

일요일은 우리 가족의 날이 될 것이다. 아빠가 보낼 일요일이 아직 남아 있다면 말이다. 오늘 금요일에 진행될 일의 향방에 주말의 일정도 달려 있다.

위임할 때는 위임받은 당사자들의 열린 피드백이 무엇보

다 중요하다. 다행히 나는 이후 사샤에게서 흥미진진한 결과를 전달받았다.

애초 계획에 따르면 우리가 나눈 문자 내용을 읽고 뮐러가 엄청난 감정의 파고를 일으켜야 했다. 휴대전화를 재킷에 넣고 그 순간을 기다릴 때 카타리나를 향한 내 얼굴에는 의미심장한 미소가 지어졌을 것이다. 그리고 뮐러는 가로챈 메시지를 즉시 없애버린 뒤 자신의 차에 뛰어올라 도미노 호텔로 미친 듯 질주했다. 호텔 주차장에는 실제로 자기 동거인의 차량이 있었다.

분노와 증오, 공포심으로 얼룩진 얼굴로 뮐러가 8층으로 올라가 스위트룸에 다다랐다. 침실에서 격렬한 섹스를 나누는 소리가 들려왔다. 그러나 침실 문은 거대한 더블 슬라이딩 도어로 잠긴 상태였다. 그냥 쉽게 열 수 있는 문이 아니었다.

이후 일어난 일은 마치 내가 직접 본 것처럼 생생하고 흥분되는 장면이었다. 물론 칼라는 호텔 안 모든 방에 작은 카메라를 숨겨두었다. 바람 피우는 장면만큼 소중한 순간은 없다. 물론 그 외도 장면을 찍는 사람 입장에서 말이다.

스위트룸의 거실에서는 분노에 사로잡혀 이성을 잃은 경찰이 잠긴 침실 문을 흔들고 있었다.

침실에는 사샤, 스타니슬라브, 경호원 커플이 있었다. 그리고 최대 음량으로 설정된 텔레비전이 켜진 상태였다. 호텔 내부에서 송출하는 포르노 영상이 재생 중이었다. 사샤와 스타니슬라브는 침실과 거실 사이 벽에 기대어 있었다. 경호원들은 옷을 벗고 욕실에서 대기하고 있었다.

뮐러는 텔레비전 소리를 자기 여자와 토니의 소리로 여기고 고함을 쳤다.

"토니, 당장 문 열어, 이 가증스런 개자식아!"

아무 일도 일어나지 않았다. 줄어들지 않은 신음 소리가 문 뒤에서 들려왔다.

"나는 네놈한테 정보를 줬는데, 내 여자를 꾀어내?"

아무 응답이 없었다. 문 뒤에서 즐거운 비명 소리만 들려왔다.

"나는 널 위해 경찰직을 잃을 위험도 감수했어. 지금 당장 거기서 나와 네 목숨도 한번 잃어봐라, 이 더러운 자식아."

그 어떤 반응도 없었다. 리드미컬하게 증가하는 포효 소리만 들릴 뿐이었다.

"셋 셀 동안 문을 열지 않으면 침대 위에서 너와 그 방탕한 여자를 죽여버릴 거야!"

아무 변화도 일어나지 않았다. 문 건너편에서 길게 이어지는 신음 소리만 있었다. "좋아…!"

"하나… 둘… 셋…."

뮐러가 길길이 날뛰며 탄창을 장전하고는 침실 문에 대고 쏘았다. 총알은 비어 있는 더블베드에 맞았다.

총알이 떨어지고 뮐러의 맹렬한 분노가 공허해지자 사샤가 텔레비전을 껐다. 침대가 안전한 것을 확인한 스타니슬라브가 욕실에서 벌거벗은 채로 기다리던 경호원들에게 침대에 누우라는 신호를 보냈다. 그리고 침실의 슬라이딩 도어를 열었다.

그 앞에는 분노로 몸을 떨며 입에 거품을 물고 있는 경찰이 서 있었다. 탄창이 빈 총을 쥔 손마디가 하얗게 질려 있었다.

"서프라이즈!" 사샤가 외쳤다.

"저기 카메라가 있어." 스타니슬라브가 감시 카메라를 설치해둔 화재경보기를 가리키며 말했다.

"아니… 뭐라… 어디라고?" 경찰 뮐러가 더듬거렸다.

"우리에게 설명해줄 수 있겠지, 뮐러 씨?" 사샤가 말했다. "너는 지금 장전된 총을 잠긴 침실 문에 쐈어. 그것도 네가 불법으로 침입한 호텔 스위트룸에서, 생면부지의 커플에 대고 말이지. 이게 다 무슨 일인가? 예의는 어디다 팔아먹었나?"

뮐러는 완전히 넋이 나가버렸다.

"하지만 나의 바샤랑… 토니가…. 그들은 어디 있지?"

"토니가 어디 있는지는 우리도 몰라. 지금은 별로 알고 싶지도 않고." 사샤가 뮐러에게 알려줬다.

"너의 바샤는…" 스타니슬라브가 말을 이었다.

"네 말대로라면 그 방탕한 여자는…"사샤가 덧붙였다.

"…호텔에 있지."스타니슬라브가 말했다."1층에서 캐스팅 에이전시 대표와 진지한 대화를 나누고 있어. 네가 원하면 바샤를 이리 오라고 할게. 그럼 바샤도 당신이 근거 없는 질투에 눈이 멀어 생전 처음 보는 커플에게 총을 쏜 광경을 보겠군."

"녹화와 녹음이 아주 잘됐어."

"그리고 바샤는 당신이 그 더러운 토니와 자신의 관계를 의심했다는 걸 알게 될 거야."사샤가 말을 이었다."네가 총을 쏴 '방탕한 여자'를 죽일 뻔했다는 사실도 함께. 궁금할까 봐 알려주자면, 바샤가 다시 1층으로 돌아가는 길에는 이미 너와 관계가 끝나버린 전 동거인이 되겠지."

"바샤가 녹화 영상에 관심이 없다 해도 경찰서에서 보게 될 거야. 게다가 이 친절한 커플이 너를 살인미수로 고발해서 재판받는 모습도 볼 테지."

"하지만 나는…."뮐러가 웅얼거렸다.

"그럼 너는 네 직업이나 동거인과도 안녕을 고하겠군. 내 말이 맞지? 넌 백수가 되면 여자에게 온전한 남자 구실을 못 해."사샤가 말했다.

"누가 말한 것처럼 참 빌어먹을 날이야, 뮐러 너에게. 그렇지 않아?"

죽을 고비에 있는 사람에게나 보인다는 일생의 기록이 뮐러의 눈앞에 영화처럼 스쳐 지나가는 듯했다. 이 순간 그의 내면의 눈은 남은 삶에 어떤 미래가 펼쳐질지 보고 있었다. 그건 공포 영화였다. 뮐러는 급격한 감정 변화를 겪는 중이었다. (젠장, 애인이 날 배신했어…. 야호, 여자 친구는 날 배신하지 않았군…. 빌어먹을, 여자 친구가 날 배신하진 않았어도 날 떠나버리겠는걸…. 잠깐…, 내가 백수가 된다고?) 그는 사샤의 제안에 어떤 저항도 내비치지 않았다.

뮐러는 마지막으로 경찰 측 정보를 토니에게 넘길 것이다. 완전히 허위 정보겠지만. 그리고 토니의 소식을 다시는 듣지 않을 것이며 호텔 침대에 누워 있던 커플도 다시 만날 일은 없다. 또한 호텔 스위트룸에 침입한 영상도 두 번 다시 볼 일이 없다.

그는 바샤와 결혼하여 은퇴할 때까지 행복한 삶을 살 것이기 때문이다.

물론 결혼이나 은퇴는 절대 일어나지 않을 일이지만 상상만으로 꽤 아름다운 그림이 아닌가. 그리고 협박만으로는 이 일에 협력할 만한 동기가 충분치 않다. 거짓도 좀 섞어줘야 효과가 있는 것이다.

33

거짓

거짓은 양심에 부담을 준다. 진실은 자유를 준다. 이것이 보
편적 생각이다. 하지만 사실은 다르다. 진실이 거짓보다 다
루기 어려운 경우가 많다. 진실은 거짓보다 상처가 될 수 있
다. 어떤 진실은 아무도 지켜주지 못하고 오히려 거짓이 보
호한다. 중요한 것은 거짓과 진실을 택하는 당신의 마음가짐
이다.

요쉬카 브라이트너,
『추월 차선에서 감속하기 - 명상의 매력』

계획대로 사샤와 스타니슬라브는 묄러를 원하는 방향으로
재빠르게 조종할 수 있었다. 묄러는 사샤의 손바닥 위에 놓인

밀랍이나 다름없었다. 그가 완전히 녹아서 사라지기 전에 원하는 모양으로 만들어야 한다.

"너는 네 여자 친구를 방탕한 여자라고 안 하면 뭐라고 불러?" 사샤가 물었다.

"나는⋯ 바샤. 내 여자 친구는 바샤야." 뮐러가 대답했다.

"그건 나도 알아. 그렇지만 세상에는 자기 여자 친구에게 애칭을 붙여주는 사람도 있거든. 만약에 여자 이름이 힐드룬이라고 한다면 너무 매력 없어 보이잖아. 아니면 애인에게서 진짜 장미 향기가 날 수도 있지. 그러니까 바샤를 사랑스럽게 부르는 애칭은 뭐냐고."

"토끼."

"그럼 바샤는 너를 뭐라고 부르지?"

"그게 지금 이 일하고 상관 있나?"

"아니. 그렇지만 난 재미난 영상을 가진 사람이니까 재미난 질문도 좀 하는 거야."

"바샤는 나를⋯ 수토끼라고 불러."

사샤는 웃음을 애써 삼켰다. 수토끼 뮐러가 폴란드 토끼와 연애하는 모습을 상상한 탓이었다.

"좋아. 그럼 이제 부르는 대로 받아 적어, 수토끼 씨."

사샤가 벽 쪽의 작은 탁자 위에 펜과 종이를 올려둔 뒤 뮐러에게 앉으라고 지시했다.

"이제 어떻게 되는 거지?"

"지금부터 너는 '방탕한 여자를 죽이는 놈'이 아닌 '사랑하는 사람과 인생을 보내고픈 남자'가 되는 거야. 그러니 너의 토끼에게 네가 주말 동안 부재중인 이유를 설명하는 짧은 편지를 써."

"부재중이라는 건… 무슨 뜻이지?"

사샤는 뮐러의 질문을 무시했다. "이렇게 써. 내 사랑하는 토끼, 나는 우리의 사랑을 지키기 위해 주말 동안 집을 비울 거야. 이유는 묻지 말아줘. 이것만 말해둘게. 이건 우리의 미래가 달린 일이야. 월요일에 모든 사실을 알게 될 거야. 너를 사랑하는 수토끼."

이 부분에서 나는 약간 양심의 가책을 느꼈다. 이 일과 아무 상관없는 뮐러의 동거인에게까지 거짓말을 하는 건 도덕적 측면에서 옳지 않았다. 그러나 영문을 모르는 여인이 행방불명된 경찰 애인을 찾아 헤매는 일도 바람직하진 않다. 그 경찰의 실종과 연관된 마피아가 무려 두 명이기 때문에 더욱 그렇다. 다행히 나의 조언자 요쉬카 브라이트너는 거짓말이 그 자체로는 나쁘지 않다고 확신을 주었다. 이번 경우는 전혀 아니었다.

거짓은 양심에 부담을 준다. 진실은 자유를 준다. 이것이 보편적 생각이다. 하지만 사실은 다르다. 진실이 거짓보다 다루기 어려운 경우가 많다. 진실은 거짓보다 상처가 될 수 있다. 어떤 진실은 아무도 지켜주지 못하고 오히려 거짓이 보호한다. 중요한 것은 거짓과 진실을 택하는 당신의 마음가짐이다.

뮐러가 편지에 이렇게 썼더라면 바샤는 오히려 거짓말이라고 생각했을 것이다. "사랑하는 토끼, 난 부패 경찰이야. 우리가 다시 만날 수 있을지 모르겠어. 어쩌면 나는 곧 죽을 거야. 당신의 수토끼."

그리고 사샤가 나중에 보고한 것처럼 그것은 뮐러의 동기 부여에 있어서도 과도한 처사였다.

뮐러가 자기 애인을 음란한 여자로 취급하고 죽이기까지 할 뻔한 후에 편지로 거짓말하는 정도는 상대적으로 쉬웠다. 게다가 마피아 둘이 버티고 서서 바샤에게 거짓 편지를 쓰는 것만이 그녀를 헤프게 취급하고 총격을 가한 일을 모르게 하는 유일한 방법이라고 협박하니 별도리가 없었다. 거짓은 명상에 관한 지식이 없는 뮐러의 마음까지 홀가분하게 만들었다.

게다가 그는 아주 아름다운 필체로 글을 써 내려갔다.

사샤가 편지를 읽고 나서 여성 경호원에게 건넸다. 그동안 커플은 이미 옷을 갖춰 입은 상태였다.

커플이 스위트룸을 떠나 호텔 바로 향했다. 그곳에서 바샤의 핸드백 속에 아무도 모르게 편지를 넣었다. 바샤는 한 시간쯤 후, 집 열쇠를 찾다가 편지를 발견할 것이다.

"자," 사샤가 말했다. "그럼 이제 네가 토니에게 전화를 걸 차례군….."

"왜 토니한테 전화를 해야 하지?" 뮐러가 공포에 질려 물었다.

"이거 왜 이래, 토니에게 거는 마지막 전화야. 기나긴 협력 관계의 끝을 알리는 통화라고."

"내가 뭐라고 말해야 해?"

"토니한테 우리 변호사 디멜 씨가 발터의 보안 회사 지하실에 말테인지 뭔지 하는 자를 붙잡아두었다고 전해."

"하지만….." 뮐러가 생각에 잠긴 듯했다. "그 사실을 내가 어떻게 알아낸 건데?"

"디멜 씨의 문자를 수사관 입장에서 당연히 들여다보게 된 거지." 사샤가 설명했다.

"아니면 또 가짜 문자라도 써줘?" 스타니슬라브가 말했다.

"알았어, 그런데 정확히 뭐라고 얘기하지?"

"좋아, 시뮬레이션을 한번 해보자." 사샤가 탁자 위 꽃병을 왼손으로 잡았다.

"이건 디멜 씨야."

그다음 텔레비전 위에 있던 리모컨을 오른손에 쥐었다.

"그리고 이게 나야."

사샤가 리모컨을 들었다.

"내가 디멜 씨에게 말하는 거야. '발터 회사 지하실에 있는 놈이 슬슬 의식이 돌아오는 것 같아.'"

그다음 꽃병을 들었다.

"디멜 씨가 말하는 거야. '뭐라고 말한 게 있어?' 내가 말해. '아니, 그냥 자기 이름이 말테라고만 했어. 정신이 아주 몽롱한 상태야. 토니에게 알려야 할까?' 디멜: 아직은 아니야. 그 전에 내가 단 둘이서만 얘기해보고 싶어. 나: 언제? 디멜: 두 시간 내로. 대화 끝."

사샤가 뮐러를 쳐다봤다. "이해가 됐나?"

대화의 수준이 뮐러에게 적합해 보였다. 그가 고개를 끄덕였다.

"그럼 당장 휴대전화를 꺼내!"

뮐러가 자신의 휴대전화로 토니에게 전화했다. 토니가 바로 받았다. 그는 어떤 질문도 던지지 않았다. 그저 고용한 암살자가 발터의 지하실에 갇혀 있다는 사실만 전달받았다. 토니가 즉시 행동을 취할 건 자명했다. 늦어도 두 시간 뒤에는 디멜, 즉 내게 모든 일이 밝혀질 것이다.

토니가 뮐러에게 고마움을 표하고 전화를 끊었다.

우리가 전날 저녁에 세운 계획에 따라 스타니슬라브가 뮐러를 데리고 갔다. 그리고 사샤는 내게 전화로 모든 일을 설명했다. 그동안 토니는 발터의 회사로 향했다.

사샤와 나 역시 그곳으로 갔다. 그리고 거기부터는 나도 모든 일을 직접 보았다.

34

속으로 미소 짓기

당신의 신체에는 긴장된 상황을 즉시 풀어주는 근육이 있다. 그건 바로 당신이 미소 지을 때 쓰는 근육이다. 자신만을 향해 미소를 지어보라. 미소가 향하는 곳을 따라가라. 입가에서 움직인 근육이 자동으로 목덜미에 옮겨가 풀어지는 것을 감지하라. 그리고 이완된 근육이 몸 전체로 퍼져나가는 작은 파동을 계속해서 느껴보라. 미소가 신체의 모든 부위로 확장된다.

할 수 있는 한 자주 스스로를 향해 미소 지어라.

요쉬카 브라이트너,
『추월 차선에서 감속하기 – 명상의 매력』

373

사샤와 내가 토니와 따로 발터의 회사로 이동하고 있을 때, 스타니슬라브는 묄러와 함께 그의 자동차를 타고 아주 적막한 상업 지역에 위치한 외딴 트럭 주차장으로 갔다. 그들은 폴란드 번호판이 달린 대형 화물차 뒤에 주차했다. 스타니슬라브가 묄러에게 스스로 수갑을 차고 핸들에 고정시키라고 지시했다.

묄러가 조금 고집을 부렸고 스타니슬라브는 다소 짜증이 나서 약간의 몸싸움이 있었다. 그 와중에 묄러의 왼쪽 엄지와 검지 그리고 손바닥뼈가 부러졌다.

묄러는 스타니슬라브의 멀쩡한 손가락과 무기를 보고는 얌전히 수갑을 채우고 말을 들었다. 그가 다음으로 놀란 건 앞쪽 화물차의 뒷문이 열리면서 절반이 텅 빈 내부가 드러났을 때였다. 앞부분에는 오프로드 차량 한 대가 있었다. 스타니슬라브의 부하 두 명이 화물트럭에 두 개의 경사대를 장착했다. 그들은 묄러가 탄 차를 안에 밀어 넣고 단단히 묶은 뒤 다시 화물차의 문을 닫았다.

그 시간, 사샤와 나는 햇볕이 내리쬐는 발터 회사의 주차장에 도착했다. 토니의 차는 이미 회사 입구 바로 앞에 세워져 있었다. 우리는 5분가량 기다린 다음 1층에 있는 통신 제어 센터로 갔다. 그곳은 발터의 모든 감시 대상에 대한 정보와 정찰대의 첩보가 모이는 곳이자 건물 내부 카메라를 한눈에 볼 수 있는 장소였다.

발터는 컨트롤러 하나를 들고 (적당히 수염이 난 무테안경의 엘리트 같은 모습을 하고) 제어반의 모니터 화면을 응시하고 있었다. 화면에는 지하 고문실이 비춰지고 있었다.

그곳 소파에 있는 말테는 의식이 없는 것 같았다. 토니는 고문실 안의 카메라가 꺼져 있는지 확인 중이었다. 그 모습을 찍고 있는 몰래카메라의 존재를 그 멍청이는 눈치조차 못 챘다. 그리고 스피커가 제 기능을 하려면 내부에 마이크가 있어야 한다는 사실도 모르는 듯했다.

"언제부터 있던 거야?" 내가 발터에게 물었다.

"너희보다 10분 빨리 왔어. '죄수'가 붙잡히자마자 왜 자신에게 알리지 않았는지를 두고 길길이 날뛰었지. 그래서 우리한테는 죄수가 없다고 분명히 말했어. 우리 순찰대가 하루 종일 너를 미행하던 자를 발견한 거라고. 그자에게 말을 걸자마자 대답은커녕 무기를 꺼내드는 바람에 쳐서 떨어뜨려야 했다고 전해줬어. 불행하게도 순찰대의 발이 그의 턱에 맞는 일은 막을 수가 없었다고 했지. 그 이후로 쭉 기절 상태고 아마 이제 슬슬 두통과 함께 정신이 돌아올 거라고 말했어."

"그래서? 토니가 그 말을 믿어?" 사샤가 물었다.

"당연하지. 여기서 큰 소리로 다 얘기하더군. 드라간이 자신에게만 심문할 권한을 줬다고 상기시켰지. 말테가 무슨 말을 했는지 세 번이나 물어보고는 지하실로 내달린 거야."

우리는 토니에게 눈을 돌렸다.

토니는 말테를 주의 깊게 살폈다. 그러고 나서 뺨을 때렸다. 아무 일도 일어나지 않았다. 말테가 의식을 찾지 못하는 것은 발터가 준 GHB(감마 히드록시 부티르산, 일명 '물뽕'—옮긴이) 때문이었다. 토니는 이제 시퍼렇게 부어올라 찢어진 말테의 턱을 자세히 들여다보고 있었다.

"저건 어떻게 한 거야? 진짜로 턱을 한 대 얻어맞은 것처럼 보이는데." 내가 관심을 갖고 물었다.

"말테는 **진짜로** 턱을 얻어맞았어." 발터가 설명했다.

"진짜로…?" 나는 놀랐다.

"GHB가 제 기능을 시작하자 바닥에 쓰러졌어. 딱 보기 좋게 널브러져 있더라고. 그러고는 뭐… 가벼운 프리킥 수준이었어."

"꼭 그래야 했나?"

"가면 쓴 예술가라도 들여보냈길 바라는 모양이군. 그저 턱을 발로 차는 게 전부잖아. 그냥 우리 선에서 처리하는 게 비용도 적게 들지. 그리고 일러두는데 말테는 아무것도 몰라. 어차피 그 전부터 의식이 없었거든."

"알았어, 알겠다고. 아주 실용적인 방식이네. 드라간이 좋아하겠어."

센터 안 모두가 토니의 반응을 손꼽아 기다렸다. 우리는 말테가 증인이 되는 걸 막기 위해서 토니가 그를 없애리라 확신했다. 이 예상을 바탕으로 드라간의 모든 계획이 세워졌다. 그러니까 내 계획이 말이다. 그러나 토니가 어떤 방법으로 말테를 제거할지에 관해선 각자 예상치가 달랐다. 나는 토니가 말테를 바로 죽일 거라고 내다봤다. 발터는 토니가 먼저 말테를 고문해서 자신을 배신했는지 알아볼 거라고 생각했다. 그리고 사샤는 말테가 무슨 말을 하든 말든 상관없이 죽을 때까지 고문한다는 데에 돈을 걸었다.

각자 50유로를 내놨다.

나는 의도적으로 초점을 맞추고, 내면의 저항을 이겨낸 긍정적 경험이 있다. 그래서 누군가 죽는 것 자체는 그리 큰 문제가 아니었다. 그건 이미 '말테'와 '토니' 문제에 대해 명상의 시점으로 숙고해서 내린 해결책이었다. 그러니 이에 대해선 설명되지 않는 감정이 없었다. 하지만 말테의 죽음이 전개되는 양상에 대해선 약간의 긴장을 느꼈다. 다른 사람 앞에 드러나지는 않는 아주 미미한 긴장감이었다. 그러나 나의 평온에 영향을 끼칠 정도는 되었다. 나는 요쉬카 브라이트너의 긴장 완화 연습을 떠올렸다. 선생은 이를 '속으로 미소 짓기'라고 일컬었다.

당신의 신체에는 긴장된 상황을 즉시 풀어주는 근육이 있다. 그건 바로 당신이 미소 지을 때 쓰는 근육이다. 자신만을 향해 미소를 지어보라. 미소가 향하는 곳을 따라가라. 입가에서 움직인 근육이 자동으로 목덜미에 옮겨가 풀어지는 것을 감지하라. 그리고 이완된 근육이 몸 전체로 퍼져나가는 작은 파동을 계속해서 느껴보라. 미소가 신체의 모든 부위로 확장된다. 할 수 있는 한 자주 스스로를 향해 미소 지어라.

그래서 나는 긴장을 아주 빠르고 효과적으로 완화시킬 수 있도록 스스로에게 미소 짓기 시작했다. 이 조그만 운동을 딱 맞춰 시작한 것이다.

우리는 토니가 말테 쪽으로 몸을 숙여 맥박을 확인하는 모습을 봤다. 그다음 토니가 말테를 소파에서 끌어내려 바닥에 눕혔다. 그러고는 마치 나가려는 듯 몸을 돌렸다. 그 찰나 다시 몸을 틀어 오른발을 들어 있는 힘껏 말테의 머리를 짓밟았다. 그 신발 속에는 강철판이 들어 있었다. 머리가 바닥의 몸통과는 아주 부자연스러운 각도로 틀어졌다. 말테의 목이 부러져 죽었다는 것은 의심할 여지가 없었다.

발터, 사샤 그리고 컨트롤러를 움직이던 자도 깜짝 놀라 물러서며 구역질을 했다. 나는 '속으로 미소 짓기' 연습 덕분에 그 장면을 아주 여유롭게 주시할 수 있었다. 발터와 사샤는 자신들이 불쾌감을 느끼는 상황 가운데에서도 내가 그저 미소를 지었다는 사실에 완전히 다른 결론을 내렸을지 모른다. 그러나 이들은 내가 웃었기 **때문에** 그 장면을 보는 것도 견딜 수 있었단 사실을 알지 못할 거다. 지시하는 자로서 나의 명성이 높아지는 데에 그리 해가 되지 않는 오해였다. 나는 경찰 측에서 드라간이 죽었다고 오해하도록 만든 천재적 전략가만이 아니었다. 죽음을 마주하고도 가볍게 웃어넘기는 여유를 가졌다. 또 다른 이점은 내 예측이 맞아떨어졌다는 것이다. 토니는 말테를 고문해서 죽이는 수고를 하지 않고 바로 살해했다.

나는 말없이 발터와 사샤에게서 50유로를 가져갔다.

우리는 토니가 말테의 맥박을 다시 확인하는 모습을 보았다. 아무 반응이 없는 듯했다. 토니가 다시 말테를 들어 올려 처음 발견했던 자세로 소파에 눕혔다. 그러고 나서 밖으로 나가려 할 때 문이 잠겼다는 사실을 알게 되었다.

바로 내가 기다리던 순간이었다. 나는 양방향 스피커 버튼을 눌렀다. 평소보다 두 톤을 낮춰 목소리를 냈다.

"안녕, 토니!"

토니가 눈에 보일 정도로 기겁했다.

"겁먹은 토끼 같군 그래."

"거기 누구야?"

"나는 누구나 될 수 있지. 네가 방금 죽이는 바람에 약간 화가 난 말테라면? 아니면 말테가 너를 위해 총으로 쏴 죽인 무라트라면? 아니면 네가 죽이려 했던 드라간이라면?"

"이게 무슨 짓거리야?"

내가 원래의 목소리로 말했다.

"좋아, 토니. 헛소리는 집어치우기로 하지. 나는 네가 드라간을 보고 싶다는 이유로 아이의 목숨을 위협받은 자야. 그래서 드라간 대신 너를 더 그리워하고 있을 사람에게 데려갈 예정이야."

토니는 온몸에 힘을 실어 강철 문을 몇 번이고 걷어찼다. 문은 꿈쩍도 하지 않았다.

"이봐, 변호사 자식아. 당장 이 문 열어. 그렇지 않으면 널 시체로 만들어주겠어."

"안녕, 토니." 발터가 말했다. "내가 대학 입시 시험을 볼 만큼 배운 게 많지는 않아서 말이야…. 그냥 단도직입적으로 물어볼게. 문이 열리지 않는데 대체 어떻게 비요른을 죽일 건가?"

"나도 알고 싶은데." 사샤가 거들었다.

"날 여기서 꺼내줘. 저놈이 너희를 엿 먹이고 있어. 드라간은 죽었어."

"알았어…." 발터가 말을 이었다. "그런데 잠깐만, 드라간이 죽었는데 어떻게 우리한테 이런 몰래카메라 함정을 만들게 시킬 수가 있지?"

"지금까지 다 녹화한 거야?"

"맞아." 사샤가 끼어들었다. "우리가 말테의 자백을 녹화한 것과 똑같은 방식으로 말이지."

"그리고 이 말만 할게." 내가 입을 열었다. "드라간은 썩 기뻐하지 않았어."

"당장 문 열어, 이 개자식아. 널 죽여버리겠어. 널 해치운 다음…."

나는 스피커를 껐다. 토니는 정확히 내가 원하는 대로 행동해줬다. 토니처럼 모든 문제를 완력으로 해결하려는 자는 더 이상 힘을 쓸 수 없는 게 최악의 상황이다. 그 방에 있는 다른 사람은 이미 죽었고, 세상 누구도 그에게 관심이 없다. 싸우는 대신 무시당하는 것은 그에겐 고문과 다름없는 일이다.

이번 주말 내내 토니는 이 지하실에서 완전한 침묵 속에 머물 것이다. 그의 곁에는 말테가 있다. 토니의 폭력 때문에 좋은 말동무가 되어주진 못할 테지만. 말테는 일요일 저녁 쓰레기 소각장으로 보내져 과거부터 해오던 방식대로 처리될 예정이다. 이런 일을 하기엔 일요일이 최고의 시간이라고 사샤가 알려줬다. 인생은 절대 끝나지 않는 배움의 연속이다. 토니는 월요일에 보리스에게로 데려갈 것이다. 간단히 말하면 우린 할 일이 태산이었다.

우리가 주차장에 들어갔을 때, 발터가 나를 잠시 옆으로 데려갔다.

"잠깐만, 비요른. 나는 별 상관이 없는데, 그렇지만…." 그가 주저했다.

"말해봐, 무슨 일인데?"

"드라간하고 그 신문 지면 때문에 말이야."

해가 비추고 있었지만 내 등골은 서늘해졌다. 발터가 대체 뭘 알아낸 걸까?

"그게 왜?"

"너한테 조언 같은 걸 하려는 건 아니지만…."

"이제 본론으로 좀 들어가지 그래?"

"그러니까… 내 부하 직원들이 너를 며칠 전부터 따라다니고 있거든. 네가 매일 들러 뭔가를 가져오는 특정 장소가 있는 게 눈에 띄더군."

"거기가 어딘데?"

"맥도날드."

나는 맥이 탁 풀렸다. 발터의 의도를 도무지 종잡을 수가 없었다. "그래서 나한테 하고 싶은 말이 뭐야?"

"내 부하들이 드라간의 메시지가 맥도날드를 통해서만 전달되는 걸 알아챌 정도면 경찰에게도 시간문제라는 거지. 좀 더 조심스럽게 하면 어떻겠냐는….”

　나는 멈칫했다. 내가 매일 맥도날드에 가서 신문을 구입한 행위가 드라간이 살아 있다는 또 다른 증거였다.

　나는 속으로 미소를 지었다. 그냥 아무 이유 없이. 실제로 그런 기분이었기 때문이다.

35

고통

> 고통에는 두 가지 종류가 있다. 바로 상처의 고통과 그 상처
> 를 후비는 고통이다. 상처는 되돌릴 수 없다. 하지만 우리가
> 상처를 후비는 걸 막으면 상처는 더 빨리 치유된다.
>
> 요쉬카 브라이트너,
> 『추월 차선에서 감속하기 - 명상의 매력』

다음 날인 토요일은 아주 편안했다. 적어도 나는 그랬다. 열
린 창가에 서서 단순한 호흡 연습을 시작했다. 나무 가까이에
서 그 썩은 껍질이 치유되는 과정을 느꼈다. 내면의 눈앞에는
호수가 펼쳐졌다. 지난주 깊은 안식을 향해 처음으로 걸음을
내딛은 장소였다.

내 안의 호흡과 생명을 느꼈다.

감사함이 차올랐다.

최후통첩 세 개 가운데 두 개의 데드라인은 이제 의미가 없어졌다. 에밀리는 유치원 입소를 앞두고 있고, 토니는 발터 회사의 지하실에 갇혀 있으므로 위험인물이 아니다. 나는 토니에게도 증오나 원한의 감정을 전혀 느끼지 않게 되었다. 오히려 그를 선물로 여겼다. 인간인 토니가 선물이라는 건 이해하기 힘들 수 있다. 하지만 토니는 보리스에게 주는 일종의 선물이다. 즐겁게 넘겨주는 일만 남았다. 보리스는 토니와 원하던 일을 할 수 있어 기뻐할 것이다. 그리고 나는 그 즐거움에 참여하게 되어 기분이 좋다. 이걸로 세 번째 최후통첩의 절반은 해결됐다. 보리스는 토니에게 복수를 감행할 것이다. 그러고 나서 드라간을 만나고자 한다. 하지만 이에 관해서도 별걱정이 없다. 운이 조금만 따라준다면 일은 잘 풀릴 것이다.

오늘은 에밀리를 만나지 못한다. 카타리나가 아이를 데리고 자신의 부모님과 함께 커피를 마시러 갔기 때문이다. 나도 초대를 받았다. 하지만 초대에 응해서 좋을 게 없다는 것은 충분히 예상 가능하다. 주중에 너무나 많은 일을 겪었다. 사람 다섯이 죽었고, 업무 환경은 일대 변화가 있었다. 내 삶을 이해해주지도 않았고 앞으로도 그러지 않을 사람들과 최근 경험에 대해 얘기하며 무기력해지고 싶지 않았다.

이때 장인, 장모님에게 느끼는 감정에 관해 명상하는 게 도움이 많이 되었다. 요쉬카 브라이트너와 상담을 하기 전에는 꼬박꼬박 아내의 친정을 방문했다. 그들을 아주 싫어하면서도 말이다.

이제 나는 장인과 장모를 사랑하기에 그들을 찾지 않는다.

이런 태도 변화는 두 가지 면에서 좋았다. 첫째, 더 이상 방문하지 않아도 된다는 점. 둘째, 그런데도 전혀 양심의 가책을 느끼지 않는다는 점이다.

요쉬카 브라이트너는 장인 내외에 대한 사랑의 감정을 확신하게 만들었다.

"당신이 그분들에게 어떤 생각을 가졌는지와는 별개로 그들은 당신의 아내에게 생명을 주었습니다." 브라이트너는 우리가 만난 첫 시간에 이런 말을 했다.

"압니다, 그래서요? 그렇게 좋았다면 지금 제가 선생과 만나고 있지도 않았을 테죠."

"그리고 당신과 당신의 아내가 에밀리에게 생명을 주었습니다."

"그게 지금 장인, 장모님과 무슨 상관이 있습니까?"

"당신은 법률가입니다. 인과관계 조건설은 저보다 더 잘 아시겠군요."

나는 신입생 때의 기억을 되살렸다.

"이 법칙에 따르면 결과의 원인이 구체적 형태로 실현되지 않고는 결과가 성립하지 않습니다."

"맞습니다. 이제 그걸 당신 아내의 부모님과 에밀리에게 연관시켜 설명해주십시오."

"사실만 놓고 본다면 에밀리의 탄생은 장인어른과 장모님 없이는 불가능합니다."

"그러니 당신은 그분들을 사랑하고 당신의 딸이 태어나게 해준 공로에 감사해야 합니다."

"그 사랑은 구체적으로 어떻게 해야 합니까?" 나는 궁금했다.

"사랑의 모습 말인가요? 그건 제가 굳이 진지하게 설명할 필요가 없습니다. 사랑은 눈에 보이지 않습니다. 사랑은 일종의 감정입니다. 사랑은 커피를 마시고, 억지로 누군가를 방문하거나 좋은 의미를 내포한 조언을 받아들이는 것과는 전혀 상관이 없습니다. 이 모든 걸 잊으십시오. 당신의 장인, 장모님을 사랑하고 집에 머무십시오. 그들에게 자신의 딸과 손녀와 함께 보내는 몇 시간을 선사해 당신의 사랑을 보여주십시오. 언짢은 기분으로 곁에 앉은 사위가 아니라 집에 머물고 있는 사랑스러운 사위가 되십시오."

"좋은 말씀이군요."

그때부터 나는 집에 머물렀다. 그 이후로 만남은 확실히 더 편안해졌다.

나는 토요일이 되어서야 비로소 조용히 생각할 시간을 가지게 되었다. 친구들과 일상적 대화를 나누고 업무에 관련된 일 처리도 할 것이다. 주중에는 잦은 명상과 죽음의 공포로 인해 한 주가 너무나 짧았다. 나는 새 법률 회사를 설립해야 했다. 이미 담당하고 있는 의뢰인도 있고 멋진 사무실도 준비되어 있다. 사무실이 내 의뢰인의 소유였고, 그 사람은 이미 죽었으므로 두 가지 긍정적 측면이 충족되었다.

가장 먼저 드라간과 나의 법률 계약서를 작성했다. 나는 월 급여와 추가 수당 금액을 내렸다. 하지만 변호사로서의 시급은 여전히 막대한 액수였다. 드라간의 서명이 적힌 백지에 법률 자문 계약서를 인쇄하고 내 서명을 날인한 후, 임대차 계약서를 쓸 차례였다. 유치원 위층에 입주할 사무실의 임대차 계약 역시 드라간과 맺어야 한다. 이 계약의 장점은 내가 드라간에게 제시하는 계약 초안이 그대로 받아들여진다는 사실이다.

나는 변호사 협회에 새로운 사무실의 주소를 알리고 인터넷으로 변호사 책임 보험에 가입한 다음 사업체 계좌를 개설했다. 드디어 독립 회사를 세운 것이다.

그런 다음 시내로 나가 장난감 가게에서 보리스로부터 내 목숨을 지켜줄 마지막 도구를 구입했다. 그리고 연습을 위해 사샤에게 갔다.

기분이 좋았다.

그날, 클라우스 뮐러의 기분은 그리 좋지 못했다. 밤에 전달된 스타니슬라브의 보고에 따르면 그랬다. 폴란드 화물차 안에는 부러진 손가락뼈로 괴로워하는 뮐러의 차가 있었다. 화물차는 폴란드를 가로질러 밤새도록 달렸고 내가 인터넷으로 변호사 책임 보험에 가입 절차를 밟고 있을 즈음 벨라루스 국경에서 70킬로미터 정도 떨어진 지점에 도착했다.

뮐러는 자신에게 닥친 운명을 처리할 만한 명상에 대한 지식이 없었다. 그래서 두 가지 이유로 고통받는 중이었다. 차량 안에 수갑이 채워진 상태라 아픔을 줄여보려는 노력을 포함해 그 어떤 행동도 무의미했다. 그런데 그 상태 그대로를 받아들이는 대신, 뮐러는 생각의 굴레에 빠져들어버렸다. 쓸데없는 반항을 하게 만든 공격자에 대해 분노했다. 그렇게 상황을 점점 더 안 좋게만 몰아갔다. 자신에게 일어날 일을 전혀 몰랐기 때문에 아마도 최악으로 잔인한 시나리오를 예상했을 것이다. 그래서 폐차장으로 끌려가 자신의 차량과 함께 납작하게 눌리는 상상도 했다. 꼬박 열여덟 시간을 달린 후 스타니슬라브가 그를 풀어준 곳은 소콜카라는 지역의 외곽이었다. 폴란드의 서쪽. 벨라루스의 국경이 맞닿은 곳. 바샤의 고향이었다.

혼란스러움과 스톡홀름 증후군 증상으로 뒤범벅된 뮐러는

자신의 납치범에게 이런 말을 한다. 자기가 이름 모를 장소에서 쓰레기 압착기에 눌려 죽는 줄 알고 무서웠다고. 그 순간 스타니슬라브는 이런 생각을 하지 못한 자신에게 짜증이 났다. 그랬으면 열여덟 시간 동안 이동하지 않아도 됐을 텐데.

폴란드 국적 화물차는 주차장 가장자리에 세웠다. 스타니슬라브와 보조석 탑승자가 경사로를 바닥에 고정시키고 뮐러의 차와 오프로드 차량을 내렸다.

뮐러를 차에서 내리게 하고 수갑을 풀어주자 그는 심하게 부어오른 손을 문질렀다. 주차장이 눈에 익은지 그리 놀라지 않는 것 같았다. 뮐러는 이미 여러 차례 미래의 장인과 장모를 방문했기에 지리를 잘 알고 있었다. 그들의 집은 도로를 사이에 두고 바로 맞은편에 있었다. 그렇다면 사샤는 정말 뮐러가 결혼하길 바란 것일까?

"여기서 우린 뭘 하는 거지?" 뮐러가 스타니슬라브에게 물었다.

"우리가 아니라 너야. 길을 건너 미래 장인어른 집의 초인종을 누르고 바샤에게 청혼했다고 말하는 거지."

"왜 그래야 하지?"

"첫째, 네가 바샤를 사랑하기 때문이야. 둘째, 결혼한 남자들은 범죄에 빠질 확률이 적어지거든. 그리고 셋째, 우리가 하라고 시키니까."

스타니슬라브는 어리둥절한 경찰 뮐러에게 바샤의 아버지를 위한 위스키와 어머니를 위한 꽃다발을 들려주었다. 뮐러는 안도한 듯했다. 모든 일이 잘 풀릴 것이다. 오늘부로 그는 더 이상 부패 경찰이 아니다. 불법적 일을 하던 어두운 과거는 드디어 지나갔다. 비록 손가락뼈는 부러졌지만 그럴 만한 가치가 있었다.

안심한 나머지 뮐러는 주변 상황을 눈치채지 못했다. 오프로드 차량이 전방 100미터 거리에서 방향을 틀고 있었다. 그리고 스타니슬라브가 뮐러의 손에 꽃다발을 쥐여주는 순간, 가속 페달을 밟았다는 사실도 몰랐다.

뮐러는 놀랄 것이 분명한 장인에게 할 말을 생각하느라 이미 정신이 팔려 있었다. 이제 이 길만 건너면 새로운 인생이 펼쳐진다. 겨우 스무 걸음 남짓이다. 뮐러가 길을 건너려고 발을 떼는 순간 스타니슬라브가 그를 붙잡았다.

"앞에 차가 오잖아."

"에이, 한참 멀리 떨어져 있는걸…."

"그러니까 말이야." 스타니슬라브가 말하면서 뮐러의 옷깃을 꽉 잡았다. 그 순간 뮐러는 적어도 이번 생에는 바샤와 함께할 수 없음을 깨달았다. 차가 3미터 앞으로 다가오자 스타니슬라브가 뮐러를 도로로 밀었다.

뮐러는 전속력으로 달려온 차에 받혀 콘크리트 위로 내동

댕이처졌다. 이 사고로 그가 살아남지 못한 것은 확실했다. 오프로드 차량은 멈춰 서 스타니슬라브를 태우고 화물차량이 대기하고 있는 곳까지 이동했다.

같은 날 늦은 저녁, 오프로드 차량과 스타니슬라브 그리고 그의 젊은 부하들은 독일로 돌아왔다. 오프로드 차량은 폐차장에서 처분했다. 스타니슬라브는 다음에 처리할 대상에게는 바로 폐차장을 활용하는 방안을 고려하기 시작했다.

최소화

당신에게 이로운 것만 삶에 남겨라. 부담스럽게 만드는 사람, 물건, 생각, 대화는 구름처럼 흘러가게 두면 된다. 무엇보다 발전을 저해하고 짐이 되거나 도움이 되지 않는 것은 버려라.

이 같은 최소화 명상은 당신 스스로 충분히 해낼 수 있다는 확신을 줄 것이다.

요쉬카 브라이트너,
『추월 차선에서 감속하기 - 명상의 매력』

"이상한 것은 계기반이야." 페터 에그만이 중얼거렸다.

우리는 '바닷물고기처럼'의 정원에 앉아 커피를 마시는 중이었다. 우리의 아이들은 플리퍼반의 볼풀에 열광했다. 아내들은 교실을 둘러보고 있었다.

페터는 일요일 오전에 내게 전화를 걸어 자기 아내가 유치원에 관해 궁금한 점이 있다고 했다. 에밀리와 카타리나가 이미 헤르더 거리에 와 있었기 때문에 나는 페터의 가족도 초대했다. 우리는 유치원에서 만났다. 아내와 아이 들은 시설에 감탄했다. 카타리나조차 지적할 것이 없을 정도였다.

페터와 내가 정원에 단둘이 남자, 그가 클라우스 뮐러에 대한 이야기를 꺼냈다.

"너도 뮐러를 알지?"

내가 고개를 끄덕였다. (복잡한 심경이었다.)

"어제 교통사고로 죽었어."

"저런." 내가 놀란 듯 말했다. "업무 중이었나?"

"아니, 폴란드에 있었어."

"어쩌다 거길 갔대?"

"그게 이상하단 말이야. 자기 애인에게 주말 동안 '사랑을 지키려고' 집에 없을 거라고 했다나. 벨라루스 국경에 있는 애인 부모의 집 앞에서 차에 치였어. 위스키 한 병이랑 꽃다발을 가지고 있던 걸로 보여. 차는 맞은편의 주차장에 있었고."

"결혼 허락이라도 받으러 간 건가? 이상한 게 뭔데?"

"이상한 것은 계기반이야."

"계기반?"

"뮐러가 정비소에 갈 때 자기 차 주행거리가 정확히 10만 킬로미터를 찍었다고 경찰서에서 얘기하고 돌아다녔거든. 뮐러가 그런 데 좀 민감해."

"그래서?"

"폴란드 동료가 말하길, 뮐러 차의 주행거리가 10만 58킬로미터였대."

"그런데?"

"뮐러가 정비소에서 차를 찾아온 게 목요일 오후였어. 그 정비소는 폴란드의 소콜라 지역에서 58킬로미터보다야 훨씬 더 멀리 떨어져 있지."

아이고, 세상에나. 경찰의 생각이 이렇게나 디테일하다니. 중요한 건 첩자 경찰의 주행은 이제 멈췄다는 사실이다.

"왜 고민하고 있는 거야? 계기반이 뮐러의 사망 원인은 아닐 거 아냐?"

"그렇지. 뮐러는 빠르게 돌진하는 큰 차량에 치였어. 운전자는 도망쳤고. 뮐러가 건 마지막 전화가… 토니의 번호더군."

"페터, 여기서 지금 말하고 싶은 게 뭐야? 자네 부하 뮐러가 기대를 품고 기나긴 여정을 떠났는데 미처 좌우를 살피지 못해 위스키, 꽃다발을 든 채 폴란드의 한 도로에서 차에 치였다는 말인가? 아니면 뮐러가 토니에게 전화를 걸고 폴란드로 도망쳐 일부러 차에 치였다는 건가? 우연히 자기 동거인 부모의 집 앞에서?"

"뭔가 느낌이 이상하다는 거지. 거기다 토니도 금요일부터 사라졌어."

나는 페터에게 팔을 올렸다.

"페터, 자네 아들이 다닐 유치원을 보러 왔다면 그것만 하게. 여기 없는 살인자를 찾는 거라면 그 일만 하고. 하지만 제발 여기서 아들 유치원 시설을 둘러보는 동시에 있지도 않은 살인자를 찾는 일은 좀 그만둬. 알았나?"

"그건 대체 무슨 철학인가?" 페터가 나를 놀란 눈으로 쳐다봤다.

"명상이야. 자, 이제 뭐가 더 중요하지? 살인, 아니면 유치원?"

페터는 단 1초도 망설이지 않았다. "유치원이지! 계기반이야 고장이 났을 수도 있어."

계기반은 고장 났을 수 있다라. 아마도 페터 에그만은 이제 슬슬 명상의 법칙을 깨닫고 있는 듯하다. 페터는 아들의 유치원과 끝없는 질문을 맞바꾸고 싶지 않을 것이다.

어쨌든 클라우스 뮐러의 수사는 별문제 없이 마무리될 것 같았다.

에그만 가족이 떠난 후, 나는 에밀리와 카타리나에게 건물의 나머지 빈 공간을 보여주었다. 카타리나는 유치원만이 아니라 나의 새 변호사 사무실을 보고도 기뻐했다. 아이가 있는 곳 바로 위층에서 시간을 마음대로 조절하며 근무할 수 있는 환경은 너무나 이상적이다. 우리가 앞으로 다시 결혼 생활을 하는 문제와는 별개로 에밀리에게 최적의 해답이었다.

"다들 배고프지 않아?" 구경을 마치고 내가 물었다.

"조금. 어디 맛있는 곳 있어?" 카타리나가 궁금해했다.

"맥도날드는 어때?" 먼저 이곳을 골라 에밀리에게 선택지를 주고 싶었다. 드라간과 접촉하는 것으로 위장하는 목적도 있었다.

카타리나는 교육상 좋지 않은 패스트푸드를 권한 걸 두고 화난 듯한 눈치였다. 하지만 에밀리는 이렇게 말했다. "난 맥너겟이랑 바닐라 아이스크림 그리고 코코아를 먹을래요."

카타리나와 난 에밀리를 보며 웃을 수밖에 없었다.

"그래, 에밀리가 맥도날드에 갔었다는 사실은 확실히 알겠네."

"나는 우리 가정의 변호사니까 비밀을 지킬 의무가 있어. 이 사무실 밖에서는 아무도 모를 거야."

카타리나가 갑자기 나를 안았다. "당신이 이렇게 편안한 모습을 보니 좋아. 당신에게 이런 모습이 있었는지 미처 몰랐어."

아내의 말이 옳았다. 나는 명상 상담이 끝난 지 일주일 만에 모든 업무상 문제들이 서서히 사라지는 것을 느끼며 즐거웠다. 요쉬카 브라이트너는 나에게 최소화에 대한 추상적인 개념을 제시했다.

당신에게 이로운 것만 삶에 남겨라. 부담스럽게 만드는 사람, 물건, 생각, 대화는 구름처럼 흘러가게 두면 된다. 무엇보다 발전을 저해하고 짐이 되거나 도움이 되지 않는 것은 버려라. 이 같은 최소화 명상은 당신 스스로 충분히 해낼 수 있다는 확신을 줄 것이다.

이런 추상적 교훈이 구체적으로 어떻게 온전한 형태로 나타나는지 목격하는 일은 매우 만족스러웠다. 나는 의뢰인과 작별했다. 회사에서 퇴직했다. 클라우스 묄러를 잡아냈다. 말테는 오늘 밤 쓰레기 소각장에서 불타서 구름처럼 날 지나칠 것이다. 그리고 토니는 내일이면 사라진다. 업무 환경을 그 이상으로 최소화할 수 없었다. 적어도 여분의 명령 위임장을 남겨놓고 싶다면 말이다.

맥도날드에서 식사한 후 에밀리와 카타리나를 데리고 내 아파트로 갔다. 카타리나의 시선이 수요일에 회사 차가 폭발한 주차 구역에서 멈췄다. 아내는 검게 그을린 나무를 보고 혼란스러워했다.

"무슨 일이 있었던 거야?"

"차가 탔어. 하지만 나무는 또 자랄 거야."

"누구 차였는데?"

"내 건 아니었어."

그건 거짓이 아니었다.

저녁에 나는 보리스에게 전화했다.

"네." 보리스가 짧게 답했다.

"접니다, 비요른. 방금 달력을 확인했는데 내일이 벌써 월요일이더군요."

"정확해, 변호사 양반. 만약 시간이 더 필요해서 전화한 거라면 'njet'(러시아어로 '안 돼(no)'—옮긴이)이 무슨 뜻인지 구글에 검색해봐."

"그것 때문에 전화한 게 아닙니다. 오히려 먼저 당신에게 감사드리고 싶군요."

"왜?"

"당신이 우리 약속을 지킨 덕에 조용히 배신자를 찾아냈습니다."

고마움은 스스로를 자유롭게 만들고 상대와 전체 분위기를 안정시킬 수 있다.

보리스는 갑자기 부드러운 태도를 취했다. "조직 세계에서 누군가 거래를 완수했다고 고마워하는 건 흔한 일이 아니야. 당신이 그 개자식을 데리고 있단 뜻이겠지."

"맞아요."

"언제 넘겨받지?"

"무얼 선택하느냐에 달렸죠. 골든 딜리셔스 아니면 그래니 스미스?"

"뭐라고?"

"저는 이놈 주둥이에 골든 딜리셔스 사과를 처넣고 싶습니다. 그래니 스미스보단 낫죠. 집에 골든 딜리셔스가 있습니다."

"그놈 입엔 말굽도 처넣을 수 있어. 내가 알고 싶은 건 그놈에게 내가 바라는 대로 할 수 있느냐의 문제야."

"드라간과는 모두 얘기가 되었습니다. 당신은 주둥이에 사과를 물고 있는 배신자 놈과 엄지손가락 지문이 찍힌 신문 지면을 받게 될 겁니다."

"그럼 드라간은 언제 볼 수 있지?"

"그다음에요. 우리 모두 함께 가면 됩니다. 당신 부하들도 데려오십시오. 드라간의 관리자들도 갈 겁니다. 모두가 있는 자리에서 문제를 해결합시다."

"좋아. 그게 어디지?"

"제가 아무에게도 미리 말하지 않는 걸 이해해주십시오.

드라간의 관리자들도 모릅니다. 거기 도착하면 모두 알게 됩니다. 그러니 배신자를 넘겨줄 장소는 당신이 골라주시지요."

"이 모든 게 시작된 고속도로 주차장에서 만나는 게 어때?"

"이고르가 불탄 곳이요?"

"맞아. 아이들로 꽉 찬 버스만 없으면 밤에 아주 고요하거든."

"오늘, 아니면 내일 밤인가요?"

"오늘 새벽 3시. 혼자 올 거야?"

"아닙니다, 공식적으로 말하지만 관리자 전체가 같이 갑니다."

"그리고 그 개자식도."

"관리자 중 하나가 그 개자식입니다."

"그럴 줄 알았어."

"당신도 참 머리가 좋군요, 보리스."

"아부는 넣어둬. 우리가 드라간을 만나면 그때 당신이 날 얼마나 훌륭하게 생각하는지 말해주면 돼."

내 계획이 바로 그것이었다.

죽음

모두가 죽음을 나쁜 것으로만 생각한다. 죽음은 최고의 친구다. 죽음은 100퍼센트 의지할 수 있다. 죽음에게 당신이 살아 있는 동안 이룬 성취는 아무 상관이 없다. 더 좋은 점은 죽음은 당신이 인생에서 뭘 낭비했는지도 신경 쓰지 않는다는 사실이다. 죽음은 당신을 있는 그대로 받아들인다.

그럼 왜 이 세상에서의 삶은 그렇지 않을 거라고 생각하는가?

요쉬카 브라이트너,
『추월 차선에서 감속하기 – 명상의 매력』

"사과가 가만히 있질 않아."

칼라가 슬슬 짜증을 냈다. 토니가 얌전히 입에 사과를 물고 있을 준비가 되어 있지 않았기 때문에 우리는 어떻게든 그걸 고정시켜야 했다. 칼라의 아이디어는 머리끈을 이용해 사과 꼭지를 토니의 코에 고정하는 것이었다. 그러면 최소한 사과가 토니의 입 앞에 매달려 있을 거다. 그러나 토니가 손발이 묶인 상태로 머리를 격렬하게 흔드는 바람에 사과가 계속 떨어졌다.

"차 안에 뜨개바늘 같은 거 없나?" 발터가 물었다. "그럼 이 개자식의 입에 사과를 넣고 왼쪽 뺨으로 바늘을 넣어 다시 오른쪽으로 통과해 나올 때까지 잡고 있으면 고정이 될 것 같은데."

"저 앞에 있는 테이프를 써." 사샤가 제안했다.

칼라와 발터가 승합차 바닥에 굴러다니는 다용도 테이프로 토니의 입에 사과를 물렸다.

나는 스타니슬라브 옆에 앉아 다른 네 명을 백미러로 보고 있었다.

우리가 토니를 지하실에서 꺼냈을 때 그는 손발을 휘두르며 저항했다. 신선한 공기를 마시게 된 것을 기뻐해야 했다. 이제 죽음까지 시간이 얼마 남지 않았다. 말테의 시신이 부패하며 방 안에서 악취가 진동했다.

말테와 토니는 이제 다른 길을 가야 했다. 토니는 테이저건을 맞고 나서야 진정되었다. 사샤는 발터의 부하들에게 말테의 시체를 싸서 쓰레기 소각장으로 옮기라고 지시했다. 고속도로 주차장으로 가는 동안 우리는 말테가 한 줌의 재가 되었다는 소식을 들었다.

새벽 3시, 드디어 토니의 입에 사과를 고정시키고 나서 우리는 지난 금요일 모든 사건이 시작된 고속도로 주차장으로 갔다. 화장실 건물 앞, 암흑 속에 메르세데스 리무진 두 대가 주차되어 있었다. 보리스와 그의 부하 네 명이 그 앞에 서 있었다.

스타니슬라브가 우리가 탄 승합차를 옆에 세우고, 토니를 제외한 모두가 내렸다.

우리 차에서 몇 미터 떨어진, 나무 몇 그루가 서 있는 곳에 버려진 오펠사의 카데트 차량이 있었다. 이미 시청에서 빨간 스티커를 붙여둔 상태였다. 곧 폐기될 차라는 의미였다.

보리스가 고른 장소는 그보다 좋은 조건이 없을 정도였다. 이고르가 있던 곳의 나무 기둥에 경찰의 폴리스라인이 느슨하게 묶여 있었다. 바로 9일 전 여기서 이고르가 불에 타고 폭행당했다. 드라간이 저지른 일이다. 우리가 넘겨줄 이 개자식이 이고르와 드라간 모두를 함정에 빠뜨렸기 때문이다.

하지만 보리스와 그의 관리자들은 드라간의 관리자들을 죽이는 대신 모두 친절한 태도로 악수를 청했다.

"보리스." 내가 말했다. "드라간이 안부를 전해달랍니다. 이 일에 대해 다시 한번 진심으로 사과한다고 했습니다. 하지만 이제 누구의 잘못인지 알고 있죠. 그리고 그는 당신이 마땅히 배신자에게 책임을 물을 수 있다 생각합니다. 그자의 전직책에 상관없이 말이죠."

내가 보리스에게 드라간의 엄지손가락이 찍힌 신문 지면과 스마트폰을 넘겨주었다.

"휴대전화는 어쩌라는 거야? 드라간이 나와 통화하고 싶은 건가? 곧 보게 될 텐데! 아니면 이 겁쟁이가 만남을 취소하려는 건가?"

"그건 아니고, 휴대전화 안에 자백 내용이 들어 있습니다."

보리스가 말테의 고문 자백 영상을 봤다.

"토니였군 그래. 난 처음부터 알고 있었어. 왜 영상 속의 이자는 여기 없는 거지?"

"토니가 후환을 없애려 우리 눈앞에서 그를 죽였기 때문입니다. 그건 죄책감에서 비롯된 자백이나 다름없습니다. 그래서 지금 여기 직접 토니를 데려왔습니다."

사샤가 승합차를 열고 격렬히 저항하는 토니를 차에서 꺼냈다. 보리스의 관리자 두 명이 즉시 그를 데려갔다.

보리스는 감명을 받은 듯했다.

"드라간은 내 이인자를 죽이고 자신의 이인자를 내게 넘겨주었군. 공평해. 어떻게 사과를 고정시켰지? 테이프인가?"

"네." 칼라가 대답했다. "머리끈으로는 안 되더군요."

"아쉽지만 뜨개바늘이 없었습니다." 발터가 덧붙였다.

"테이프가 좀 남았나?" 보리스가 물었다.

"그럼요." 내가 사샤에게 신호를 줬다.

사샤는 남은 테이프를 그에게 던졌다.

보리스는 그것을 집어 들고 토니의 바지를 벗기느라 정신
없는 부하들에게 넘겼다. 아무도 더 이상 사샤를 신경 쓰지
않았다. 그 순간 사샤는 나무 뒤쪽을 돌아 오펠 차량의 트렁
크를 열었다.

"테이프라니, 좋군." 보리스의 기분이 들떴다. "이걸로 내
마지막 문제도 해결되겠군. 배신자에게 수류탄을 어떻게 붙
일지 고민했거든."

"당신은 정말… 그 일을 하려는 건가요?"

"난 한 번 말한 건 지켜."

"존경스럽네요." 나는 토니의 몸에 수류탄 두 개가 고정된
것을 보면서 정중하게 말했다.

"안전핀은 어떻게 합니까? 그러니까 제 말은 그걸 뽑을 사
람이 있어야 하지 않나요?" 나는 순전히 기술적인 것에 관심
이 있었다.

보리스는 실패에 감긴 두 개의 끈을 가리켰다. 각각의 끝

이 수류탄 안전핀에 연결되어 있었다. 보리스의 부하들이 유곽에서 가져온 게 분명해 보이는 X자형 십자가 틀에 토니를 묶었다.

"파편이랑 진흙은 어떻게 하려고요? 이 주차장 사방에 흩날리면 살인 사건 아수라장이 될 겁니다. 여러분이 타고 온 멋진 차들이 엉망이 될 텐데요." 질문에 귀 기울이는 사람은 아무도 없었다.

보리스의 관리자가 십자가를 들어 올려 화장실 건물 뒤로 옮겼다. 이제 우리가 아수라장이 되리라 예상한 곳과 처형장 사이에 8제곱미터 정도 되는 콘크리트 구조물이 서 있게 되었다.

"저자는 모든 걸 염두에 두고 있군." 칼라가 칭찬했다.

보리스가 토니를 처형하는 동안 보인 냉정한 행동은 드라간이 이고르에게 행사하던 다분히 감정적인 폭력 행위와는 매우 달랐다. 그러나 그 결과는 거의 다르지 않았다. 희생자나 나중에 범죄 현장을 처리하는 청소부 모두에게 말이다.

관리자들이 돌아와 보리스에게 줄의 끝을 넘겨주었다.

"다른 할 말은 없나요? 마지막으로 건넬 몇 마디 말이요, 뭔가 극적인 걸로." 내가 보리스를 자극했다. 하지만 별 소용은 없었다.

보리스가 줄 두 개를 한 번에 당겼다.

"내가 왜 그래야 하지?"

"저는 단지 저희가 사과도 물리고 여기까지 데려온 일종의 동지 의식으로…."

폭발 두 번이 동시에 화장실 뒤에서 일어나는 바람에 내 말은 끝을 맺지 못했다. 토니와 X자형 십자가 틀의 잔해가 화장실이 가로막은 쪽을 제외하고는 사방으로 날렸다.

폭발 소리가 난 후 갑자기 윙윙거리는 소리가 들렸다. 내가 위를 올려다보자 보리스가 내 시선을 따랐다. 드론이었다. 드론은 공중에서 보리스와 내 발 사이로 추락해 산산조각이 났다. 카메라가 보였다. 안테나도 있었다.

"이게 뭐지?" 보리스가 물었다.

"이건… 드론입니다. 우리의 살해 현장이 촬영된 겁니다." 나는 최대한 놀란 목소리를 내면서 상황을 분석하려고 노력했다.

기술 사양 면에서 이 드론은 며칠 전 내가 나뭇가지를 던져 떨어뜨린 것과 같은 모델이었다. 나는 여기에 '경찰'이라고 적힌 작은 스티커를 붙였다. 스티커는 효과가 있었다.

"경찰 드론이군!" 보리스가 기겁했다.

"그렇다면 어떤 놈이 우릴 배신한 거군요." 내가 말했다.

보리스는 발로 드론을 부수고 카메라를 짓밟았다.

"내 살인을 찍을 자는 아무도 없어!"

내가 보리스를 제지했다. "소용없습니다. 안테나가 보이시나요? 영상은 이미 드론 파일럿의 본체에 저장되었습니다."

"무슨 소리야? 이제 우린 망한 건가? 체포될 때까지 여기 이러고 있으라고? 떠나겠어. 모두, 지금 당장!"

보리스의 부하들이 정신없이 차로 뛰었다. 우리 쪽 관리자들도 마찬가지였다. 나는 새롭게 얻은 주도권을 정당화했다.

"잠깐만! 지금 우리가 모두 우왕좌왕 떠나버리면 더 이상 서로 말을 맞출 수 없을 겁니다. 드론이 전부 촬영했다면…. (나는 당황한 보리스에게 다가갔다) 경찰은 당신이 이 살인 사건을 저질렀다는 걸 알고 있습니다. 그리고 우리 모두가 연루되었죠. 중요한 건 당신이 용의선상에서 벗어나는 겁니다. 그리고 나머지 우리는 진술을 조율해야 합니다."

"어떻게 그게 가능하지?"

"일단 즉시 잠적해야 합니다. 나머지는 전화로 이야기하죠."

"잠적이라. 어디로?"

나는 생각하는 듯한 자세를 취했다. 기발한 생각이 떠올랐다.

"바로 드라간에게 데려다주겠습니다. 여기서 출발합시다. 그의 은신처는 안전하고 당신들은 이제 한배를 탔습니다. 하지만 서둘러야 합니다. 몇 분 후면 경찰이 들이닥칠 겁니다."

보리스가 내 얼굴을 봤다. 처음엔 두려운 얼굴로. 다음에는 곰곰이 생각하는 표정으로. 그리고 결국 깨달은 듯했다. 그가 결단을 내렸다. 그의 얼굴에 만족스런 미소가 나타났다.

"당신은 천재야, 변호사 양반. 그렇게 하자고. 얘들아, 이제 모두 떠나. 비요른이 날 드라간에게 데려갈 거다. 내가 연락하겠어. 블라디! 변호사한테 차 키를 넘겨."

보리스 관리자 중 한 명인 블라디미르가 메르세데스 키를 던졌다. 나머지 사람들은 모두 다른 리무진과 포드 승합차에 나눠 탔다. 보리스와 나는 우리 차로 걸어갔다. 사샤가 내 옆으로 왔다.

"대단한 비행이었어!" 나는 그에게 속삭였다.

"고마워. 우리 연습했잖아."

"드론의 잔해를 모아서 없애."

"알았어."

사샤는 화장실 건물 쪽으로 갔다. 포드 승합차와 메르세데스 차량은 타이어가 찢어지는 소리를 내며 주차장을 떠났다. 나는 차 앞자리에 앉으려 하는 보리스의 어깨를 잡았다.

"보리스, 미안합니다. 하지만 이제부터 당신은 모습을 숨겨야 합니다. 바로 이 순간부터요."

"어디로 말이야?" 보리스가 급하게 물었다.

내가 트렁크를 열었다.

"불편하겠지만 안전합니다."

보리스는 트렁크에 자리를 잡았다.

"조금 있으면 드라간을 볼 수 있어?"

"이제 곧 드라간을 만나게 될 겁니다."

나는 자신과의 조화를 느끼며 트렁크 뚜껑을 닫았다. 평가하지 않고 친절하게. 역시 명상을 하면서.

옮긴이 **박제헌**

한국외국어대학교 독일어과를 졸업했다. 독일에서 오랫동안 생활하며 다양한 통역, 번역 활동을 하다가 번역이 매우 잘된 작품을 계기로 번역가의 길에 들어서게 되었다. 현재 출판번역 에이전시 베네트랜스에서 다양한 도서들을 리뷰하며 번역하고 있다.
옮긴 도서로는 『버려야 할 것, 남겨야 할 것』 『차라투스투라는 이렇게 말했다』 『변신, 소송』 『볼 빨간 로타의 비밀』 시리즈 다수가 있다.

명상 살인
죽여야 사는 변호사

초판 1쇄 발행 2021년 7월 5일
초판 5쇄 발행 2024년 1월 10일

지은이 카르스텐 두세
옮긴이 박제헌
펴낸이 최동혁

영업본부장 최후신
기획편집 장보금 이현진
디자인팀 유지혜 김진희
마케팅팀 김영훈 김유현 심우정
물류제작 김두홍
영상제작 김예진 박정호
인사경영 조현희 양희조
재무회계 권은미
본문 디자인 이지선
표지 디자인 어나더페이퍼

펴낸곳 ㈜세계사컨텐츠그룹
주소 06071 서울시 강남구 도산대로 542 8층 (청담동 542빌딩)
이메일 plan@segyesa.co.kr
홈페이지 www.segyesa.co.kr
출판등록 1988년 12월 7일(제 406-2004-003호)
인쇄·제본 예림

ISBN 978-89-338-7164-5 (03850)